J.K. ROWLING

哈利·波特与魔法石

〔英〕J.K. 罗琳／著
苏农／译

著作权合同登记号　图字01-2018-5450

图书在版编目(CIP)数据

哈利·波特与魔法石/(英)J. K.罗琳著;苏农译.—北京:人民文学出版社,2018
ISBN 978-7-02-014453-2

Ⅰ.①哈… Ⅱ.①J…②苏… Ⅲ.①儿童小说—长篇小说—英国—现代 Ⅳ.①I561.84

中国版本图书馆CIP数据核字(2018)第185138号

出版发行　人民文学出版社
社　　址　北京市朝内大街166号
邮政编码　100705
网　　址　http://www.rw-cn.com

策划编辑　王瑞琴
责任编辑　翟　灿　马　博
美术编辑　刘　静
责任校对　刘佳佳
责任印制　苏文强

印　　刷　三河市龙林印务有限公司
经　　销　全国新华书店等

字　　数　228千字
开　　本　710毫米×1000毫米　1/16
印　　张　15.5　插页4
印　　数　460001—560000
版　　次　2000年9月北京第1版　2018年10月北京第2版
印　　次　2019年7月第7次印刷

书　　号　978-7-02-014453-2
定　　价　42.00元

如有印装质量问题,请与本社图书销售中心调换。电话:010-65233595

主要人物表

哈利·波特	本书主人公，霍格沃茨魔法学校一年级学生
罗恩·韦斯莱	哈利在魔法学校的好朋友
赫敏·格兰杰	哈利在魔法学校的好朋友
纳威·隆巴顿	哈利在魔法学校的同学
德拉科·马尔福	哈利在魔法学校的同学
佩妮·德思礼	哈利的姨妈
弗农·德思礼	哈利的姨父
达力·德思礼	哈利的表哥，德思礼夫妇的儿子
鲁伯·海格	霍格沃茨魔法学校钥匙保管员，猎场看守
阿不思·邓布利多	霍格沃茨魔法学校校长
米勒娃·麦格	霍格沃茨魔法学校副校长
西弗勒斯·斯内普	霍格沃茨魔法学校魔药课教师
奇　洛	霍格沃茨魔法学校黑魔法防御术课教师
伏地魔	杀死哈利父母的黑魔头，被人称为“神秘人”

谨以此书献给

杰西卡，她喜欢这故事

安妮，她也喜欢这故事

戴，她是故事的第一位听众

目 录

第1章

大难不死的男孩

家住女贞路4号的德思礼夫妇总是得意地说他们是非常规矩的人家，拜托，拜托了。他们跟神秘古怪的事从来不沾边，因为他们根本不相信那些邪门歪道。

弗农·德思礼先生在一家名叫格朗宁的公司做主管，公司生产钻机。他高大魁梧，胖得几乎连脖子都没有了，却蓄着一脸大胡子。德思礼太太是一个瘦削的金发女人。她的脖子几乎比正常人长一倍。这样每当她花许多时间隔着篱墙引颈而望、窥探左邻右舍时，她的长脖子可就派上了大用场。德思礼夫妇有一个小儿子，名叫达力。在他们看来，人世间没有比达力更好的孩子了。

德思礼一家什么都不缺，但他们拥有一个秘密，他们最害怕的就是这秘密会被人发现。他们想，一旦有人发现波特一家的事，他们会承受不住的。波特太太是德思礼太太的妹妹，不过姐妹俩已经有好几年不见面了。实际上,德思礼太太佯装自己根本没有这么个妹妹,因为她妹妹和她那一无是处的妹夫与德思礼一家的为人处世完全不一样。一想到邻居们会说波特夫妇来了,德思礼夫妇就会吓得胆战心惊。他们知道波特也有个儿子,只是他们从来没有见过。这孩子也是他们不与波特夫妇来往的一个很好的借口,他们不愿让达力跟这种孩子厮混。

我们的故事开始于一个晦暗、阴沉的星期二,德思礼夫妇一早醒来,窗外浓云低垂的天空并没有丝毫迹象预示这地方即将发生神秘古怪的事情。德思礼先生哼着小曲,挑出一条最不讨人喜欢的领带戴着上班,德思礼太太高高兴兴,一直絮絮叨叨,把唧哇乱叫的达力塞到了儿童椅里。

他们谁也没留意一只黄褐色的猫头鹰扑扇着翅膀从窗前飞过。

八点半,德思礼先生拿起公文包,在德思礼太太面颊上亲了一下,正要亲达力,跟这个小家伙道别,可是没有亲成,小家伙正在发脾气,把麦片往墙上摔。“臭小子。”德思礼先生嘟哝了一句,咯咯笑着走出家门,坐进汽车,倒出4号车道。

在街角上,他看到了第一个异常的信号——一只猫在看地图。一开始,德思礼先生没明白他看到了什么,于是又回过头去。只见一只花斑猫正站在女贞路街角,但是没有看见地图。他到底在想些什么?很可能是光线使他产生了错觉吧。德思礼先生眨了眨眼,盯着猫看,猫也瞪着他。当德思礼先生拐过街角继续上路的时候,他从后视镜里看看那只猫。猫这时正在读*女贞路*的标牌,不,是在*看*标牌;猫是不会看地图*或是*读标牌的。德思礼先生定了定神,把猫从脑海里赶走了。他开车进城,一路上想的是希望今天能得到一大批钻机的订单。

但快进城时,另一件事又把钻机从他脑海里赶走了。当他的车汇入清晨拥堵的车流时,他突然看见路边有一群穿着奇装异服的人。他们都披着斗篷。德思礼先生最看不惯别人穿得怪模怪样,瞧年轻人的那身打扮!他猜想这大概又是一种无聊的新时尚吧。他用手指敲击着方向盘,目光落到了离他最近的一大群怪物身上。他们正兴致勃勃,交头接耳。德思礼先生很生气,因为他发现他们中间有一对根本不年轻了,那个男的显得比他年龄还大,竟然还披着一件翡翠绿的斗篷!真不知羞耻!接着，德思礼先生突然想到这些人大概是为什么事募捐吧，不错，就是这么回事。车流移动了，几分钟后德思礼先生来到格朗宁公司的停车场，他的思绪又回到了钻机上。

德思礼先生在他九楼的办公室里，总是习惯背窗而坐。如果不是这样，他可能会发现这一天早上更难把思想集中到钻机的事情上了。他没有看见成群的猫头鹰在光天化日之下从天上飞过，可街上的人都看到了；他们目瞪口呆，指指点点，盯着猫头鹰一只接一只从头顶上掠过。他们大多甚至夜里都从没见过猫头鹰。不过，德思礼先生这一天上午过得很正常，没有受到猫头鹰的干扰。他先后对五个人大喊大叫，又打了几个重要的电话，喊的声音更响。他的情绪很好，到吃午饭的时候，他想舒展一下筋骨，便到马路对角的面包房去买一只小甜圆面包。

若不是他在面包房附近又碰到那群披斗篷的人，他早就把他们忘了。他经过他们身边时，狠狠地瞪了他们一眼。他说不清这是为什么，只是觉得这些人让他心里别扭。这些人正嘁嘁喳喳，讲得起劲，但他连一只募捐箱也没有看见。当他拎着装在袋里的一只炸面圈往回走，经过他们身边时，他们的话断断续续飘入他的耳鼓：

"波特夫妇，不错，我正是听说——"

"——没错，他们的儿子，哈利——"

他突然停下脚步，恐惧万分。他回头朝窃窃私语的人群看了一眼，似乎想听他们说点什么，后来又改变了主意。

他冲到马路对面，回到办公室，厉声吩咐秘书不要打扰他，然后抓起话筒，刚要拨通家里的电话，临时又变了卦。他放下话筒，摸着胡须，琢磨起来……不，他太愚蠢了。波特并不是一个稀有的姓，肯定有许多人姓波特，而且有儿子叫哈利。想到这里，他甚至连自己的外甥是不是叫哈利都拿不准了。这孩子他甚至连见都没见过。说不定叫哈维，或者叫哈罗德。没有必要让太太烦心，只要一提起她妹妹，她总是心烦意乱。他并不责怪她——要是他自己有一个那样的妹妹呢……可不管怎么说，这群披斗篷的人……

那天下午，他发现自己很难专心考虑钻机的事。五点钟他走出办公室大楼，依旧心事重重，与站在门口的一个人撞了个满怀。

这个小老头打了个趔趄，差一点儿摔倒。“对不起。”德思礼先生咕哝说。过了几秒钟，他才发现这人披了一件紫罗兰色斗篷。他几乎被撞倒在地，可似乎一点儿也不生气，脸上反而绽出灿烂的笑容。“您不用道歉，尊贵的先生，因为今天没有事会惹我生气！太高兴了，因为‘神秘人’总算走了！就连像你这种麻瓜，也应该好好庆贺这大喜大庆的日子！”他说话的声音尖细刺耳，令过往的人侧目。

老头说完，搂了搂德思礼先生的腰，就走开了。

德思礼先生站在原地一动不动，仿佛生了根。他刚刚被一个完全陌生的人搂过。他还想到自己被称作“麻瓜”，不知是什么意思。他心乱如麻，连忙朝自己的汽车跑过去，开车回家。他希望这一切只是幻象，他从来没有幻想过什么，因为他根本不赞同幻想。

当他驶入4号车道时，第一个映入眼帘的就是早上他见过的那只花斑猫，这并没有使他的心情好转。这时猫正坐在他家花园的院墙上。他肯定这只猫和早上的是同一只：眼睛周围的纹路一模一样。

“去……去！”德思礼先生大声喝道。

猫纹丝不动，只是狠狠地瞪了他一眼。这难道是一只正常的猫的行为吗？德思礼先生感到怀疑。他先让自己镇定下来，随后就进屋去了。他仍决定对太太只字不提。

德思礼太太这一天过得很好，一切正常。晚饭桌上，德思礼太太向丈夫讲述了邻居家的母女矛盾，还说达力又学会了一个新词（“决不”），德思礼先生也尽量表现得正常。安顿达力睡下之后，他来到起居室，听到晚间新闻的最后一段报道：

“最后，据各地鸟类观察者反映，今天全国猫头鹰表现反常。通常情况下，它们都是在夜间捕食，白天很少露面，可是今天，日出时猫头鹰就四处纷飞。专家们也无法解释猫头鹰为什么改变了它们的睡眠习惯。”新闻播音员说到这里，咧嘴一笑，“真是太奇妙了。现在我把话筒交给吉姆·麦古，问问他天气情况如何。吉姆，今天夜里还会下猫头鹰雨吗？”

“噢，泰德，”气象播音员说，“这我可不知道，今天不仅猫头鹰表现反常。全国各地，远至肯特郡、约克郡、丹地[①]等地的目击者都纷纷打来电话说，我们原来预报昨天有雨，结果下的不是雨而是流星！也许人们把本该一星期后举行的庆祝篝火之夜[②]晚会提前举行了，朋友们！不过我向你们保证，今晚一定有雨。"

德思礼先生坐在扶手椅上惊呆了。英国普遍下流星雨？猫头鹰光天化日之下四处纷飞？到处都是披着斗篷的怪人？还有一些传闻，关于波特一家的传闻……

德思礼太太端着两杯茶来到起居室。情况不妙。他应该向妻子透露一些。他心神不定，清了清嗓子。"唔——佩妮，亲爱的——最近有你妹妹的消息吗？"

不出所料，德思礼太太大为吃惊，也很生气。不管怎么说，他们通常都说自己没有这么个妹妹。

"没有，"她厉声说，"怎么了？"

"今天的新闻有点奇怪，"德思礼先生嘟哝说，"成群的猫头鹰……流星雨……今天城里又有那么多怪模怪样的人……"

"*那又怎么样？*"德思礼太太急赤白脸地说。

"哦，我是想……说不定……这跟……你知道……*她那一伙人*有关系……"

德思礼太太噘起嘴唇呷了一口茶。德思礼先生不知道自己是不是该大胆地把听到"哈利"名字的事告诉她。他决定还是不要太冒失。于是他尽量漫不经心地改口说："他们的儿子——现在该有达力这么大了吧？"

"我想是吧。"德思礼太太干巴巴地说。

"他叫什么来着？是叫霍华德吧？"

"叫哈利，要我说，这是一个不讨人喜欢的普通名字。"

"哦，是的。"德思礼先生说着，感到心突然往下一沉，"不错，我也这

---

① 肯特郡位于英国东南部。约克郡位于英国东北部。丹地，又译邓迪，位于英国苏格兰东海岸。

② 指每年十一月五日在英国举行的庆祝篝火之夜活动。

么想。”

他们上楼睡觉时，他就再也没有提到这个话题了。德思礼太太进浴室以后，德思礼先生就轻手轻脚来到卧室窗前，看着前面的花园。那只猫还在原地，正目不转睛地盯着女贞路的街角，好像在等待什么。

他是在想入非非吗？这一切会与波特一家有关吗？如果真有关系——如果最后真跟他们夫妇有关——那么，他认为他是承受不住的。

德思礼夫妇睡下了。德思礼太太很快就睡着了，德思礼先生却思绪万千，怎么也睡不着觉。不过在他入睡前，最后一个想法使他感到安慰：即使波特一家真的被卷了进去，也没有理由牵连他和他太太。波特夫妇很清楚德思礼夫妇对他们和他们那伙人的看法。他打了个哈欠，翻过身去。不会影响到他们的……

他可是大错特错了。

德思礼先生迷迷糊糊的，本来可能胡乱睡上一觉，可花园墙头上那只猫却没有丝毫睡意。它卧在墙头上，宛如一座雕像，纹丝不动，目不转睛地盯着女贞路远处的街角。邻街的一辆汽车砰的一声关上车门，两只猫头鹰扑扇着从头顶上飞过，它也一动不动。实际上，快到午夜时，它才开始动了动。

猫一直眺望着的那个街角出现了一个男人，他来得那样突然，悄无声息，简直像是从地里冒出来的。猫尾巴抖动了一下，眼睛眯成了一条缝。

女贞路上从来没有见过这个男人。他个子瘦高，银发和银须长到都能够塞到腰带里了，凭这一点就可以断定他年纪已经很大了。他穿一件长袍，披一件拖到地的紫色斗篷，蹬一双带搭扣的高跟靴子。半月形的眼镜后边一双湛蓝湛蓝的眼睛炯炯有神。他的鼻子很长，但是扭歪了，看来至少断过两次。他的名字叫阿不思·邓布利多。

阿不思·邓布利多似乎并没有意识到从他的名字到他的靴子，在他来到的这条街上都不受欢迎。他忙着在斗篷口袋里翻寻，好像找什么东西。但是他似乎确实发现有人在监视他，因为他突然抬头看见一直在街那头注视着他的那只猫，出于某种原因，他觉得这只猫的样子很好笑。他咯咯笑着，咕哝说：“我早就该想到了。”

他在里边衣袋里找出了他要找的东西，看起来像一只银质打火机。他把它轻轻弹开，高举起来，咔嗒一声，离得最近的一盏路灯噗的一声熄灭了。他又咔嗒了一下——第二盏灯也熄灭了。他用熄灯器咔嗒了十二次，整条街上只剩下远处两个小小的光点，那是监视他的那只猫的两只眼睛。如果这时有人向窗外看，即使是眼尖的德思礼太太，也不会看到马路上发生的一切。邓布利多把熄灯器放回斗篷里边的口袋里，顺着街道向4号走去。他在墙头猫的身边坐了下来。他没有看它，但过了一会儿便跟它说起话来。

“真没想到会在这里见到您，麦格教授。”

他回头朝花斑猫微微一笑。花斑猫不见了，换成一个神情严肃的女人，戴一副方形眼镜，看起来跟猫眼睛周围的纹路一模一样。她也披了一件翠绿色斗篷，乌黑的头发绾成一个很紧的发髻。她显得非常激动。

“您怎么认出那是我？”她问。

“我亲爱的教授，我从来没有见过一只猫会这样僵硬地待着。”

“您要是在砖墙上坐一整天，您也会变僵硬的。”麦格教授说。

“一整天？您本来应当参加庆祝会的呀？我一路来到这里，至少遇上了十二场欢快的聚会和庆祝活动。”

麦格教授气呼呼地哼了一声。

“哦，不错，人人都在庆贺，很好！”她恼火地说，“您以为他们会小心谨慎一些，其实不然，连麻瓜们都注意到发生了什么事情，都上他们的电视新闻了。”她猛地把头转向德思礼家漆黑的起居室窗口，“我都听见了。成群的猫头鹰……流星雨……好了，他们也不是十足的傻瓜，有些事也会引起他们的注意。肯特郡下的那场流星雨——我敢说准是德达洛·迪歌干的。他本来就没多少头脑。”

“您不能责怪他们，”邓布利多心平气和地说，“十一年来值得我们庆贺的事太少了。”

“这我知道，”麦格教授气呼呼地说，“但这些不是冒险胡来的理由。他们也太不小心了，大白天跑到街上，也不穿上麻瓜们的衣服，还在那里传递消息。”

说到这里，她机敏地朝邓布利多斜瞟了一眼，似乎希望他能告诉她些什么，但邓布利多没有吱声，于是她接着说："如果正好在神秘人终于失踪的那一天，麻瓜们发现了我们的一切，那可真太奇妙了。我想他真的走了吧，邓布利多？"

"好像是这样，"邓布利多说，"我们应该感到欣慰。您来一块柠檬雪宝糖好吗？"

"一块什么？"

"一块柠檬雪宝糖。这是麻瓜们的一种甜点。我很喜欢。"

"不了，谢谢。"麦格教授冷冷地说，看来她认为现在不是吃柠檬雪宝糖的时候，"像我说的，即使神秘人真的走了——"

"我亲爱的教授，像您这样的明白人，总该可以直呼他的大名吧？什么'神秘人'不'神秘人'的，全都是瞎扯淡——十一年了，我一直想方设法说服大家，直呼他的本名：伏地魔，"麦格教授打了个寒战，可邓布利多在掰两块粘在一起的雪糕，似乎没有留意，"要是我们还继续叫神秘人神秘人的，一切就都乱套了。我看直呼伏地魔的大名也没有任何理由害怕。"

"我知道您不害怕，"麦格教授半是恼怒，半是夸赞地说，"尽人皆知，您与众不同。神秘人——哦，好吧，伏地魔——他唯一害怕的就是您。"

"您太抬举我了。"邓布利多平静地说，"伏地魔拥有我永远也不会有的功力。"

"那是因为您太——哦——太高尚了，不愿意运用它。"

"幸亏这里很黑，自打庞弗雷女士说她喜欢我的新耳套以后，我还没有像现在这样脸红过呢。"

麦格教授狠狠地瞪了邓布利多一眼，说："跟沸沸扬扬的谣言比起来，猫头鹰已经不算什么了。您知道大伙都在说什么吗？说他为什么失踪。说最终是什么制止了他。"

这一来，麦格教授似乎点到了她急于想讨论的问题核心，这也正是她在冰冷的砖墙上守候了一整天的原因。不管她是一只猫，或是一个女人，她从来都不曾用现在这样锐利的眼光看过邓布利多。显然，不管大家怎么说，只有从邓布利多口中得到证实，她才会相信。邓布利多却挑了另一块柠檬雪宝糖，没有答话。

“他们说，”麦格教授不依不饶地说，“昨天夜里伏地魔绕到戈德里克山谷。他们是去找波特夫妇的，谣传莉莉和詹姆·波特都——都——他们都已经——死了。”

邓布利多低下头。麦格教授倒抽了一口气。

“这——这是真的吗？莉莉和詹姆……我不相信……我也不愿相信……哦，阿不思……”

邓布利多伸手拍了拍她的肩膀。“我知道……我知道……”他心情沉重地说。

麦格教授接着往下说，她的声音颤抖了：“还不止这些。他们说，他还想杀波特夫妇的儿子哈利，可是没有成功。他杀不死那个孩子。没有人知道为什么，也没有人知道怎么会杀不死。不过他们说，当伏地魔杀不死哈利的时候，他的法力就不知怎的失灵了——所以他才走掉了。”

邓布利多愁眉不展地点了点头。

“这——这是真的吗？”麦格教授用颤巍巍的声音问，“他做了这么多坏事……杀了这么多人……可竟然杀不了一个孩子？这简直令人震惊……我们想了那么多办法去阻止他……可苍天在上，哈利究竟是怎么幸免于难的呢？”

“我们只能猜测，”邓布利多说，“可能永远也不会知道。”

麦格教授掏出一块花边手帕轻轻拭了拭镜片后边的眼睛。邓布利多深深地吸了一口气，从衣袋里掏出一块金表，认真看起来。那块表的样子很奇怪，有十二根指针，却没有数字，还有一些小星星在沿着表盘边缘转动。邓布利多显然看明白了，他把表放回衣袋，说：“海格肯定迟到了。顺便问一句，我想大概是他告诉您我要到这里来的吧？”

“是的，”麦格教授说，“可去的地方多了，您为什么偏偏要到这里来呢？我想，您大概不会告诉我吧？”

“我是来接哈利，把他送到他姨妈姨父家的。现在他们是他唯一的亲人了。”

“您不会是指——您不可能是指住在这里的那家人吧？”她噌地跳了

起来，指着4号那一家，“邓布利多——您可不能这么做。我观察他们一整天了。您找不到比他们更不像你我这样的人了。他们还有一个儿子——我看见他在大街上一路用脚踢他母亲，吵着要糖吃。要哈利·波特住在这里?!”

“这对他是最合适的地方了。”邓布利多坚定地说，“等他长大一些，他的姨妈姨父会向他说明一切的。我给他们写了一封信。”

“一封信?”麦格教授有气无力地重复说，又坐回到墙头上，“邓布利多，您当真认为用一封信您就能把一切都解释清楚吗？这些人永远也不会理解他的！他会成名的——一个传奇人物——如果将来有一天把今天定为哈利·波特日，我一点儿也不会觉得奇怪——会有许多写哈利的书——我们世界里的每一个孩子都会知道他的名字!”

“说得对极了，”邓布利多说，他那半月形眼镜上方的目光显得非常严肃，“这足以使任何一个孩子头脑发昏。不会走路、不会说话的时候就一举成名！甚至为他根本不记得的事情而成名！让他在远离过去的地方成长，直到他能接受这一切时再让他知道，不是更好吗?”

麦格教授张开嘴，改变了看法。她咽了口唾沫，接着说：“是啊——是啊，当然您是对的。可怎么把孩子弄到这里来呢，邓布利多?”她突然朝他的斗篷看了一眼，好像他会把哈利藏在斗篷里。

“海格会把他带到这里来的。”

“把这么重要的事情托付给海格去办——您觉得——明智吗?”

“我可以把我的身家性命托付给他。”邓布利多说。

“我不是说他心术不正，”麦格教授勉强地说，“可是您不能不看到他很粗心。他总是——那是什么声音?”

一阵低沉的隆隆声划破了周围的寂静。他们来回搜索街道上是否有汽车前灯的灯光，响声越来越大，最后变成了一阵吼叫。他们抬眼望着天空，只见一辆巨型摩托自天而降，停在他们面前的街道上。

如果说摩托是一辆巨型摩托，那么骑车人就更不在话下了。那人比普通人高一倍，宽度至少有五倍，显得出奇地高大，而且粗野——纠结在一起的乱蓬蓬的黑色长发和胡须几乎遮住了大部分脸庞，那双手有垃圾桶盖那么大，一双穿着皮靴的脚像两只小海豚。他那肌肉发达的粗壮双臂抱着一卷毛毯。

“海格，”邓布利多说，听起来像松了一口气，“你总算来了。这辆摩托你是从哪里弄来的？”

“借来的，邓布利多教授，”巨人一边小心翼翼地跨下摩托，一边说，“是小天狼星布莱克借给我的。我把他带来了，先生。”

“没有遇到麻烦吧？”

“没有，先生——房子几乎全毁了。我们赶在麻瓜们从四面八方汇拢来之前把他抱了出来。当我们飞越布里斯托尔①上空的时候，他睡着了……”

邓布利多和麦格教授朝那卷毛毯俯下身。他们看见毛毯里裹着一个男婴，睡得正香。孩子前额上一绺乌黑的头发下边有一处伤口，形状很奇怪，像一道闪电。

“这地方就是——”麦格教授低声说。

“是的，”邓布利多说，“他一辈子都要带着这道伤疤了。”

“你不能想想办法吗，邓布利多？”

“即使有办法，我也不会去做。伤疤今后可能会有用处。我左边膝盖上就有一个疤，是一幅完整的伦敦地铁图。好了——把他给我吧，海格——咱们最好还是把事情办妥。”

邓布利多把哈利抱在怀里，朝德思礼家走去。

“我能——我能跟他告别一下吗，先生？”海格问。

他把毛发蓬乱的大脑袋凑到哈利脸上，给了他一个胡子拉碴、痒乎乎的吻。接着海格突然像一只受伤的狗号叫了一声。

“嘘！”麦格教授嘘了他一声，“你会把麻瓜们吵醒的！”

“对—对—对不起，”海格抽抽搭搭地说，掏出一块污渍斑斑的大手帕，把脸埋在手帕里，“我—我实在受—受不了——莉莉和詹姆死了——可怜的小哈利又要住在麻瓜们家里——”

---

① 布里斯托尔，英国西南部港口城市，埃文郡首府，临布里斯托尔海峡。

“是啊，是啊，是令人难过，可你得把握住自己，不然我们会被发现的。”麦格教授小声说，轻轻拍了一下海格的臂膀。

这时邓布利多正跨过花园低矮的院墙，朝大门走去。他轻轻把哈利放到大门口的台阶上，从斗篷里掏出一封信，塞到哈利的毛毯里，然后回到另外两个人身边。他们三人站在那里，对小小的毯子注视了足有一分钟。海格的肩膀在抖动，麦格教授拼命眨眼，邓布利多一向炯炯有神的眼睛也暗淡无光了。

“好了，”邓布利多终于说，“到此结束了。我们没有必要继续待在这里。还是去参加庆祝会吧。”

“是啊，”海格嘟哝说，“我最好把车弄走。晚安，麦格教授——晚安，邓布利多教授。”

海格用外衣衣袖擦了擦流泪的眼睛，跨上摩托，踩着了发动机。随着一声吼叫，摩托腾空而起，消失在夜色里。

“希望很快和您见面，麦格教授。”邓布利多朝麦格教授点头说。

麦格教授擤了擤鼻子作为回答。

邓布利多转身顺着女贞路走了。他在街角上掏出银质熄灯器，咔嗒一声，只见十二个火球又回到各自的路灯上，女贞路顿时映照出一片橙黄，他看见一只花斑猫正悄悄从女贞路那头的拐角溜掉。他恰好可以看见4号台阶上放着的那个用毯子裹着的小包。

“祝你好运，哈利。”他喃喃地说，噔地用脚跟一转身，只听斗篷嗖的一声，他已经消失得无影无踪了。

微风拂动着女贞路两旁整洁的树篱，街道在漆黑的天空下寂静而规整，谁也不会想到这里会发生骇人听闻的事情。哈利·波特在毯子包里翻了个身，但他并没有醒。他的一只小手正好放在那封信旁边。他还在继续沉睡，一点也不知道他很特殊，不知道他名气很大，不知道再过几小时，等德思礼太太打开大门放奶瓶时，他会被她的尖叫声吵醒；更不会知道，在未来的几个星期，他表哥达力会对他连捅带戳，连掐带拧……他也不可能知道，就在此刻，全国的人都在秘密聚会，人们高举酒杯悄声说：“祝福大难不死的孩子——哈利·波特！”

第2章

悄悄消失的玻璃

自从德思礼夫妇一觉醒来在大门口台阶上发现他们的外甥以来，快十年过去了，女贞路却几乎没有变化。太阳依旧升到屋前整洁的花园上空，照亮德思礼家大门上的4号铜牌；阳光悄悄爬进他们的起居室，这里和德思礼先生当年收看关于猫头鹰的重大新闻的那个晚上一模一样。只有壁炉台上的照片显示出流逝了多少时光。十年前，这里摆放着许多照片，上面像是一个戴着五颜六色婴儿帽的粉红色海滩大气球——但达力·德思礼已不再是婴儿了，照片上是一个大头男孩骑着他的第一辆自行车，在商品展览会上乘坐旋转木马，跟父亲玩电脑游戏，被母亲拥着亲吻。这个房间里没有任何迹象表明这栋房子里还住着另一个男孩。

哈利·波特还住在这里，但不会太久，此刻他正在睡觉。他的佩妮姨妈已经醒了，每天这里发出的第一声噪音就是她的尖叫声。

“起来！起床了！赶快！”

哈利被惊醒了。姨妈又在拍打他的房门。

“起来！”她尖叫道。哈利听见她朝厨房走去，接着就是煎锅放到炉子上的声音。他翻身背对着门，尽力回忆刚才做过的梦。那是一个好梦。梦里有一辆会飞的摩托车。他感到很有趣，似乎以前也做过同样的梦。

姨妈又来到门外。

“你起来了吗？”她追问。

“快了。”哈利说。

“快了，那就赶紧，我要你看着熏咸肉。你敢把它煎煳了试试。我要达力生日这天一切都顺顺当当。”

哈利咕哝了一声。

“你说什么？”姨妈又在厉声问。

“没什么，没什么……”

达力的生日——他怎么会忘记呢？哈利慢慢吞吞地从床上爬起来，开始找袜子。他从床底下找到一双袜子，从其中一只袜子上抓下一只蜘蛛，然后把袜子穿上。哈利对蜘蛛早就习惯了，因为楼梯下边的储物间里到处是蜘蛛，而他就睡在那里。

他穿好衣服，顺着走廊来到厨房。餐桌几乎被达力的生日礼物堆得看不见了。看来达力收到了他想要的新电脑，至于第二台电视机还有赛车就更不在话下了。达力为什么想要一辆赛车，这对哈利来说是一个谜，因为达力胖乎乎的，而且讨厌锻炼——当然，除非这种锻炼包括拳脚相加。他最喜欢的拳击吊球就是哈利，可他并不是经常能抓住哈利。哈利看起来很单薄，但动作机敏。

也许和长年住在黑洞洞的储物间里有些关系，哈利显得比同龄人瘦小。他看上去甚至比他实际的身材还要瘦小，因为他只能穿达力的旧衣服，而达力要比他宽大三四倍。哈利有一张消瘦的面孔、膝盖骨突出的膝盖、乌黑的头发和一对翠绿的眼睛。他戴着一副用许多透明胶带粘在一起的圆框眼镜，因为达力总用拳头揍他的鼻子。对于自己的外表，哈利最喜欢的就是额头上那道像闪电似的淡淡疤痕。这道疤痕从他记事起就有了，他记得他问佩妮姨妈的第一个问题就是这道伤疤是怎么落下的。

"是在你父母被撞死的那场车祸中落下的。"姨妈这么说，"不许问问题。"

不许问问题——要与德思礼一家相安无事，这是规章的第一条。

弗农姨父来到厨房时，哈利正在翻熏咸肉。

"把你的头发梳一梳！"姨父咆哮着，这是他早晨见面打招呼的方式。

几乎每周一次，弗农姨父从他的报纸上方看看哈利，对哈利大喊大叫说他该去理发了。哈利理发的次数要比他班上所有的同学理发次数加起来还要多，可这一点也不起作用，他的头发照旧疯长。

哈利正在煎蛋的时候，达力和他母亲一起来到厨房。达力更像弗农姨父：一张粉红色的大脸，脖子很短，一对水汪汪的蓝眼睛，浓密的金发平整地贴在他那厚实的胖乎乎的脑袋上。佩妮姨妈常说达力长得像小天使——可哈利却说他像一头戴假发的猪。

哈利把一盘盘煎蛋和熏咸肉放到餐桌上，这可不容易，因为桌上已经没有多余的地方了。这时达力正在清点他的礼品。他的脸沉了下来。

"三十六，"他抬头看着父母说，"比去年少两件。"

"亲爱的，你还没算上玛姬姑妈送给你的礼物呢。你看，在你妈妈爸爸送给你的大包下边呢。"

"好吧，那就三十七件。"达力说，他的脸涨得通红。哈利看得出达力就要大发雷霆了，于是趁达力还没有把餐桌掀翻，连忙狼吞虎咽，把自己的一份熏咸肉一扫而光。

佩妮姨妈显然也嗅出了危险的信号，连忙说："今天我们上街的时候，再给你买两件礼物。怎么样，宝贝？再买两件礼物，这样好了吧？"

达力想了一会儿，这似乎是一件很难的工作。最后他总算慢慢吞吞地说："那我就有三十……三十……"

"三十九件，我的心肝宝贝。"佩妮姨妈说。

"哦，"达力重重地坐下来，抓起离他最近的一只礼包，"那好吧。"

弗农姨父咯咯地笑了。

“这臭小子是在算他的进账呢，这一点跟他爸爸一模一样。有你的，好小子，达力！”他揉了揉达力的头发。

这时电话铃响了，佩妮姨妈跑去接电话。哈利和弗农姨父看着达力拆包，一辆赛车、一台摄像机、一架遥控飞机、十六张新出的电脑游戏光盘和一台磁带录像机。他正在撕开一块金表的包装纸时，佩妮姨妈接完电话回来了，显得又生气，又着急。

“坏消息，弗农，”她说，“费格太太把腿摔断了，不能来接他了。”她朝哈利那边点了一下头。

达力吓得张口结舌，哈利却高兴得心脏怦怦直跳。每年达力生日这一天，他的父母总带着他和另一位朋友出去玩一天，上游乐园，吃汉堡包或是看电影，却把哈利留给费格太太，一个住得离这里有两条街的疯老婆子。哈利讨厌费格太太住的地方，满屋子都是卷心菜味；费格太太还非要他看她过去养过的几只猫的照片。

“现在怎么办？”佩妮姨妈气急败坏地看着哈利，仿佛这一切都是哈利一手策划的。哈利知道他应当为费格太太摔断腿感到难过，但是当想到要整整一年之后才会再见到踢踢、雪儿、爪子先生和毛毛（都是猫的名字），又觉得难过不起来了。

“咱们给玛姬挂个电话吧。”弗农姨父建议说。

“别犯傻了，弗农，她讨厌这孩子。”

德思礼夫妇经常这样当面谈论哈利，仿佛哈利根本不在场，甚至认为他是一个听不懂他们讲话的讨厌鬼，就像一条鼻涕虫。

“她叫什么来着，你的那位朋友——伊芬，怎么样？”

“上马约卡岛[①]度假去了。”她厉声说。

“你们可以把我留在家里。”哈利满怀希望地插嘴说。（这样他就可以看他想看的电视节目，换换口味，说不定还能试着玩一把达力的电脑。）

佩妮姨妈看起来像刚刚吞下了一个柠檬。

---

① 马约卡岛，在西地中海，属西班牙。

“好让我们回来看到整个房子都给毁了?”她大吼道。

“我不会把房子炸掉的。”哈利说。可他们根本不听。

“我想我们可以带他到动物园去,”佩妮姨妈慢吞吞地说,“……然后把他留在车上……”

“那是辆新车,不能让他一个人待在车上……”

达力大哭起来。其实,他并没有真哭,他已经有好多年没有真的哭过了。他知道,只要他一哭丧着脸,嗷嗷地号叫,母亲就会满足他的任何要求。

“我的好心肝宝贝,别哭,妈妈不会让他搅乱你的好日子的!”佩妮喊着,一下子把他搂到怀里。

“我……不……想让……他……去……去!”达力一边抽抽搭搭地假哭,一边断断续续地大喊大叫,“他总是把什么都弄坏了!”他躲在母亲臂弯里不怀好意地朝哈利撇嘴一笑。

正在这时,门铃响了——

“哎呀,天哪,他们来了!”佩妮姨妈慌慌张张地说。过了一会儿,达力最要好的朋友皮尔·波奇斯和他的母亲一起进来了。皮尔瘦骨嶙峋,脸像老鼠脸。达力打人的时候,皮尔总是把挨打人的双手反剪在背后,牢牢抓住。达力立刻不装哭了。

哈利简直不敢相信自己这么走运。半小时后,他和皮尔、达力坐在德思礼的私家车后座,生平第一次向通往动物园的路上驶去。他姨父姨妈想不出别的办法安置他,不过在动身前,弗农姨父把哈利叫到了一旁。

“我警告你,”他把红得发紫的大脸凑到哈利跟前说,“我现在警告你,小子,只要你干出一点点蠢事——干出任何事——那你就在储物间里待着,等圣诞节再出来吧。”

“我什么事也不会做的,”哈利说,“真的……”

但弗农姨父不相信他。从来没有人相信他的话。

问题是哈利周围常常会发生一些怪事,即使你磨破嘴皮对德思礼夫妇说那些事与哈利无关,也是白费唇舌。

每次哈利理发回来总像根本没有理过一样,有一次佩妮姨妈实在按捺不住,就从厨房里拿出一把剪刀,几乎把他的头发剪光了,只留下前面一绺头发"盖住他那道可怕的伤疤"。达力笑得前仰后合,可哈利整夜睡不着,思前想后,不知明天该怎么去上学,同学们本来就拿他那身松松垮垮的衣服和用胶带粘牢的眼镜当笑话。可到了第二天一早他起床的时候,竟发现自己的头发又恢复到了佩妮姨妈剪它以前的样子。尽管他拼命辩白,自己也弄不清头发为什么这么快就长出来了,可是为这件事他们还是把他在储物间里关了一个星期。

还有一次,佩妮姨妈硬要哈利穿一件达力穿过的旧套头毛衣(这件毛衣很难看,是棕色的,缀有橙色的小毛球)。她越是往哈利头上套,毛衣就缩得越小,最后缩得只能给掌上木偶穿,哈利穿当然是不合适了。佩妮姨妈断定是洗的时候缩水了,才没有处罚哈利,哈利大大地松了一口气。

另一次,哈利在学校伙房的屋顶上被发现了,这可给他惹出了很大的麻烦。达力和他的一伙跟往常一样追着哈利跑,结果哈利竟坐到了伙房的烟囱上,这使他受到的惊吓并不比别人小。德思礼夫妇收到女校长的一封信,女校长很生气,告诉他们哈利爬到学校楼顶上去了。其实哈利当时只是在往伙房外边的大垃圾箱后面跳(他在上了锁的储物间里朝姨父大喊大叫时这么解释)。哈利猜想大概是风把他半路上托上去了。

今天不会出什么差错的。他觉得只要不待在学校,不待在他的储物间里或是费格太太满溢着卷心菜味的起居室里,即使跟达力或皮尔一起在什么地方消磨一天也是值得的。

弗农姨父一边开车,一边对佩妮姨妈抱怨。他喜欢怨天尤人,工作中遇到的人、哈利,开会、哈利,银行、哈利,这是他喜欢抱怨的少数几个话题。今天早上他抱怨的是摩托车。

"……疯子一样,一路吼个没完,这些小兔崽子。"当一辆摩托车超车时,他说。

"我梦见过一辆摩托车,"哈利突然想起自己的梦,说,"那车还会飞呢。"

弗农姨父差点撞到前面的车上。他从座位上转过身,脸活像一个留着大胡子的大甜菜头。他朝哈利大吼了一声:“摩托车不会飞!”

达力和皮尔哧哧地笑起来。

“我知道摩托车不会飞,”哈利说,“那只是一个梦。”

他想,要是什么也没有说就好了。比问问题更让德思礼夫妇恼火的就是哈利总说一些违反常理的事情,不管是做梦梦到的,还是从动画片里看来的——他们认为他总有可能产生危险的想法。

这是一个阳光灿烂的周末,动物园里挤满了举家出游的游客。在入口的地方,德思礼夫妇给达力和皮尔各买了一支大巧克力冰淇淋;他们还没来得及把哈利带走,冰淇淋车上一位笑盈盈的小姐就已经在问哈利想吃点什么,他们只好给哈利买了一支便宜的柠檬冰棍。其实冰棍也不坏,哈利心里想。他一边舔冰棍,一边观赏一只正在搔头的大猩猩,这只大猩猩跟达力长得像极了,只不过它的毛发不是金色的。

好长时间以来,这是哈利最开心的一个早晨了。他特地小心翼翼地和德思礼夫妇保持着一小段距离,以防备达力和皮尔到吃午饭的时候,看动物看烦了,回过头来玩他们的拿手好戏——追打他。他们在动物园餐厅吃午饭,达力嫌给他买的一份彩宝圣代不够大,又大发脾气。弗农姨父赶紧给他点了一份大的,把原先那份让哈利吃掉了。

哈利事后想想,觉得自己应当明白好事不会持续太久的。

吃过午饭,他们来到爬虫馆。馆里阴冷、晦暗,沿四面墙都是明亮的玻璃窗。隔着玻璃只见各色蜥蜴和蛇在木块或石块上爬来爬去,溜溜达达。达力和皮尔想看看剧毒的大眼镜蛇和攻击性很强的巨蟒。达力很快就找到了馆里最大的一条巨蟒。它能用身体缠绕弗农姨父的汽车两圈,然后把车挤压成一堆废铁……不过这时看来它并没有这种心思,它睡得正香呢。

达力用鼻子紧贴着玻璃,盯着这盘亮闪闪的棕色巨蟒。

“让它动呀。”达力哼哼唧唧地央求他父亲。弗农姨父敲了敲玻璃,巨蟒却纹丝不动。

“再敲一遍。”达力命令说。弗农姨父用指节狠狠地敲玻璃,可大蟒继续打盹。

“真烦人。”达力抱怨了一句，拖着脚慢慢吞吞地走开了。

哈利在巨蟒待的大柜子前边挪动着脚步，仔细打量着这条巨蟒。如果它快快不乐最终在这里死去，哈利不会觉得奇怪。因为它没有伙伴，只有一些愚蠢的家伙整天用手指敲玻璃想把它弄醒。这比拿储物间当卧室更糟糕，尽管每天来光顾他的只有佩妮姨妈，捶门要他起床，可至少他还能在整栋房子里到处走走。

巨蟒突然睁开亮晶晶的小眼睛，慢慢地、慢慢地抬起头，直到与哈利的眼睛一般高。

它眨了眨眼。

哈利大为惊骇。他立刻飞快地四下里扫了一眼，看是否有人在注意他们。没有人注意。他回过头看着巨蟒，也对它眨了眨眼。

巨蟒猛地把头转向弗农姨父和达力那边，然后又抬眼看着天花板。它的眼神显然在对哈利说：“我总是碰到像他们这样的人。”

“我知道。”哈利隔着玻璃小声说，尽管他不能肯定巨蟒能否听到他说话，“那一定让你很烦。”

巨蟒用力点点头。

“那么，你是从哪里来的？”哈利问。

巨蟒甩着尾巴猛地拍了一下玻璃窗上的一块小牌子。哈利仔细看了一下。

蟒蛇，巴西。

“那边不错吧？”

巨蟒又甩着尾巴猛地拍了一下那块牌子，哈利继续读道：这是本动物园内繁殖的样品。

“哦，我明白了——这么说你从来没有去过巴西？”

巨蟒正在摇头回答，哈利背后突然传来震耳欲聋的喊叫，哈利和巨蟒都吓了一跳。“达力！德思礼先生！快来看这条蛇！你绝不会相信它在做什么！”

达力摇摇摆摆地赶紧朝他们走过来。

“别挡道。”他说，朝哈利胸口就是一拳。哈利大吃一惊，重重地摔在水泥地上。

随后发生的事,因为来得太突然,谁也说不清楚是怎么回事。只见皮尔和达力一下子紧贴在玻璃上,马上又惊恐万状,大喊大叫,连蹦带跳往后退去。

哈利坐了起来,大口喘气;蟒蛇柜前的玻璃不见了。巨蟒迅速地伸展开盘着的身体,溜到地板上——整个爬虫馆的人都尖叫着向出口跑去。

当巨蟒溜过哈利身旁时,哈利清清楚楚地听到一个咝咝的声音轻轻地说:“巴西,我来了……多谢,我的朋友。”

爬虫馆的管理员深感震惊。

“可这玻璃,”他不停地叨叨,“这玻璃到哪里去了?”

动物园园长再三道歉,并亲自给佩妮姨妈泡了一杯加糖的浓茶。皮尔和达力只在一旁东拉西扯。其实就哈利所看到的,除了巨蟒从他们身边溜过时,跟他们闹着玩,拍打了一下他们的脚后跟,别的什么也没有做。可当他们坐上弗农姨父的汽车后,达力说他的腿如何如何差一点儿被巨蟒咬断,皮尔则赌咒说这条巨蟒想把他缠死。而且,最糟糕的是当皮尔镇静下来以后,他突然说:“哈利还跟它说话呢,是不是,哈利?”

弗农姨父一直等到皮尔安全离开他们家之后才开始跟哈利算账。他气得几乎连话都说不出来。他勉强说了一句:“去——储物间——待着——不准吃饭。”就倒在扶手椅上了,佩妮姨妈连忙跑去给他端来一大杯白兰地。

哈利在黑洞洞的储物间里躺了好久,一直盼望能有一块手表。他不知道现在是几点钟,而且也不能肯定德思礼一家是不是睡了。等他们睡了,他就可以冒险偷偷溜到厨房去找点东西吃。

他还是个婴儿时,他的父母死于车祸。他记得,从那时起到现在,他已经在弗农姨父家生活近十年了,那是十年苦难的生活。他已经不记得父母身亡时,他自己也在车上。他有时躺在储物间里长时间拼命回忆,然后就会出现一种奇妙的幻象:一道耀眼的闪电般的绿光,前额上一阵火辣辣的疼痛。他猜想,这就是那场车祸,但他不知道那道绿光是从哪里来的。他一点也不记得他的父母了。姨父姨妈从来不提他们，当然，也不准他问。家里也没有他们的照片。

哈利年纪还小的时候经常做梦，梦见某一位亲戚突然来把他接走，可是他的梦从来没有实现过。德思礼一家是他唯一的亲戚。可有时候他觉得(也许是盼望)街上的陌生人似乎认识他。而且，他们都是一些非常奇怪的陌生人。一次他跟佩妮姨妈和达力上街买东西，就有一个戴紫罗兰色大礼帽的小个子男人向他鞠躬行礼。佩妮姨妈怒冲冲地追问哈利是否认识那人，之后就把他和达力赶出了商店，什么东西也没有买。另外一次在公共汽车上，一个放荡不羁、穿一身绿衣服的老太婆笑眯眯地向他招手。还有一次，一个穿紫色拖地长大衣的秃头男子在大街上竟然跑过来跟他握手，之后一句话没说就走开了。而最令人感到不可思议的是，当哈利想更仔细地看他们的时候，他们便消失得无影无踪了。

在学校里，哈利没有一个朋友。大家都知道，达力一伙最恨的就是穿松松垮垮的旧衣服、戴一副破碎眼镜的怪人哈利·波特。谁也不愿意去跟达力一伙作对。

第3章

猫头鹰传书

巴西巨蟒的脱逃使哈利受到了平生时间最长的一次惩罚。当他获准走出储物间时，暑假已经开始了。达力已经打坏了他的新摄像机，摔毁了遥控飞机，他的赛车也在他第一次骑着上街时，把拄着拐杖过女贞路的费格太太撞倒了。

学期结束了，哈利很开心，但他无法回避达力一伙，他们每天都要到达力家来。皮尔、丹尼、莫肯、戈登都是傻大个，而且很蠢，而达力是他们中间块头最大、最蠢的，也就成了他们的头儿。达力的同伙都乐意加入达力最热衷的游戏——追打哈利。

这就是哈利尽量长时间待在外边的原因。他四处游逛，盘算着假期的结束，由此获得对生活的一线希望。到九月他就要上中学了，这将是他平生第一次跟达力分开。达力获准在弗农姨父的母校上学。皮尔也要上这所学校。哈利则要去当地的一所综合制中学[1]——石墙中学。达力觉得很好笑。

“石墙中学开学的第一天，会把新生的头浸到抽水马桶里。”他对哈利说，“要不要上楼去试一试？”

“不用了，多谢。”哈利说，“可怜的马桶从来没有泡过像你脑袋这样叫人倒胃口的东西——它可能会吐呢。”不等达力弄明白这句话的意思，哈利早已经跑掉了。

七月的一天，佩妮姨妈带达力上伦敦，去给他买斯梅廷中学的校服，把哈利放在了费格太太家。这一回费格太太不像平时那么坏。原来费格太太是被自己养的猫绊倒才摔断了腿。她让哈利看电视，还给了他一小块巧克力蛋糕，可这块蛋糕吃起来像已经放了很多年似的。

那天晚上达力神气活现地在起居室里走来走去，向家人展示他那套新校服。斯梅廷中学的男生制服是棕红色燕尾服、橙色短灯笼裤和一顶叫硬草帽[2]的扁平草帽。他们还配了一支多节的手杖，趁老师不注意时用来互相打斗，这也许是对未来生活的一种有益训练吧。

弗农姨父看着身穿崭新灯笼裤的达力，激动得声音都沙哑了，说这是他平生感到最自豪的一刻。佩妮姨妈突然哭起来，说她的宝贝疙瘩已经长大了，长得这么帅，简直让她不能相信。哈利却不敢开口。为了强忍住不笑，他的两条肋骨都快折断了。

第二天早上哈利来吃早饭时，发现厨房里有一股难闻的味儿。这气味似乎是从污水池里的一只大铁盆里散发出来的。他走过去看了一眼，发现一盆灰黑色的水里泡着像破抹布似的东西。

“这是什么？”他问佩妮姨妈。她抿紧了嘴唇，每当哈利大胆问问题时，她总是这样。

“你的新校服呀。”她说。

哈利又朝盆里扫了一眼。

“哦，”他说，“我不知道还要泡得这么湿。”

---

① 五年制中学，学生十一岁入学，课程包括普通与职校学科。

② 旧时夏季划船戴的一种帽子。

“别冒傻气，”佩妮姨妈斥责说，“我把达力的旧衣服染好给你用。等我染好以后，你穿起来就会跟别人的一模一样了。”

哈利对此非常怀疑，但觉得最好不要跟她争论。他坐下来吃早饭时，竭力不去想自己第一天去石墙中学上学会是什么模样，八成像披着老象皮吧。

达力和弗农姨父进来时，都因为哈利那套新校服散发的味道皱起了鼻子。弗农姨父像通常一样打开报纸，达力则把他从不离身的斯梅廷手杖啪的一声放到桌上。

他们听到信箱咔嗒响了一声，一些信落到大门口的擦脚垫上。

“去拿信，达力。”弗农姨父从报纸后边说。

“叫哈利去捡。”

“哈利去捡。”

“达力去捡。”

“用你的斯梅廷手杖赶他去捡。”

哈利躲闪着斯梅廷手杖，去捡信。擦脚垫上有三样邮件：一封是弗农姨父的姐姐玛姬姑妈寄来的明信片，她现在在怀特岛上度假；另一封是看来像账单的棕色信封；还有——一封寄给哈利的信。

哈利把信捡了起来，目不转睛地盯着看，心里像有一根很粗的橡皮筋嘣的一声弹了起来，嗡嗡直响。他活到现在，从来没有人给他写过信。这封信可能是谁写的呢？他没有朋友，没有别的亲戚；他也没有借书证，因此不会收到图书馆催还图书的通知单。可现在确实有一封信，地址清清楚楚，不会有错：

萨里郡
小惠金区
女贞路4号
楼梯下的储物间
哈利·波特先生收

信封是用厚重的羊皮纸做的，地址是用翡翠绿的墨水写的。没有贴邮票。

哈利用颤抖的手把信封翻过来，只见上面有一块蜡封、一个盾牌饰章，大写“H”字母的周围圈着一头狮子、一只鹰、一只獾和一条蛇。

“小子，快拿过来！”弗农姨父在厨房里喊叫起来，“你在干什么，在检查邮包有没有炸弹吗？”他开了个玩笑，自己也咯咯地笑开了。

哈利回到厨房，目光一直盯着他的那封信。他把账单和明信片递给弗农姨父，然后坐了下来，慢慢拆开他那个黄色的信封。

弗农姨父拆开有账单的信封，厌恶地哼了一声，又把明信片轻轻翻转过来。

“玛姬病倒了，”他对佩妮姨妈说，“吃了有问题的蛾螺……”

“爸爸！”达力突然说，“爸爸，哈利收到什么东西了！”

哈利刚要打开他那封写在厚重羊皮纸上的信，信就被弗农姨父一把抢过去了。

“那是写给我的！”哈利说，想把信夺回来。

“谁会给你写信？”弗农姨父讥讽地说，用一只手把信纸抖开，朝它瞥了一眼。他的脸一下子由红变青了，比红绿灯变得还快。事情到这里并没结束。几秒钟之内，他的脸就变得像灰色的麦片粥一样灰白了。

“佩—佩—佩妮！”他气喘吁吁地说。

达力想把信抢过去看，可是弗农姨父把信举得老高，他够不着。佩妮姨妈好奇地把信拿过去，刚看了第一行，她就好像要晕倒了。她抓住喉咙，噎了一下，好像要背过气去。

“德思礼！哎呀！我的天哪——德思礼！”

他们俩你看我，我看你，都不说话，似乎忘了哈利和达力还在屋里。达力是不习惯被人冷落的。他用斯梅廷手杖朝他父亲的头上狠狠地敲了一下。

“我要看那封信。”他大声说。

“我要看。”哈利气呼呼地说，“因为那封信是写给我的。”

“你们俩，统统给我出去。”弗农姨父用低沉而沙哑的声音说，把信重新塞到信封里。

哈利没有动。

“我要我的信！”他大叫着说。

“让我看！”达力命令说。

“出去！”弗农姨父吼了起来，揪住哈利和达力的脖领，把他们俩扔到了走廊里，砰的一声关上厨房门。哈利和达力两人都火冒三丈，为争夺从锁孔窥视的权利，悄悄地争斗起来。最后达力胜利了。哈利一只耳朵上挂着他那副破眼镜，只好趴在地板上，贴着门和地板之间的缝隙窥探动静。

“弗农，”佩妮姨妈用颤抖的声音说，“你看看这地址——他们怎么会知道他睡在什么地方？他们该不会监视我们这栋房子吧？”

“监视——暗中窥探——说不定还会跟踪咱们呢。”弗农姨父愤愤地抱怨说。

“可我们该怎么办哪，弗农？要不要回封信？告诉他们我们不想让——”

哈利能看见弗农姨父锃亮的黑皮鞋在厨房里走来走去。

“不，”他终于说，“不，我们给他来个置之不理。如果他们收不到回信……对，这是最好的办法……我们按兵不动……”

“可是——”

“佩妮，我决不让他们任何人进这栋房子。我们抱他进来的时候，不是发过誓，要制止这种耸人听闻的荒唐事吗？”

那天傍晚，弗农姨父下班回来，做了一件他从来没有做过的事，他竟然到储物间来看望哈利了。

“我的信呢？”弗农姨父刚刚挤进门，哈利就问，“是谁写给我的？”

“没有人。因为地址写错了才寄给你的。”弗农姨父直截了当说，“我已经把信烧掉了。”

“根本没有写错，”哈利生气地说，“上面还写着我住在储物间里呢。”

“住嘴！”弗农姨父咆哮起来，两只蜘蛛从储物间的顶上被震了下来。他做了几次深呼吸，勉强挤出一个笑脸，但看起来像苦笑。

“唔——不错,哈利——说起这个储物间,你姨妈和我都考虑到……你已经长大了,这地方确实小了点……我们想,你不如搬到达力的另外一间卧室比较好。”

“为什么?”哈利说。

“不准问问题!”姨父吼起来,“把你这些东西统统搬到楼上去,现在就搬。”

德思礼家总共有四间卧室:一间是供弗农姨父和佩妮姨妈用的;一间是客房(通常是给弗农姨父的姐姐玛姬准备的);一间是达力的睡房;还有一间用来堆放达力卧室里放不下的玩具和什物。哈利只走了一趟就把他的全部家当从储物间搬到了楼上这个房间。他端坐在床上,朝房间里四下打量着。这里所有的东西几乎都是坏的。只用了一个月的摄像机放在一辆小手推车顶上,达力有一次还用这辆手推车去轧过邻居家的小狗;屋角放着达力的第一台电视机,当他心爱的节目被取消时,他给了电视机一脚;这里还有一只大鸟笼,达力用它养过一只鹦鹉,后来他把鹦鹉带到学校换回了一支真正的气枪——这支气枪现在扔在架子上,枪管的一头被达力坐弯了。另外的一些架子上摆满了书。这些书看上去大概是这个房间里唯一没有翻动过的东西。

楼下传来达力缠着他母亲哭闹的声音:“我不要他住那个房间……那个房间我要用……让他搬出去……”

哈利叹了口气,伸开四肢躺到床上。如果是昨天,要他搬上来,他会不惜任何代价。可是今天他宁愿拿着那封信搬回他的储物间,也不愿搬到这里来却拿不到那封信。

第二天吃早饭时,大家都觉得最好还是不说话。达力歇斯底里大发作,用斯梅廷手杖使劲敲打他父亲,故意装吐,拼命踢他母亲,用他的乌龟把温室的屋顶砸了个窟窿,可他还是没能把自己的房间要回去。哈利回想着昨天的这个时候,非常后悔没有在走廊里就把信打开。弗农姨父和佩妮姨妈一直沉着脸面面相觑。

今天来信的时候,弗农姨父似乎要对哈利示好,便让达力去拿信。他们听见达力穿过走廊时用斯梅廷手杖敲敲打打。之后,达力大喊大叫起来:“又有一封信！女贞路4号最小的一间卧室　哈利·波特先生收——”

弗农姨父像被掐住了脖子，喊了一声，从椅子上一跃而起，朝走廊跑去。哈利紧跟在他背后。弗农姨父只有把达力摔倒在地，才能把信拿到手，可哈利从背后搂住了他的脖子，这就增加了他的难度。经过片刻的混战，弗农姨父和哈利都挨了达力不少棍子。最后，弗农姨父直起腰大口喘着气，手里捏着哈利的信。

“上你的储物间去——我是说，上你的卧室去。”他呼哧带喘地对哈利说，“达力——走开——快走开！”

哈利在他新搬来的房间里来回兜着圈子。有人知道他已经搬出了储物间，好像还知道他没有收到写给他的第一封信。这足以说明他们还会再试一次。这回他可要保证让他们获得成功。他设计了一个方案。

第二天一早，修好的闹钟在六点钟时响了。哈利连忙把闹钟铃关掉，悄没声息地穿好衣服。他不能吵醒德思礼一家。他一盏灯也没有开就悄悄溜下楼去。

他要去女贞路街口等邮差来，抢先把4号的邮件取到手。当他穿过漆黑的走廊朝大门口走去时，他的心怦怦直跳——

“哎哟哟——！”

哈利一蹦老高——他一脚踩到了擦鞋垫上一个软绵绵的大东西，还是一个活物！

楼上的灯都亮了，哈利踩着的那个软绵绵的大东西竟是他姨父的脸，这使他大为惊骇。弗农姨父裹着睡袋躺在大门口是为了不让哈利做他想做的事。他朝哈利大喊大叫，嚷嚷了有半个钟头，才让哈利去泡杯热茶。哈利难过地拖着脚步，慢慢吞吞地来到厨房。等他转回来的时候，信件已经到了，刚好掉在弗农姨父的膝盖上。哈利看见了三封信，地址是用翠绿色墨水写的。

“我想——”他刚要开口，弗农姨父已经当着他的面把三封信撕得粉碎。

那天弗农姨父没去上班。他待在家里，把信箱钉死了。

“你看，”他嘴里含着一把钉子，对佩妮姨妈解释说，“如果他们没法投送，自然也就放弃了。”

“这是不是真能起作用，我不敢说，德思礼。”

“哦，那些人的头脑想问题都古里古怪的，佩妮，跟你我不一样。”弗农姨父说，用佩妮姨妈刚给他端来的水果蛋糕捶起了钉子。

星期五，寄给哈利的信至少有十二封。既然不能往信箱里插，只好往门底下的缝里塞，从门边的缝里塞，有几封信甚至从楼下盥洗室的小窗口塞了进来。

弗农姨父又待在家里。他把信全部烧光之后，就找来锤子、钉子，把前门后门的门缝全都用木板钉死，这样谁也出不去了。他一边干，一边哼着《从郁金香花园中悄悄走过》，一有点动静就吓一跳。

星期六，事态开始失控。二十四封写给哈利的信设法进入了德思礼家中。这些信是卷成小卷藏在两打鸡蛋下边，由毫不知情的送奶员从起居室窗口递给佩妮姨妈的。弗农姨父怒冲冲地给邮局、奶厂打电话找人说理。佩妮姨妈把二十四封信都塞到食品粉碎机里搅得粉碎。

“究竟什么人这么急着要找你联系？”达力吃惊地问哈利。

星期天早上，弗农姨父坐下来吃早饭时，显得很疲惫，气色也不太好，不过很开心。

“星期天没有邮差，”他一边把果酱抹在报纸上，一边高兴地提醒大家，“今天不会有该死的信来了……”

他正说着，有东西嗖嗖地从厨房烟囱里掉了下来，狠狠地砸在他的后脑勺上。接着三四十封信像子弹一样从壁炉里射出来。德思礼一家忙着躲避，哈利却一蹿老高，伸手想抓住一封——

“出去！出去！”

弗农姨父伸手抱住哈利的腰，把他扔到了走廊里。佩妮姨妈和达力双手抱头逃出屋去，弗农姨父砰的一声把门关上。他们能听见信件源源不断地向厨房里涌，弹到地板上和墙上。

“我受够了！”弗农姨父尽量保持镇静，但又大把大把地把胡子从脸上揪了下来，“我要你们五分钟之内都回到这里，准备走。我们要离开这里。赶紧去收拾几件衣服。没有商量！”

他揪掉了一半胡子，看起来很可怕，谁也不敢顶撞他。十分钟后，他们奋力拆开用木条钉死的大门，冲出来，坐上汽车朝公路疾驰而去。达力坐在后座上哭鼻子，因为他刚才要把电视机、摄像机和电脑都塞到他的运动背包里，耽误了大家的时间，父亲打了他的头好几下。

他们一个劲往前开。连佩妮姨妈也不敢问这是要去哪里。弗农姨父会不时打个紧急掉头，往回开一小段路。

“甩掉他们……甩掉他们……”每次他往回开的时候，总这么叨叨。

他们一整天都没有停下来吃东西或喝水。夜幕降临时，达力哇哇大哭起来。他平生从没遇到过像今天这么糟糕的事情。他饿极了；五个他想看的电视节目也错过了；他还从没遇到过今天这种情况，一整天都没坐到电脑前炸外星人。

汽车来到一座大城市的郊区，弗农姨父终于在一家显得幽暗阴沉的旅馆门口停了车。达力和哈利合住一个有两张床位的房间，潮湿的床单散发着一股霉味。达力打着呼噜，哈利却睡不着，只好坐在窗台上看着下边过往的汽车灯光，感到纳闷……

第二天早餐，他们吃的是走味的玉米片和罐头冷土豆加烤面包。刚吃完，旅馆的老板娘就过来了。

“对不起，你们当中有位哈利·波特先生吗？前边服务台大概收到了一百封像这样的信。”

她举起一封信好让他们看清用绿墨水写的地址：

科克沃斯
铁路风景旅馆
17号房间
哈利·波特先生收

哈利伸手去抓信，可是他的手被弗农姨父挡了回去。老板娘瞪大眼睛看着他。

"我去拿信。"弗农姨父说着，立刻站起来跟随老板娘走出餐厅。

"我们还是回家比较好吧，亲爱的。"几小时过后，佩妮姨妈胆怯地建议说。弗农姨父好像根本没有听到她说话。他究竟在寻找什么，他们谁也不知道。他开车把他们带到了一处森林中间。他下车四下里看了看，摇摇头，又回到车上，继续往前开。后来在一片新耕的田地里、在一座吊桥的中央和立体停车场的顶层又发生了同样的事。

"爸爸是不是疯了？"这时天色已经相当晚了，达力无精打采地问佩妮姨妈。弗农姨父把车停在海边，把他们锁在车里就不见了。

开始下雨了。豆大的雨点落到车顶上。达力又抽抽噎噎地哭鼻子了。

"今天是星期一，"他对母亲说，"晚上演《伟大的亨伯托》，我真想待在能看电视的地方。"

星期一。这使哈利想起一件事。他通常总是靠达力来推算每天是星期几，因为达力要看电视。如果今天是星期一，那么明天，星期二，将是哈利十一岁的生日。当然，他的生日从来都没有一点儿意思。去年德思礼夫妇送给他一个挂上衣的挂衣钩和一双弗农姨父的旧袜子。但是，他毕竟不是天天过十一岁的生日呀。

弗农姨父回来了，而且面带微笑。他还拎着一个细长的包裹，佩妮姨妈问他买的是什么，他没有回答。

"我找到了一个特别理想的地方！"他说，"走吧！都下车！"

车外边很冷。弗农姨父指着海上一块巨大的礁石。礁石上有一间可以想象的最寒酸的破烂小木屋。有一点可以肯定，那就是小屋里绝对不会有电视。

"天气预报说今天夜里有暴风雨！"弗农姨父高兴地拍着手说，"而这位先生好心地同意把船借给我们！"

一个牙齿掉光的老汉慢慢吞吞地朝他们走来，脸上挂着不怀好意的奸笑，指着在铁灰色海面上漂荡的一只破旧的划艇。

“我已经给大家弄到了一些吃的！”弗农姨父说，“我们就都上船吧！”

船上寒气逼人。冰冷的海水掀起的浪花夹着雨水顺着他们的脖子往下流淌，刺骨的寒风拍打着他们的面孔。大概过了好几个小时，他们来到了那块礁石边，弗农姨父连滚带爬地领着他们朝东倒西歪的小屋走去。

小屋里更显得可怕，有一股浓重的海藻腥味，寒风透过木墙的缝隙飕飕地往里灌，壁炉里湿漉漉的，什么也没有。屋里总共只有两个房间。

弗农姨父弄来的吃的东西也只是每人一包薯片和四根香蕉。他想把火生起来，但薯片的空包装袋只冒了一股烟，就卷缩成了一堆灰烬。

“现在要是有信，可就有用处了，是吧？”他开心地说。

他的心情很好。看得出他认为在这样暴风雨的天气，是不会有人冒雨来送信的。哈利心里当然也同意，但这种想法让他一点儿也高兴不起来。

夜幕降临，意料之中的暴风雨果然从四面八方向他们袭来。滔滔翻滚的海浪，拍打着小木屋的四壁，肆虐的狂风吹得几扇污秽不堪的窗户咔嗒咔嗒直响。佩妮姨妈从另一间屋里找来几床发霉的被子，在虫蛀的沙发上给达力铺了一张床。她和弗农姨父到隔壁一张坑坑洼洼、高低不平的床上睡了。哈利勉强找到一块不太硌人的地板，把身子蜷缩在一条薄而又薄的破被子下面。

深夜，雨暴风狂，暴风雨越发肆无忌惮。哈利不能入眠，他瑟瑟发抖，辗转反侧，总想睡得舒服些，肚子又饿得咕咕直叫。临近午夜，一阵沉闷的隆隆雷声淹没了达力的鼾声。达力的一只胳膊耷拉在沙发边上，胖乎乎的手腕上戴着手表，夜光的表盘告诉哈利再过十分钟他就满十一岁了。他躺在那里期待着他的生日在滴答声中一分一秒地临近。他心里想，不知德思礼夫妇会不会记得他的生日，不知那个写信的人此刻会在什么地方。

还有五分钟。哈利听见屋外不知什么嘎吱响了一声。但愿屋顶不会塌下来，尽管塌下来也许反倒会暖和些。还有四分钟。说不定等他回到女贞路时，那幢房子已经堆满了信，没准儿他还能想办法偷到一封呢。

还有三分钟。那是海浪汹涌澎湃，冲击着礁石吗？还有两分钟。那个嘎吱嘎吱的奇怪声音又是什么呢？是礁石碎裂滚入大海的声音吗？

再过一分钟他就十一岁了。三十秒——二十秒——十——九——也许应该把达力叫醒，故意气气他——三——二——一——

轰！

整个小屋被震得摇摇晃晃，哈利坐了起来，盯着房门。门外有人捶门要进来。

第4章

钥匙保管员

轰！又是捶门声。达力惊醒了。

“什么地方打炮？”达力迷迷糊糊地说。

他们背后又是哗啦一声响。弗农姨父抱着一支来复枪连滚带爬地跑进屋，这时他们才明白他那细长的包裹里原来是什么东西。

“门外是什么人？”他喊道，“我警告你——我有枪！”

外面静了一会儿。然后——

咔嚓！

门从合页上脱落下来，随着震耳欲聋的哗啦一声，门板摔在地上。

门口站着一个彪形大汉。他的脸几乎完全被蓬乱的长发和纠结的浓密胡须掩盖了，但你仍能看见他那对眼睛在头发下像黑甲虫似的闪闪发光。

巨人好不容易才挤进屋来，他弓着腰，这样他的头刚刚擦着天花板。他弯腰捡起门板，轻轻松松地就把门装到了门框上。外面的风暴声减弱了。他转身看着大家。

“能给我来杯热茶吗？走这么一趟可真不容易……”

他大步走到沙发跟前，达力坐在那里吓傻了。

“喂，让一点儿地方吧，你这个傻大个儿。”巨人说。

达力尖叫着跑过去躲到母亲身后，他母亲吓得蹲在弗农姨父背后。

“这就是哈利了！”巨人说。

哈利抬头看着他那张凶狠、粗野、面貌不清的脸，他那对甲壳虫似的眼睛眯起来，露出一丝笑容。

“上次见到你，你还是个小娃娃。”巨人说，“你很像你爸爸，可眼睛像你妈妈。”

弗农姨父发出一声刺耳的怪叫。

“我要你马上离开，先生！”他说，“你这是私闯民宅！”

“哦，住嘴，德思礼，你这个大傻瓜。”巨人说。他隔着沙发把枪从德思礼手里抢过来，轻轻一撅，绾了一个结，把它扔到屋角，仿佛这支枪是用橡皮做的。

弗农姨父又发出一声怪叫，好像一只老鼠被人踩了。

“不管怎么说——哈利，”巨人转过身来，背对着弗农夫妇，“祝你生日非常愉快。我这里有一件东西要送给你——有的地方我可能压坏了，不过味道还是一样。”

他从黑外衣内袋里取出一只稍稍有些压扁的盒子。哈利用颤抖的手将它打开，只见盒子里是一个黏糊糊的巧克力大蛋糕，上边用绿色糖汁写着：祝哈利生日快乐。

哈利抬眼看着这个巨人。他本来想向他致谢，可是话到嘴边却不见了，他脱口说出：“你是谁？”

巨人咯咯地笑起来。

“说真的，我还没向你做自我介绍呢。鲁伯·海格，霍格沃茨的钥匙保管员和猎场看守。”

他伸出一只巨手握住哈利的整只胳膊。

“哦,茶怎么样了?”他搓着手说,“如果有茶,在比你强的人面前就不要说没有,记住。”

他的目光落到空空的炉箅子上,那上边只有揉成一团的包装袋。他哼了一声,朝壁炉弯下腰,谁也没看见他做什么,但是当他随即退回来的时候,那里已是炉火熊熊。潮湿的木屋里火光摇曳,哈利感到周身暖和起来,仿佛跳进了热水池。

巨人又坐回到沙发上,沉重的身躯把沙发压得直往下塌。他开始从外衣口袋里掏出各式各样的东西:一把铜壶、一包压扁的香肠、一只拨火钳、一把茶壶、几只缺口的大杯子和一瓶琥珀色的液体。他先喝了一大口那种液体,然后开始泡茶。小屋里随即充满了烤香肠的香味和嘶嘶的声音。在巨人忙活的时候,谁也没有吱声。但是当他把第一批烤好的六根粗粗的、油汪汪的、稍稍有点焦的香肠从拨火钳上拿下来时,达力有些坐不住了。弗农姨父厉声说:“达力,不准碰他给你的任何东西。”

巨人拉下脸轻蔑地一笑。

“你这个呆瓜儿子用不着再长膘了,德思礼,你放心吧。”

他把香肠递给哈利,哈利早就饿极了。他这辈子也没吃过这么好吃的东西,但他始终无法将目光从巨人身上移开。最后,他看不会有人出来做任何解释,于是问:“对不起,可我真的还是不知道您是谁?”

巨人喝下一大口茶,用手背擦了擦嘴。

“就叫我海格吧,”他说,“大伙都这么叫我。我刚才对你说过,我是霍格沃茨的钥匙保管员——当然,霍格沃茨你总该知道吧?”

“唔——我不知道。”哈利说。

海格显得很吃惊。

“对不起。”哈利连忙说。

“对不起?”海格吼叫起来,调过头瞪着德思礼夫妇,他们俩吓得躲到暗处去了,“说对不起的应该是他们!我知道你没有收到那些信,但是我万万没有想到你竟然不知道霍格沃茨。我的天哪!难道你从来没想过你父母是在哪里学会那一切的吗?”

“一切什么?”

“一切什么？”海格大喝道，“你等等！”

他一跃而起，火冒三丈，似乎整个小屋都被他庞大的身躯填满了。德思礼夫妇吓得贴着墙瑟瑟发抖。

“你们的意思是要告诉我，”他朝德思礼夫妇咆哮道，“这孩子——这孩子！——对——什么都不知道吗？”

哈利觉得他这么说也未免太过分了。他毕竟还上过学，而且成绩也不坏。

“我知道一些事情，”哈利说，“比如，我会做算术之类的功课。”

可是海格朝他一摆手说：“我是说，知道我们的世界。你的世界。我的世界。你父母的世界。”

“什么世界？”

海格看起来简直要爆炸了。

“德思礼！”他大吼一声。

弗农姨父面色煞白，嘀嘀咕咕不知小声说着什么。海格怒冲冲地瞪着哈利。

“你总该知道你父母的事吧，”他说，“我是说，他们很有名气，你也很有名气。”

“什么？我的——我爸妈没有什么名气吧？”

“哦，你不知道……你不知道……”他用手指拢了拢头发，用困惑不解的目光盯着哈利。

“你不知道你是什么人吗？”他终于问。

弗农姨父突然能开口说话了。

“住嘴！”他命令说，“不要再说了，先生！我不准你对这孩子讲任何事！”

即使比弗农姨父更勇敢的人，在海格暴跳如雷、对他怒目而视的时候也会不寒而栗。海格说话时，每一个字都因愤怒而颤抖。

“你就从来没有告诉过他？没有告诉他邓布利多留给他的那封信的内容？我当时在场！我亲眼看见他留下了那封信。德思礼！这么多年你就一直瞒着不告诉他？”

“瞒着什么不让我知道?”哈利急不可耐地问。

“住嘴！我不准你说!”弗农姨父惊慌失措,大喊大叫起来。

佩妮姨妈吓得上气不接下气。

“哦,气死你们,把你们两个统统活活气死。”海格说,“哈利,你是一个巫师。”

小屋里鸦雀无声,只听见滚滚的涛声和狂风呼号。

“我是什么?”哈利喘着气说。

“一个巫师,当然。”海格说着,坐回到沙发上,沙发嘎吱嘎吱响得更厉害了,“我相信,只要经过一段时间培训,你一定会成为一名优秀的巫师。你有那样的父母,怎么可能不是巫师呢？我想现在该是你看这封信的时候了。”

哈利终于伸手接过一个淡黄色的信封,上边用翠绿色墨水写着:大海,礁石上的小屋,地板上,哈利·波特先生收。他抽出信读了起来:

霍格沃茨魔法学校

校长:阿不思·邓布利多

(国际巫师联合会会长、梅林爵士团一级大魔法师、威森加摩首席魔法师)

亲爱的波特先生:

我们愉快地通知您,您已获准在霍格沃茨魔法学校就读。随信附上所需书籍及装备一览表。

学期定于九月一日开始。我们将于七月三十一日前静候您的猫头鹰带来您的回信。

副校长

米勒娃·麦格　谨上

哈利的问题像烟花一样在头脑里纷纷爆裂,他一时拿不定该先问什么。过了一会儿,他才结结巴巴地说:“他们静候我的猫头鹰是什么意思?”

“狂奔的戈耳工[①]啊,哟,我想起来了。”海格用足以推倒一匹壮马的力量拍了拍他的脑门,又从外衣的另一个内袋里掏出一只猫头鹰——一只真的、活蹦乱跳、奓着毛的猫头鹰——还掏出一支长长的羽毛笔和一卷羊皮纸。他用牙齿咬着舌尖匆匆写了一张字条,哈利倒着看见字条上写道:

亲爱的邓布利多先生:

已将信交给哈利。明天带他去购买他要用的东西。天气糟透了。祝您安好。

海　格

海格将字条卷起来,让猫头鹰衔在嘴里,走到门口,把猫头鹰放飞到暴风雨中。随后他又回来坐下,仿佛这一切像打了个电话一样平常。

哈利发现自己一直张着嘴,连忙把嘴闭上。

“我说到哪儿了?”海格说。

这时弗农姨父突然移到火光照亮的地方,脸色依旧惨白,但看上去很生气。

“他不会去的。”他说。

海格哼了一声。

“我倒要看看,你们麻瓜们,像你这样的大笨蛋用什么办法阻拦他。”他说。

“你们什么?”哈利好奇地问。

“麻瓜,”海格说,“这是我们对像他们这类不相信魔法的人的称呼。不幸的是,你竟然在这么一个不相信魔法的家庭里长大。”

“我们收养他的时候就发过誓,要制止这类荒唐事,”弗农姨父说,“发誓要让他与这一切一刀两断!什么巫师,哼!”

---

① 戈耳工,希腊神话中三个蛇发女怪之一,面貌可怕,人见之立即化为顽石。

“您早就知道了？”哈利说，“您早就知道我是一个——一个巫师？”

“老早就知道，”佩妮姨妈突然尖着嗓子喊了起来，“老早就知道！我们当然老早就知道！我那个该死的妹妹既然是，你怎么可能不是？哦，她就是收到这样的一封信，然后就不见了——进了那所学校——每次放假回来，口袋里装满了癞蛤蟆蛋，把茶杯都变成老鼠。只有我一个人，算是把她看透了——十足一个怪物！可是我的父母却看不清，整天莉莉长、莉莉短，家里有个巫婆他们还美滋滋的！”

她停下来喘了一大口气，接着又喋喋不休地讲起来。看来这些话她已经憋在心里很多年，一直想一吐为快呢。

“然后她就在学校里遇到了那个波特，毕业后他们结了婚，有了你。当然，我也知道你会跟他们一样，一样古怪，一样——一样——不正常——后来，对不起，她走了，自我爆炸了，我们只好收养你！”

哈利的脸色变得煞白。等到能说出话来时，他立刻说：“爆炸？您对我说过，他们是遇到车祸丧生的！”

“车祸！”海格咆哮起来，他一跃而起，火冒三丈，吓得德思礼夫妇又躲到他们的角落里去了，“车祸怎么会伤害莉莉和詹姆·波特？这是诬蔑！是诽谤！我们世界里的每个孩子都知道哈利的名字，而他却不知道自己的身世！”

“可是为什么？怎么回事？”哈利急不可耐地问。

海格脸上的怒气消了，他突然显得焦虑不安起来。

“我从来没有料到会是这样。”他用低沉而焦虑的声调说，“邓布利多对我说过找你可能会遇到麻烦，因为有许多事你不知道。哦，哈利，我不知道由我来告诉你是不是合适——不过总得有人告诉你——你不能一无所知就去霍格沃茨上学呀。”

他鄙夷地朝德思礼夫妇扫了一眼。

“好，我来把我所知道的一切都告诉你——不过，我不能告诉你事情的全部，因为很多事情还是一个谜……”

他坐下来，朝炉火看了一会儿，然后说：“我想，我从一个叫——不过你不会不知道他的名字，真叫人不能相信，我们的世界里人人都知道——”

“谁?”

“好,除非万不得已,我不想提他的名字。没有人愿意提。”

“为什么不愿意提?”

“贪吃的怪兽滴水嘴啊,哈利,人们到现在还心有余悸呢。哎呀,难哪。当时有一个巫师,他后来……变坏了。坏透了。坏得不能再坏了。他的名字叫……”海格咽了一口唾沫,可还是说不出一个字来。

“你能写出来吗?”哈利提醒说。

“不行——这个字我不会拼。好吧——他叫伏地魔。”海格打了个寒战,“别再逼我重复他的名字了。总之,这个……这个巫师,大概二十年前吧,他开始为自己找门徒。他也找到了一些人……他们有些是因为怕他,有些是想从他那里学到些法力,因为他的法力在一天天变强。好了,那段日子可真是黑暗啊,哈利。你不知道应该相信谁,也不敢跟陌生的巫师交朋友……还发生了许多可怕的事情。他接管了我们这个世界。当然有些人反对他,他就把他们都杀掉了。太可怕了。当时唯一安全的地方就只有霍格沃茨。那个神秘人最害怕的就是邓布利多。他横竖不敢动那所学校,至少当时是这样。

“现在来说说你的父母吧,他们是我知道的最优秀的巫师。当年在霍格沃茨还分别担任男女学生会的主席呢!叫人弄不明白的是当初那个神秘人为什么没有把他们拉到他那边去……也许他知道他们和邓布利多很接近,不想与黑魔势力有关系吧。

“也许他认为他可以说服他们……也许想干脆把他们干掉。大家都知道,十年前的万圣节①前夕,他来到你们住的村庄,当时你只有一岁。他来到你们家就——就——”

海格突然掏出一块污渍斑斑、脏得要命的手帕擤了擤鼻涕,那声音响得像在吹雾角②。

---

① 基督教万圣节为每年十一月一日。

② 向在大雾中行驶的船只发警告的号角。

“对不起，”他说，“这是一个不幸的消息。我认识你的父母，再也找不到比他们更好的人了，不管怎么说——

“神秘人把他们杀了，他也要杀你，也许是想斩尽杀绝吧。可是叫人弄不明白的是他没有杀成。你就从来没有想过你脑门上那道伤疤是怎么来的吗？那不是一般的伤疤。那是一道很厉害的魔咒留下的。那道魔咒杀了你的父母，毁了你的家，可是碰到你身上却没有起作用。于是你也就因为这个出名了，哈利。凡是他决定要杀的人，没有一个能躲过劫难，只有你大难不死。他杀掉了当时一些优秀的巫师，比如麦金农夫妇、博恩斯夫妇、普威特兄弟俩。你是唯一大难不死，活下来的人。”

哈利的脑海里出现了一些非常悲惨的景象。当海格的故事就要讲完的时候，那道耀眼的绿光突然闪现，比他记忆中的任何一次都更加清晰。他又想起另外一些事，平生第一次听到一阵响亮、阴冷、凶残的笑声。

海格难过地看着他。

“我奉邓布利多之命亲自把你从那栋被毁的房子里抱了出来，送到这伙人这里……”

“胡说八道。”弗农姨父说。哈利跳了起来，他差一点儿忘了德思礼夫妇还在这里。弗农姨父显然恢复了勇气，他紧握双拳，对海格怒目而视。

“小子，现在听我说，”他咆哮起来，“我承认你身上是有些奇怪的地方，就是好好揍你一顿也治不了。至于你父母，我只能说，他们都是怪物，这是不可否认的。我是说，这世界上没有他们会更好，看看他们都干了些什么，整天跟巫师混在一起，我早就知道他们迟早要吃苦头——”

弗农姨父正说着，海格突然从沙发上跳起来，从外衣内袋里掏出一把粉红色的破伞。他像拿着一把剑那样用伞指着弗农姨父说：“我警告你，德思礼，我警告你……敢再说一个字……”

弗农姨父怕被这个大胡子巨人的伞头戳伤，又泄气了，紧贴着墙不再说话。

“这样才好。”海格说着，大口喘着气坐到沙发上，这回沙发整个塌到地板上了。

哈利还有许多问题,成百上千的问题要问。

“可是伏——对不起,我是说,那个神秘人后来怎么样了?”

“问得好,哈利。他不见了。失踪了。就在要杀你的那天夜里。这一来就让你的名气更大了。这也是最让人弄不明白的地方,你看……他的法力越来越强,为什么要走掉呢?

“有人说他死了。我认为纯粹是胡说八道。他身上恐怕已经没有多少人性,所以也就不可能死去。有人说他还在这一带,等待时机,可能吧,但我不相信。原来支持他的人都回到我们这边来了。有些人已经从噩梦中清醒。如果他还会东山再起,他们是不可能这么做的。

“我们大多数人都认为他还在这一带,不过已经失去了法力,已经虚弱得成不了气候了。因为你身上具有的某种力量把他毁了,哈利。那天晚上肯定发生了一件他没有预料到的事——我不知道那是什么事,没有人知道——不过你身上具有的某种力量使他受挫了,就是这样。”

海格用热切而崇敬的目光注视着哈利,但哈利并没有感觉到高兴和自豪;相反,他认为这肯定是一个可怕的错误。一个巫师?他?他怎么可能是巫师呢?他一直在达力的殴打和佩妮姨妈、弗农姨父的凌辱下偷生;如果他真是巫师,当他们要把他锁进储物间的时候,他们为什么没有变成疙疙瘩瘩的癞蛤蟆呢?如果他曾经打败过世界上最强大的魔法师,达力为什么能像踢足球那样把他踢得到处乱跑呢?

“海格,”他轻声说,“我想您一定搞错了,我想,我不可能是一个巫师。”

哈利很吃惊,海格居然咯咯地笑了起来。

“不是巫师,你害怕或生气的时候就从来没有事情发生过吗?”

哈利看着炉火,开始思索——每件惹得他姨父姨妈对他大发雷霆的怪事都发生在他——哈利——情绪不好或生气的时候……被达力一伙追打的时候,他总有办法让他们追不着……他正为剪成可笑的发型上学发怵,可他又让头发恢复了原样……而最近一次达力追打他的时候,他不是在不知不觉中就对他进行了报复吗?他不是放出一条巨蟒去吓唬达力了吗?

哈利回过头来对海格报以一笑,发现海格也朝他露出了笑容。

“明白了吧?”海格说,“哈利·波特,不是巫师——你等着瞧吧,你会在霍格沃茨名声大噪的。”

但弗农姨父也不甘心就此罢休。

“难道我没有对你说过他不去吗?”他尖着嗓子说,“他要去上石墙中学,他会感激我的。我看过那些信,要他准备一大堆无用的东西——像咒语书,还有魔杖什么的——”

“如果他真想去,像你这样不信魔法的大傻瓜是拦不住他的,”海格咆哮道,“阻止莉莉和詹姆·波特的儿子上霍格沃茨,你这是疯了!他一生下来,他的名字就入了霍格沃茨的名册。他要进的是世界上最优秀的魔法学校。七年之后,他会面貌一新。他要和跟他一样的孩子在一起,换换环境,还要在霍格沃茨有史以来最伟大的校长阿不思·邓布利多的教导下——”

“我决不花钱让一个疯老头子,一个大傻瓜去教他变戏法!”弗农姨父大吼起来。

这次他确实太过分了。海格抓起他的伞在头顶上绕了几圈,怒喝道:“永远——不准——在——我——面前——侮辱——阿不思——邓布利多!”

他用伞嗖地在空中挥了一下,然后直指达力,忽地一道紫罗兰色的闪光、一声鞭炮似的响声、一声尖叫,接着达力就用双手捂着肥胖的屁股,疼得直蹦,哇哇乱叫。当他把身子转过去、背朝他们时,哈利看见一根卷曲的猪尾巴从裤子的破洞里伸了出来。

弗农姨父一边吼叫,一边把佩妮姨妈和达力朝另一间屋拖去。他最后用惆吓的目光瞪了海格一眼,砰的一声把门带上了。

海格低头看了看伞,捋了捋胡须。

“我不该发火,”他懊恼地说,“不过,还是没有成功。我本来想把他变成一只猪,也许他已经太像猪了,所以用不着再去变什么了。”

他从浓密的眉毛下斜睇了哈利一眼。

“要是你对霍格沃茨的任何人都不提起这件事，我就谢谢你了。”他说，“我——哦——严格地讲，我不能施用魔法。只有在找你或给你送信的时候才准许我用一点儿——这也是我热心接下这个工作的原因之一。”

“为什么不准许您施用魔法呢？”哈利问。

“哦，是这样，我自己也在霍格沃茨上过学，但是，实话对你说，我——哦——被开除了。我当时上三年级。他们撅断了我的魔杖，其他东西都没收了。可邓布利多让我留下看管猎场。他可真是个了不起的人哪。”

“你为什么被开除？”

“时间太晚了，明天我们还有许多事情要做，”海格大声说，“明天一早还要进城给你买书什么的。”

他脱下黑色的厚呢外衣，扔给哈利。

“你就盖着这个睡吧。”他说，“要是有什么东西乱动，不用理会，有个衣袋里好像还装着两只睡鼠。”

第5章

对 角 巷

第二天一大早哈利就醒了。他明明知道天已经亮了，可还是把眼睛闭得紧紧的。

“这是一个梦，”他确定无疑地对自己说，“我梦见一个叫海格的巨人，他来对我说，我要进一所魔法学校。等我一睁眼，我准在家里，在储物间里。”

突然传来一阵啪啪的响声。

“又是佩妮姨妈在捶门了。”哈利想，他的心一沉。可他没有睁开眼，因为那个梦实在太好了。

啪。啪。啪。

“好了，”哈利咕哝说，“我这就起来。”

他坐起来，海格的厚外衣从身上滑了下去。小屋里充满了阳光，暴风雨已经过去了。海格睡在坍塌的沙发上。一只猫头鹰正用爪子敲打着窗户，嘴里衔着一份报纸。哈利感到特别高兴，仿佛胸中揣着的一个气球渐渐鼓了起来，使他飘飘欲仙了。他径直走到窗前，用力推开窗户。猫头鹰飞了进来，把报纸扔到海格身上，但他还是没有醒。猫头鹰扑腾着翅膀飞到地上，开始抓海格的外衣。

“别抓。”

哈利挥挥手想让猫头鹰走开，可是猫头鹰用它的利喙朝哈利猛啄过来，之后又去抓海格的外衣。

“海格！”哈利大声喊道，“这里有一只猫头鹰——”

“把钱付给它。”海格在沙发上哼哼唧唧地说。

“什么？”

“它要你付送报费。你在外衣袋里找找。”

海格的外衣上似乎除了口袋还是口袋——口袋里装着成串的钥匙、小弹丸、线团、薄荷硬糖、茶袋……最后，哈利终于掏出了一把稀奇古怪的硬币。

“给它五个纳特。”海格睡意蒙眬地说。

“‘纳特’？”

“那些小铜板。”

哈利数出五个铜板，猫头鹰伸出一只腿，要他把硬币放进绑在腿上的一只小皮囊里。随后它从敞开的窗口飞了出去。

海格打了个大哈欠，坐起来伸了伸懒腰。

“咱们最好还是早点走吧，哈利，今天还有好多事要做呢，要去伦敦给你买上学需要的所有东西。”

哈利摆弄着巫师的钱币，沉思起来。他不知想起了什么，觉得胸中那只快乐的气球被戳破了。

“唔，海格？”

“怎么？”海格说，正在套他的大靴子。

“我一个钱也没有，昨天晚上你已经听弗农姨父说过了，他不会花钱让我去学魔法的。”

“这个你不用担心，”海格说，站起来搔了搔头，“你以为你父母什么也没有给你留下吗?"

"可要是连他们的房子全都毁了——"

"他们是不会把黄金放在家里的,孩子!我们第一站去古灵阁。巫师银行。来一根香肠吧,冷的吃着味道也可以——加上一块你的生日蛋糕更不错。"

"巫师还有银行?"

"只有一家。古灵阁。是妖精们开的。"

哈利手里的香肠掉到了地上。

"妖精?"

"是的,所以,听我说,你要是想抢银行,那你就是发疯了。绝对不能把妖精们惹恼了,哈利。如果你想找一个安全可靠的地方存放东西,那么,我想除了霍格沃茨之外就是古灵阁了。其实,不管怎样我都要去一趟古灵阁,去替邓布利多办一件霍格沃茨的公事。"海格很得意地挺起胸来,"重要的事情他总是交给我办,比如来接你,去古灵阁取东西,都要我办,他知道他可以信任我,明白吗?

"东西都带好了吗?那就走吧。"

哈利跟着海格来到外面的礁石上。这时天晴气爽,海水闪烁着阳光。弗农姨父租的那条船还泊在原处,暴风雨过后,船舱里积了许多水。

"您是怎么到这里来的?"哈利问,四下里搜寻另外一条船。

"飞过来的。"海格说。

"飞过来的?"

"是的——不过我们得坐这条船回去。找到你以后,我就不能用魔法了。"

他们在船上坐定,哈利还在目不转睛地盯着海格,竭力想象他飞行的样子。

"划船好像有点丢人,不过,"海格说着,又朝哈利斜瞟了一眼,"我要是让——让——船开快一点,你能在霍格沃茨不提这件事吗?"

"当然可以。"哈利说,他心急火燎地想看到更多的魔法。海格抽出他那把粉红色的伞,敲了两下船帮,船就飞快地向岸边驶去了。

“您为什么说疯子才会去抢古灵阁呢？”哈利问。

“因为他们会咒语——会施妖术。”海格一边说，一边翻开报纸，“据说那些防范最严密的金库都由火龙把守着。要到那里还得先找到路——古灵阁在伦敦地下好几百英里的地方呢，明白吗？比地铁还要深。如果你真有办法偷到了一点东西，恐怕在找到出来的路之前，你早就饿死了。”

海格开始看他的《预言家日报》，哈利还坐在那里思前想后。哈利从弗农姨父那里知道人读报的时候总喜欢清静，可这实在太难了，他平生从来没有像现在这样有这么多问题想问。

“魔法部总是把事情搞得一团糟。”海格翻过报纸，抱怨说。

“还有魔法部？”哈利忍不住问。

“当然了，”海格说，“他们当然希望邓布利多当他们的部长，可是邓布利多坚决不肯离开霍格沃茨。这么一来，老康奈利·福吉就担任了这一职务。他是天下最没头脑的人了，总是砸锅。所以他每天早晨总派出许多猫头鹰到邓布利多那里去要邓布利多出点子。”

“可这个魔法部做些什么呢？”

“哦，他们的主要工作是不让麻瓜们发现这个国家还有那么多巫师。”

“为什么？”

“为什么？我的天哪，哈利，那样一来，人人都会希望用魔法来解决难题了。我们最好还是别去惹麻烦。”

这时船轻轻地碰到了码头。海格卷起报纸，两人踏上石阶向大街走去。

当他们俩穿过小城向车站走去时，一路上过往的人都目不转睛地盯着海格。哈利并不怪他们，这不仅因为海格比普通人要高大一倍，而且他还不停地对一些诸如汽车停车计费器之类很平常的东西指指点点，大声说：“看见那玩意儿了吗，哈利？这又是麻瓜们搞出来的什么名堂，嗯？”

“海格，”哈利说，为了追上海格的脚步，他已经有些气喘吁吁了，“您是说古灵阁有火龙吗?”

“是的,他们这么说。”海格说,“哟,我也想要一条火龙呢。”

“您也想要一条火龙?”

“我从小就想要了——走这边。”

他们来到了车站,再过五分钟有一趟开往伦敦的列车。海格说他不会用麻瓜的钱,就把钞票塞到了哈利手中,让他去买车票。

在火车上,人们就更盯着他们看了。海格占据了两个座位。落座之后还编织起一顶淡黄色的、像马戏团帐篷一样的东西。

“给你的信带了吗?”他一边数针,一边问。

哈利从衣袋里掏出一个羊皮纸信封。

“好,”海格说,“里边有一张必备用品的单子。”

哈利打开昨天夜里没有留意的第二页信纸,读道:

霍格沃茨魔法学校

〔制服〕

一年级新生需要:

1.三套素面工作袍(黑色)

2.一顶日间戴的素面尖顶帽(黑色)

3.一双防护手套(龙皮或同类材料制作)

4.一件冬用斗篷(黑色,银扣)

请注意:学生全部服装均须缀有姓名标牌

〔课本〕

全部学生均须准备下列图书:

《标准咒语,初级》,米兰达·戈沙克著

《魔法史》,巴希达·巴沙特著

《魔法理论》,阿德贝·沃夫林著

《初学变形指南》,埃默瑞·斯威奇著

《千种神奇药草及蕈类》,菲利达·斯波尔著

《魔法药剂与药水》，阿森尼·吉格著
《神奇动物在哪里》，纽特·斯卡曼著
《黑魔法：自卫指南》，昆丁·特林布著

〔其他装备〕

一支魔杖
一口坩埚（锡镴质，标准尺寸2号）
一套玻璃或水晶小药瓶
一架望远镜
一台黄铜天平

学生可携带一只猫头鹰或一只猫或一只蟾蜍

在此特别提请家长注意，一年级新生不准自带飞天扫帚

“这些东西我们在伦敦都能买到吗？”哈利大声问。
“只要你知道门径就行。”海格说。

哈利以前从没有来过伦敦。海格尽管知道路，但他过去显然不是以常人的方法来的。他在地铁验票口被卡住了，接着又大声抱怨座位太窄，车速太慢。

“我真不知道这些麻瓜们不用魔法怎么办事。”当他们顺着出了故障的自动扶梯来到店铺林立、人群熙攘的大街上时，海格又说。

海格人高马大，毫不费事就从人群中挤了过去，哈利只消紧跟在他背后就可以了。他们经过书店、唱片店、汉堡专卖店、电影院，就是没有一家看上去像是卖魔杖的商店。这只是一条普普通通的街道，挤满了普通人。当真会有成堆的巫师金币埋藏在他们脚下吗？真会有出售咒语书和飞天扫帚的商店吗？这一切可不可能是德思礼夫妇开的一个大玩笑呢？要不是哈利知道德思礼夫妇毫无幽默感，他也许就会这么想；可

是到目前为止，海格所讲的一切都太离奇了，令人难以置信，可哈利还是不能不相信他。

“就是这里，”海格停下来说，“破釜酒吧。这是一个很有名的地方。”

这是一家肮脏的狭小酒吧。要不是海格指出来，哈利很可能都不会注意到它。匆忙过往的人们连看也不看它一眼，目光只落在它一边的一家大书店和另一边的一家唱片店上。他们好像根本看不见破釜酒吧。哈利有一种很奇怪的感觉，似乎只有他和海格能看见这家酒吧。他还没来得及说话，海格就已经把他推到店里去了。

作为一个出名的地方，这里实在是太黑太脏了。几个老太婆坐在屋角拿着小杯喝雪利酒，其中一个正在抽一杆长烟袋。一个戴大礼帽的小男人正在跟那个头发几乎脱光、长得像瘪胡桃似的酒吧老板聊天。他们刚一进门，叽叽喳喳的说话声就突然停了下来。这里好像人人都认识海格，他们向他微笑、招手。酒吧老板拿起一只杯子说：“照老规矩，海格？”

“不了，汤姆，我正在给霍格沃茨办事呢。”海格用他的巨掌拍了拍哈利的肩膀，差一点儿把他压趴下。

“我的天哪，”酒吧老板仔细端详着哈利，说道，“这位是——这位莫非是——”

破釜酒吧里顿时悄然无声。

“哎呀！”酒吧老板小声说，“哈利·波特——荣幸之至。”

他连忙从吧台后边出来，朝哈利跑来，抓起他的手，激动得热泪盈眶。

“欢迎回来，波特先生，欢迎你回来。”

哈利不知说什么好。大家都在看他。那个抽长烟袋的老太婆一个劲地抽，根本没发现烟袋已经熄灭了。海格一直在笑。

接着椅子噼噼啪啪地响了起来，哈利突然发现自己竟跟破釜酒吧的人一一握起手来。

“我是科多利，波特先生，真是不敢相信，总算见到您了。”

“太荣幸了，波特先生，太荣幸了。”

“早就盼着跟您握手了——我的心怦怦直跳。”

“太高兴了，波特先生，简直没法说明我的心情，我叫迪歌，德达洛·迪歌。”

“我以前见过您，”当德达洛·迪歌过分激动而把礼帽弄掉时，哈利大声喊道，“有一次在商店里，你朝我鞠躬。”

“他居然还记得！”迪歌看着在场的每一个人喊道，“你们听见没有？他还记得我呢！”

于是哈利就一遍又一遍地握手——科多利总跑过来要求再跟他握一次。

一个面色苍白的年轻人走了过来，神情显得非常紧张，他的一只眼睛在抽动。

“奇洛教授！”海格说，“哈利，奇洛教授是在霍格沃茨教你的老师之一呢。”

“波—波—波特，”奇洛教授结结巴巴地说，抓起哈利的手，“见到你有说—说不出的—高—高兴。”

“您教哪一类魔法，奇洛教授？”

“黑—黑—黑魔法防—防御术。”奇洛教授含糊不清地说，似乎他觉得还是不提为好，“这你已经用—用不—不着学了，是吧，波—波—波特先生？”他神经质地哈哈大笑起来。“你这是准—准备去买你需要的东西吧？我也要—要去买—买一本关于吸血鬼的新—新书。”似乎他想起这件事就把自己吓坏了。

可是其余的人不会让奇洛教授跟哈利说个没完的。哈利花了大概十来分钟的时间才把他们摆脱掉。在一片喋喋不休的说话声中，海格提高嗓门叫哈利道：

“该走了，还有好多东西要买呢。走吧，哈利。”

科多利最后一次跟哈利握过手，海格就领着哈利穿过吧台，来到四面有围墙的小天井里。这里除了一只垃圾桶和一些杂草，什么也没有。

海格朝哈利咧嘴一笑。

“我不是对你说过吗，是不是？对你说过你很有名气。连奇洛教授在你面前都要发抖——不过，我要提醒你，他经常发抖。”

“他总是这么神经质吗?”

“哦,是的。倒霉的家伙。头脑聪明极了,上学的时候书也读得很好。可后来他休了一年学,为了要获得一些第一手的实践经验……据说,他在黑森林里遇到了吸血鬼,一个巫婆又使他遭到了很大麻烦,从那以后,他就完全变成了另外一个人。害怕学生,害怕自己教的科目……哦,我的伞呢?”

吸血鬼?巫婆?哈利听得晕头转向。这时海格正在数垃圾箱上边的墙砖。

“往上数三块——再往横里数两块——”他小声念叨,“好了,往后站,哈利。”

他用伞头在墙上轻轻敲了三下。

他敲过的那块砖抖动起来,开始移动,中间的地方出现了一个小洞,洞口越变越大。不多时,他们面前就出现了一条足以让海格通过的宽阔的拱道,通向一条蜿蜒曲折、看不见尽头的鹅卵石铺砌的街道。

“欢迎,”海格说,“欢迎你来到对角巷。”

见哈利惊讶不已,海格朝他咧嘴一笑。他们沿拱道走去,哈利忙侧身回头看,只见拱道一下子变窄了,然后又变成了原来坚实的墙壁。

耀眼的阳光投射在最近一家商店门外的一摞坩埚上。坩埚的上方悬挂着一块牌子,上边写着:

> 铜质——黄铜质——锡镴质——银质坩埚,型号齐全,自动搅拌——可折叠。

“哦,你需要买一个,”海格说,“不过我们先得去取钱。”

哈利恨不能再多长八只眼睛。他们走在街上,他一路东张西望,希望把一切都看个通通透透:所有的店铺、店铺前的物件、购物的人。一个胖女人站在药店外边,当他们经过时,她摇着头说:“龙肝,十六西可一盎司,他们疯了……”

从一家晦暗的商店里传出一阵低沉轻柔的呜呜声,门前的招牌上写着：咿啦猫头鹰商店——灰林枭、鸣角枭、草枭、褐枭、雪枭。几个与哈利年龄相仿的男孩鼻尖紧贴着橱窗玻璃，橱窗里摆着飞天扫帚。“看哪，”哈利听见一个男孩说，“那是新型的光轮2000——最高速——”还有的商店出售长袍，有的出售望远镜和哈利从没有见过的稀奇古怪的银器。还有的橱窗里摆满了一篓篓蝙蝠脾脏和鳗鱼眼珠，堆满了咒语书、羽毛笔、一卷卷羊皮纸、药瓶、月球仪……

“古灵阁到了。”海格说。

他们来到一幢高高耸立在周围店铺之上的雪白楼房前，亮闪闪的青铜大门旁，站着一个穿一身猩红镶金制服的身影，那不就是——

“不错，那就是一个妖精。”当他们沿着白色石阶朝那人走去时，海格镇定地小声说。

这个妖精大约比哈利矮一头，生着一张透着聪明的黝黑面孔，尖尖的胡子，哈利发现他的手和脚都特别长。他们进门时，那妖精向他们鞠躬行礼。之后他们面前出现了第二道门，是银色的，两扇门上镌刻着如下的文字：

请进，陌生人，不过你要当心
贪得无厌会是什么下场，
一味索取，不劳而获，
必将受到最严厉的惩罚，
因此如果你想从我们的地下金库取走
一份从来不属于你的财富，
窃贼啊，你已经受到警告，
当心招来的不是宝藏，而是恶报。

“就像我说的，你要是想抢这个银行，那你就是疯了。”海格说。

两个妖精向他们鞠躬，把他们引进一间高大的大理石大厅。大约有百十来个妖精坐在一排长柜台后边的高凳上，他们有的在用铜天平称钱币，有的在用目镜检验宝石，一边往大账本上草草地登记。大厅里有数不清的门，分别通往不同的地方，许多妖精正指引着来来往往的人出入这些门。海格和哈利朝柜台走去。

“早，”海格对一个闲着的妖精说，“我们要从哈利·波特先生的保险库里取一些钱。”

“您有他的钥匙吗，先生？”

“带来了。”海格说着，把衣袋里所有的东西都掏出来放到柜台上，不小心将一把发霉的狗饼干撒在了妖精的账本上。妖精皱了皱鼻子。哈利看着右边那个妖精正在称一堆跟烧红的煤块一般大小的红宝石。

“找到了。”海格终于说，举起一把小金钥匙。

妖精认真仔细地查看了一番。

“应当没有问题。”

“我这里还有一封邓布利多教授写的信，”海格郑重其事地说着，挺起胸来，“是关于713号地下金库里的‘那件东西’的。”

妖精仔细看了信。

“很好，”他说着，把信交还给海格，“我找人带你们去这两个地下金库。拉环！”

拉环是另外一个妖精。海格把狗饼干全装回口袋里之后，就和哈利跟随拉环从其中一扇门走出了大厅。

“713号地下金库里的‘那件东西’是什么？”哈利问。

“这我不能告诉你。”海格神神秘秘地说，“这是绝对机密。是关于霍格沃茨的事。邓布利多信任我。这是我的工作，不能讲给你听。”

拉环为他们俩打开门。哈利本以为又会看到许多大理石，但他吃了一惊。眼前是一道狭窄的石廊，燃烧的火把将它照得通明。石廊是一道陡峭的下坡，下边有一条小铁路。拉环吹了一声口哨，一辆小推车沿着铁道朝他们猛冲过来。他们爬上车——海格可费了不少劲——就出发了。

起初，他们沿着迷宫似的蜿蜒曲折的通道疾驰，哈利想记住走过的路，左拐，右拐，右拐，左拐，中间的岔路口，再右拐，左拐，根本记不住。咔嗒咔嗒响的小推车似乎认识路，根本不用拉环去驾车。

冰冷的空气呼啸而过，把哈利的眼睛都吹痛了，但是他还是竭力睁大双眼。一次，他似乎看到通道尽头有一团火，便转过身去，想看看那里是不是有一条火龙。但是，已经来不及了，他们已经冲到地底下更深的地方，经过一片地下湖，巨大的钟乳石和石笋分别从头顶和湖底生长出来。

“我一直弄不清，”哈利在咔嗒咔嗒的车声中，对海格喊道，“钟乳石和石笋有什么区别？”

“钟乳石这个字中间有字母m。”海格说，“现在别向我提问题，我觉得要吐了。”

海格脸色铁青，当小推车终于在通道的一扇小门前停下来时，他爬下车就紧靠在通道墙上，这样才使双膝不至于发抖。

拉环打开门锁。一股浓浓的绿烟从门里冒了出来，浓烟散尽之后，哈利倒抽了一口气。里边是成堆的金币、银条和堆积如山的青铜币。

“这全都是你的。”海格笑着说。

全都是哈利的，真令人难以置信。德思礼夫妇对此肯定一无所知，否则用不了一眨眼的工夫，他们就会把这一切全部据为己有。他们不是经常抱怨收养哈利要花费许多钱吗？可哈利一直拥有一笔属于他的小小财富，深埋在伦敦地下呢。

海格帮哈利把钱装进袋子里。

“金币是加隆，”海格解释说，“十七个银西可合一个加隆，二十九个纳特合一个西可，够简单的吧。好了，足够两学期用的了，剩下的替你保管着。”他转身对拉环说：“现在带我们去713号地下金库吧，不过能不能麻烦你让车开得慢一些？”

“车速只有一个。”拉环说。

他们下到更深的地方，速度越来越快。在急转弯的地方，空气变得更加寒冷刺骨。小推车咔嗒咔嗒响着来到一处山涧之上。哈利将身子探出车外，想看看黑洞洞的山涧里究竟有什么东西。海格哼了一声，揪住哈利的脖领，把他拽了回来。

713号地下金库没有钥匙孔。

“往后站。”拉环郑重其事地说。他伸出一根长长的手指轻轻敲门，那门竟轻轻地一点一点地消失了。

“除了古灵阁的妖精之外，其他任何人要这么做，都会被门吸进去，陷在门里出不来。”拉环说。

“你多长时间才来查看一次，看里边是否有人？”

“大概十年一次吧。”拉环说，不怀好意地咧嘴一笑。

在这个超级保险的地下金库里，毫无疑问会存放着非同一般的东西，这一点哈利很肯定。于是他凑过去急于想看看，至少里边会有神奇的珠宝吧，可是他最初的感觉是里边什么也没有。之后，他发现地上有一个用棕色纸包着的脏兮兮的小包。海格把它捡了起来，深深地塞到外衣里边的口袋里。哈利很想知道纸包里究竟是什么，但他明白问了也没用。

“走，回去上那辆该死的车吧，回去的路上别跟我说话，不过我最好还是把嘴闭上。”海格说。

又乘小车狂奔了一通之后，他们终于站在了古灵阁外面阳光耀眼的街上。哈利背着满满一口袋钱，不知道先去哪里好。他用不着计算一英镑合多少加隆，就知道他一辈子也没有过这么多钱，甚至达力也从来没有过。

“还是去买制服吧。”海格冲着摩金夫人长袍专卖店点点头，说，“哈利，我想去破釜酒吧喝一杯提神饮料，你不介意吧？古灵阁那小推车太可恨了。”他看上去脸色确实还不好，所以哈利独自踏进了摩金夫人的长袍店，觉得很紧张。

摩金夫人是一个矮矮胖胖的女巫，笑容可掬，穿一身紫衣。

“是要买霍格沃茨学校的制服吗，亲爱的？”不等哈利开口说话，她就说了，“我们这里多得很，说实在的，现在就有一个年轻人在里边试衣服呢。”

在店堂后边，有一个面色苍白、身体瘦削的年轻人站在脚凳上，一个女巫正用别针别起他的黑袍。摩金夫人让哈利站到年轻人旁边的另一张脚凳上,给他套上一件长袍,用别针别出适合他的身长。

“喂,”男孩说,“也是去上霍格沃茨吗?”

“是的。”哈利说。

“我爸爸在隔壁帮我买书,妈妈到街上找魔杖去了。”他说话慢慢吞吞,拖着长腔,叫人讨厌,“然后我要拖他们去看飞天扫帚,我搞不懂为什么一年级新生就不能有自己的飞天扫帚。我想,我要逼着爸爸给我买一把,然后想办法偷偷带进去。”

哈利立刻想起了达力。

“你有自己的飞天扫帚吗?”男孩继续说。

“没有。”哈利说。

“打过魁地奇吗?”

“没有。”哈利又说,弄不清魁地奇到底是什么。

“我打过。爸爸说,要是我不能入选我们学院的代表队,那就太丢人了。我同意这种看法。你知道你被分到哪个学院了吗?”

“不知道。”哈利说,越来越觉得自己太笨了。

“当然,在没有到校之前没有人真正知道会被分到哪个学院。不过,我知道我会被分到斯莱特林,因为我们全家都是从那里毕业的——如果被分到赫奇帕奇,我想我会退学,你说呢?”

哈利嗯了一声,希望他能说点更有趣的话题。

“喂,你瞧那个人!”男孩突然朝前面的窗户点头说。海格正好站在窗口,朝哈利咧嘴笑着并指指两个大冰淇淋,说明他不能进店。

“那是海格。”哈利说,能知道一些男孩不知道的事,觉得很开心,“他在霍格沃茨工作。”

“哦,”男孩说,“我听说过他。他是做仆人的,是吧?”

“他是猎场看守。”哈利说。他越来越不喜欢这个男孩了。

“对,一点不错。我听说,这个人很粗野,住在学校场地上的一间小木屋里,时不时地喝醉酒,玩弄些魔法,结果把自己的床也烧了。”

“我认为他很聪明。”哈利冷冷地说。

“是吗?”男孩略带嘲弄地说,“为什么是他来陪你?你的父母呢?”

“他们都去世了。”哈利简单地说，不想跟这个男孩谈论这件事。

“哦，对不起。”男孩说，可他的话里听不出丝毫歉意，“他们也是跟我们一类的人，是吧？”

“他们是巫师，我想你大概是指这个吧。”

“我确实认为不应该让另类入学，你说呢？他们不一样，从小就没有接受过我们这样的教育，不了解我们的世界。想想看，他们当中有些人在没有接到信之前甚至没听说过霍格沃茨这个学校。我想学校应当只限于招收古老巫师家族出身的学生。对了，你姓什么？”

哈利还没来得及回答，只听摩金夫人说：“已经试好了，亲爱的。”哈利庆幸自己能找到借口不再跟那男孩聊下去，便从脚凳上跳了下来。

“好，那么我们就到霍格沃茨再见了。”男孩拖长声调说。

哈利在吃海格给他买的冰淇淋（巧克力加覆盆子和碎果仁冰淇淋）时一直不吭声。

“怎么了？”海格问。

“没什么。”哈利撒谎了。他们停下来买羊皮纸和羽毛笔。哈利发现了一瓶写字时会变色的墨水，心情便好了起来。当他们走出店铺时，哈利问：“海格，什么是魁地奇？”

“哎呀，我的天哪，哈利，我忘记你知道得太少了，竟然连魁地奇都不知道。”

“劳驾，别让我的情绪变得更坏好不好？”他向海格说起在摩金夫人店里碰到的那个面色苍白的男孩。

“——他还说甚至不应该准许麻瓜家庭出身的人入学——”

“你又不是麻瓜家庭出来的。如果他父母是巫师——你在破釜酒吧已经看到了——那么他就该是听着你的名字长大的。其实，他又知道多少，我见过许多最优秀的巫师都是麻瓜家庭里唯一懂魔法的人——看看你母亲！看看她有一个什么样的姐姐！”

“那魁地奇到底是什么呢？”

“那是我们的一种运动。一种巫师们玩的球类运动。它像——麻瓜世界的足球——人人都喜欢玩魁地奇——骑飞天扫帚在空中打，有四个球——至于玩球的规则嘛,解释起来还真有点儿困难。"

"那么斯莱特林和赫奇帕奇又是什么呢?"

"那是学院名字。学校共有四个学院。都说赫奇帕奇有许多饭桶,不过——"

"我想,我一定会被分到赫奇帕奇了。"哈利怏怏不乐地说。

"宁愿进赫奇帕奇,也不要进斯莱特林。"海格脸色阴沉地说,"没有一个后来变坏的巫师不是从斯莱特林出来的,神秘人就是其中的一个。"

"伏——对不起——神秘人也在霍格沃茨上过学?"

"很多很多年以前了。"海格说。

他们在一家名叫丽痕的书店里买了哈利上学要用的课本。这里的书架上摆满了书,一直到天花板上,有大到像铺路石板的皮面精装书,也有邮票大小的绢面书;有的书里写满了各种奇特的符号,还有少数则是无字书。即使从来不读书的达力,要是有幸能得到其中的一两本,也一定会欣喜若狂的。哈利拿起一本温迪克教授著的《魔咒与破解魔咒》(用最新的复仇术捉弄你的朋友,蛊惑你的敌人:脱发、打折腿、绑舌头及其他许许多多手法),海格好不容易才把哈利从这本书前拖开。

"我想找出办法来给达力施魔咒。"

"我说这主意不坏,但你不能在麻瓜世界使用魔法,除非在很特殊的情况下。"海格说,"不过,你现在用不了那些魔咒,你还需要学习很多东西,才能达到那个水平。"

海格也不让哈利买一只纯金坩埚(购物单上开的是锡镴坩埚),不过他们买了一台计量药品的质量很好的天平和一架可折叠的黄铜望远镜。随后他们光顾了一家药店,那里散发出一股臭鸡蛋和烂卷心菜叶的刺鼻气味。但药店十分神奇,地上摆放着一桶桶黏糊糊的东西,顺墙摆着一罐罐药草、干草根和各种颜色鲜亮的粉末,天花板上挂着成捆的羽毛、成串的尖牙和毛爹爹的爪子。当海格向柜台后边的营业员买各种标准剂量的药粉时,哈利正在细看一个用独角兽角制成的号角,每个价值二十一加隆,以及乌黑、亮闪闪的甲虫小眼珠(五纳特一勺)。

他们走出药店,海格又核对了一遍哈利的购物单。

“就剩下你的魔杖了——哦，对了，我还没给你买一份生日礼物呢。”

哈利觉得自己脸红了。

“您不必了——”

“我知道不用买。是这样，我要送你一只动物，不是蟾蜍，蟾蜍好多年前就不时兴了，人家会笑话你的。我也不喜欢猫，猫总惹我打喷嚏。我给你弄一只猫头鹰。孩子们都喜欢猫头鹰，它能替你送信，送包裹。”

二十分钟后，他们离开了黑洞洞的咿啦猫头鹰商店，离开了窸窸窣窣的拍翅声和宝石般闪光的眼睛，哈利手里提着一只大鸟笼，里边装着一只漂亮的雪枭，头埋在翅膀底下睡得正香。哈利忍不住结结巴巴地一再道谢，听起来像奇洛教授在说话。

“不用谢，”海格声音沙哑地说，“德思礼夫妇是不会送给你礼物的。现在就剩下奥利凡德没去了，只有奥利凡德一家卖魔杖，到那里你一定能买到一根最好的魔杖。”

魔杖——这正是哈利梦寐以求的。

最后一家商店又小又破，门上的金字招牌已经剥落，上边写着：奥利凡德：自公元前382年即制作精良魔杖。尘封的橱窗里，褪色的紫色软垫上孤零零地摆着一根魔杖。

他们进店时，店堂后边的什么地方传来了阵阵叮叮当当的铃声。店堂很小，除了一张长椅，别的什么也没有。海格坐到长椅上等候，哈利有一种奇怪的感觉，仿佛来到了一家管理严格的图书馆；他强压住脑海里刚刚产生的许许多多新问题，开始看几乎码到天花板的几千个狭长的匣子。不知为什么，他突然感到心里发毛。这里的尘埃和肃静似乎使人感到暗藏着神秘的魔法。

“下午好。”一个轻柔的声音说，把哈利吓了一跳。海格也吓得不轻，因为这时突然传来一阵响亮的咔嚓咔嚓的声音，他连忙从长椅上站了起来。

一个老头站在他们面前，他那对颜色很浅的大眼睛在暗淡的店铺里像两轮闪亮的月亮。

“你好。”哈利拘谨地说。

“哦，是的，”老头说，“是的，是的，我知道我很快就会见到你，哈利·波特，这不成问题。你的眼睛跟你母亲的一样。当年她到这里来买走她的第一根魔杖，这简直像昨天的事。十又四分之一英寸长，柳条做的，挥起来嗖嗖响，是一根施魔法的好魔杖。”

奥利凡德先生走到哈利跟前，哈利希望他能眨眨眼，他那对银白色的眼睛使哈利汗毛直竖。

“你父亲就不一样了，他喜欢桃花心木魔杖。十一英寸长，柔韧，力量更强些，用于变形术是最好不过了。我说你父亲喜欢它——实际上，当然是魔杖在选择它的巫师。”

奥利凡德先生凑得离哈利越来越近，鼻子都要贴到哈利脸上了。哈利已经看到老头浑浊的眼睛里映出了自己的影子。

“哦，这就是……”

奥利凡德先生用苍白的长手指抚摸着哈利额上那道闪电形的伤疤。

“很对不起，这是我卖出的一根魔杖干的。”他柔声细语地说，“十三英寸半长。紫杉木的。力量很强，强极了，却落到了坏人手里……要是早知道这根魔杖做成后，会做出这样的事……”

他摇摇头，接着一眼认出了海格，这使哈利松了一口气。

“鲁伯！鲁伯·海格！又见到您了，真是太高兴啦……橡木的，十六英寸长，有一点儿弯，对吧？”

“不错，先生。”海格说。

“那可是一根好魔杖啊。可我想，在他们开除你的时候，准被他们撅折了吧？”奥利凡德先生说，突然变得严肃起来。

“啊，不错，是被他们撅折了，是的。”海格慢慢地移动着脚步说道，“撅折的魔杖我还留着呢。”他又高兴地说。

“可你不用它了吧？”奥利凡德先生急忙问。

“哦，不用了，先生。”海格忙回答。哈利注意到海格在回答时紧紧抓住了那把粉红色的伞。

“唔。”奥利凡德先生说着，用锐利的目光扫了他一眼。“好了，波特先生，来吧。让我看看。”他从衣袋里掏出一长条印有银色刻度的卷尺，“你用哪只胳膊使魔杖？”

“哦——哦，我习惯用右手。”哈利说。

“把胳膊抬起来。好。”他为哈利量尺寸，先从肩头到指尖，之后，从腕到肘，肩到地板，膝到腋下，最后量头围。他一边量，一边说：“每一根奥利凡德魔杖都具有超强的魔法物质，这也就是它的精髓所在，波特先生。我们用的是独角兽毛、凤凰尾羽和火龙的心脏神经。每一根奥利凡德魔杖都是独一无二的，因为没有两只完全相同的独角兽、火龙或凤凰。当然，你如果用了本应属于其他巫师的魔杖，就绝不会有这样好的效果了。”

当量到两鼻孔间的距离时，哈利突然发现竟是卷尺在自动操作。奥利凡德先生正在货架间穿梭，忙着选出一些长匣子往下搬。

“好了。”他说，卷尺滑落到地上卷成一团，“那么，波特先生，试试这一根。山毛榉木和火龙的心脏神经做的。九英寸长。不错，很柔韧。你挥一下试试。”

哈利接过魔杖（心里觉得有点冒傻气），刚挥了一下，奥利凡德先生就立刻把魔杖从他手里夺了过去。

“槭木的，凤凰羽毛。七英寸长。弹性不错，试试看——”

可哈利刚一试，还没来得及举起来，魔杖就又被奥利凡德先生夺走了。

“不，不——试试这根，用黑檀木和独角兽毛做的。八英寸半长。弹性很强。来吧，来吧，试试这根。”

哈利试了一根又一根。他一点不明白奥利凡德先生认为什么样的才合适。试过的魔杖都堆放在长椅上，越堆越高。但奥利凡德先生从货架上抽出的魔杖越多，似乎显得越高兴。

“一位挑剔的顾客吧，嗯？不要紧，我想，这里总能找到一款最理想，最完美，最适合你的——让我想想看——哦，有了，怎么会没有呢——非凡的组合，冬青木，凤凰羽毛，十一英寸长。不错，也柔韧。”

哈利接过魔杖，突然感到指尖一热。他把魔杖高举过头，嗖的一声向下一挥，划过尘土飞扬的空气，只见一道红光，魔杖头上像烟花一样金星四射，跳动的光斑投到四壁上。海格拍手喝彩，奥利凡德先生大声喊起来：“哦，好极了，哦，真的，太好了。哎呀，哎呀，哎呀……太奇妙了……真是太奇妙了……”

他把哈利的魔杖装到匣子里，用棕色纸包好，嘴里还不停地说：“奇妙……奇妙……”

“对不起，”哈利说，“什么地方让您觉得奇妙？”

奥利凡德先生用苍白无色的眼睛注视着哈利。

“我卖出的每一根魔杖我都记得，波特先生。每一根魔杖我都记得。是这样，同一只凤凰的两根尾羽，一根做了这根魔杖，另一根做了另外一根魔杖。你注定要用这根魔杖，而它的兄弟——咳，正是它的兄弟给你落下了那道伤疤。”

哈利倒抽了一口气。

“不错，十三英寸半长。紫杉木的。怎么会有这样的事，真是太奇妙了。记住，是魔杖选择巫师……我想，你会成就一番大事业的，波特先生……不管怎么说，那个神秘的连名字都不能提的人就做了大事——尽管可怕，但还是大事。”

哈利浑身一激灵。他不敢肯定自己是否喜欢这位奥利凡德先生了。他付给奥利凡德先生七个加隆买下了魔杖，奥利凡德先生鞠躬把他们送出店门。

傍晚，哈利和海格踏上回对角巷的路时，太阳已快下山了。他们穿过墙，经过已空无一人的破釜酒吧，走上大路。一路上，哈利一言不发。在地铁里他甚至没有留意那么多人正张大了嘴凝视着他们提着大大小小、奇形怪状的包裹，而他怀里还抱着一只熟睡的雪枭，他们又乘了一段自动扶梯，来到帕丁顿车站。海格拍拍哈利的肩膀，哈利这才猛地意识到他们在什么地方。

“开车前，我们还有时间吃一点儿东西。”海格说。

他给哈利买了一个汉堡，他们就坐在塑料椅上吃了起来。哈利一直在东张西望，不管怎么说，他总觉得周围的一切都很奇怪。

“你没什么吧，哈利？你一句话也不说。”海格说。

哈利不知道自己能不能讲清楚。他刚刚过了一个生平最好的生日——可是——他嚼着汉堡，一边寻思着该怎么说。

“人人都觉得我很特别，”他终于说，“破釜酒吧的那些人、奇洛教授、奥利凡德先生……可我对魔法一窍不通。他们怎么能期望我成就大事呢？我有名气，可那些让我出名的事，我甚至一点儿也不记得。在伏——对不起——我是说，我父母去世的那天夜里，我根本不知道发生了什么事。”

海格隔着桌子探过身来。他那蓬乱的胡须和眉毛下边露出慈祥的微笑。

“别担心，哈利。你很快就会学会的。在霍格沃茨，人人都是从基础开始学的。你会很好的。打起精神来。我知道这对于你很难。你一直孤零零一个人，总是很难过的。不过你在霍格沃茨一定会很愉快，像我——说实话——过去和现在都很愉快。”

海格把哈利送上可以回德思礼家的火车，然后递给他一封信。

“这是你去霍格沃茨的车票。”他说，“九月一日——国王十字车站——票上都有。德思礼夫妇要是欺负你，就写封信让猫头鹰给我送来，它知道到什么地方去找我……下次再见了，哈利。”

火车驶出了车站。哈利想目送海格离去，他跪到座位上，鼻子紧贴着车窗，可一眨眼的工夫，海格就不见了。

第6章

从$9\frac{3}{4}$站台开始的旅程

哈利与德思礼一家相处的最后一个月并不愉快。说真的，达力着实被哈利吓坏了，他不敢跟哈利待在同一个房间里，佩妮姨妈和弗农姨父也不敢再把哈利关在储物间里，也不强迫他干活儿了，也不再朝他大喊大叫了——事实上，他们根本不跟他讲话。一半出于恐惧，一半出于恼怒，他们对哈利的存在视而不见。尽管这在许多方面是一个进步，但时间一久就使人感到有些没趣。

哈利大多时间都待在他的房间里，有他新买的猫头鹰做伴。他决定管它叫海德薇，这是他从《魔法史》这本书里找到的名字。他的学校课本都很有趣。他躺在床上，一读就到深夜，海德薇从打开的窗口尽情地飞进飞出。幸运的是佩妮姨妈不再到房间里来吸尘了，因为海德薇总是叼回来死老鼠。哈利把九月一日以前的每个日期一天一天写在一张纸上，钉在墙上，每天临睡前就在第二天的日期上打一个钩。

八月的最后一天，哈利觉得最好还是跟姨父姨妈谈谈明天去国王十字车站的事，于是他下楼来到起居室。姨父姨妈正在看竞猜电视节目，他清了一下嗓子，好让他们知道他来了；达力尖叫着跑出屋去。

"哦——弗农姨父？"

弗农姨父哼了一声，表示他在听。

"哦——我明天得去国王十字车站——去霍格沃茨。"

弗农姨父又哼了一声。

"请问您用车送我一下行吗？"

"哼。"哈利认为这就是表示可以。

"谢谢您。"

他刚要回到楼上去，弗农姨父却真的开口说话了。

"坐火车去巫师学校未免太可笑了吧。他们的魔毯全都破光了吗？"

哈利没吭声。

"这所学校到底在什么地方？你说。"

"我不知道。"哈利说，这才想到这一点。他从衣袋里掏出海格给他的火车票。

"我应该坐十一点钟从$9\frac{3}{4}$站台开出的火车。"他读道。

姨父姨妈瞪大了眼睛。

"第几站台？"

"$9\frac{3}{4}$站台。"

"别胡说八道了，"弗农姨父说，"根本就没有$9\frac{3}{4}$站台。"

"我的火车票上就是这么写的。"

"胡说，"弗农姨父说，"他们好多人都疯了，到处乱咋呼。你会明白的。你等着瞧吧。好了，我们送你去国王十字车站。反正我们明天要去伦敦，要不然我才不去找麻烦呢。"

"您上伦敦做什么？"哈利问，希望保持友好气氛。

"带达力上医院，"弗农姨父咆哮起来，"在他上斯梅廷之前把那条可恶的尾巴割掉。”

第二天，哈利早上五点就醒来了。他又兴奋又紧张，再也睡不着了。他从床上爬起来，穿上牛仔裤，因为他不愿穿巫师长袍进火车站——准备上车再换。他又核对了一遍霍格沃茨开列的购物单，看需要的东西是否都买齐了，再看看海德薇是不是好好地关在笼子里，之后就在房间里踱起步来，等候德思礼夫妇起床。两小时后，哈利沉重的大箱子终于被抬上了德思礼家的汽车，佩妮姨妈说服达力坐到哈利身边，他们就上路了。

他们十点半来到国王十字车站。弗农姨父把哈利的皮箱放到手推车上，帮他推进站。哈利正在琢磨弗农姨父为什么一下子变得出奇地好，弗农姨父突然面对站台停下来不走了，心怀鬼胎地咧嘴一笑。

“好了，你到了，小子。第9站台——第10站台。你的站台应该是在这两个站台之间吧，可看起来好像还没来得及修建呢，是吧？”

当然，他说得不错。一个站台上挂着一块大大的9字塑料牌，另一个站台上挂着大大的10字塑料牌，而两者中间什么也没有。

“祝你学期顺利。”弗农姨父说着又咧嘴一笑，显得更没怀好心。他没再说什么就走开了。哈利转身眼看着弗农一家开车离去。他们三个人都在哈哈大笑。哈利觉得嘴有一点儿发干。他究竟该怎么办呢？因为海德薇，他已经招来许多好奇的目光。他得找人问问。

他拦住一个过路的警卫，但不敢提$9\frac{3}{4}$站台。警卫从来没听说过霍格沃茨。当他发现哈利甚至说不清霍格沃茨具体在什么地方时，开始生气了，认为哈利是在故意装傻愚弄他。哈利实在没辙了，只好问十一点发出的列车有几班，警卫说一班也没有。最后警卫迈着大步走开了，一路抱怨有些人专门浪费别人的时间。哈利告诫自己尽量不要惊慌失措。到达列车时刻表上方的大钟显示，再过十分钟他就该登上开往霍格沃茨的列车了，可他一点也不知道该怎么办。他身边是一个他简直提不动的大箱子，满满一口袋魔币和一只大猫头鹰，他站在站台中央，一筹莫展。

一定是海格忘记告诉他诸如敲左边第三块砖就可以到达对角巷之类的事了。他在想要不要拿出魔杖来敲第9和第10站台之间的隔墙。

正在这时，一群人从他背后经过，一两句话飘进了他的耳朵里。

“——当然挤满了麻瓜们——”

哈利连忙转身，只见说话的是一个矮矮胖胖的女人，正在跟四个红头发的男孩说话。他们每人都推着像哈利那样的皮箱——他们也有一只猫头鹰。

哈利的心怦怦直跳，连忙推着车紧跟着他们。他们停下来，他也跟着停在离他们不远的地方，以便能听见他们说话。

“好了，是几号站台？”孩子们的母亲问。

“$9\frac{3}{4}$！”一个红头发的小姑娘牵着妈妈的手，尖着嗓子大声说，“妈妈，我能去吗……？”

“你还太小，金妮，现在，别说话了。珀西，你走在最前头。”

看上去年龄最大的那个男孩朝第9和第10站台中间走去。哈利目不转睛地盯着他，连眼也不敢眨，生怕漏掉了什么——但正当那孩子走到第9和第10站台分界的地方时，一大群旅客突然拥到哈利前面，等最后一只大帆布背包挪开时，那孩子竟然不见了。

“弗雷德，该你了。”胖女人说。

“我不是弗雷德，我是乔治。”一个男孩说，“说实在的，您说您是我们的母亲，可为什么您认不出我是乔治呢？”

“对不起，乔治，亲爱的。”

“开个玩笑，我是弗雷德。”这孩子说完就朝前走了。他的孪生兄弟在背后催他快点。他想必听了兄弟的话，因为他一转眼就不见了——可他是怎么做的呢？

这时第三个兄弟迈着轻快的步子朝隔墙走去——他刚要走到——突然，也不见了。

没有别的办法。

“对不起。”哈利对胖女人说。

“喂，亲爱的，”她说，“头一回上霍格沃茨吧？罗恩也是新生。”她指着最后、也是她最小的儿子说。

这孩子又瘦又高，显得笨手笨脚，满脸雀斑，大手、大脚、长鼻子。

“是的，”哈利说，“问题是——问题是我不知道该怎么去——”

“该怎么去站台是吗？”她善解人意地说，哈利点点头。

“别担心，”她说，“你只要照直朝第9和第10站台之间的隔墙走就是了。别停下来，别害怕，照直往里冲，这很重要。你要是心里紧张，就一溜小跑。走吧，你先走，罗恩跟着你。”

“哦——好吧。”哈利说。

他把小车掉过头来，眼睛拼命盯着隔墙，它看起来还很结实呢。

他开始向隔墙走去，一路上被拥向第9和第10站台的旅客推来搡去。哈利加快脚步。他肯定会直接撞上隔墙，那样可就麻烦了——他弯腰趴在手推车上，向前猛冲——眼看隔墙越来越近——仅一步之遥——他已无法停步——手推车也失去了控制——他闭着眼睛准备撞上去——

但什么事也没有发生……他继续朝前跑着……他睁开了眼睛。

一辆深红色蒸汽机车停靠在挤满旅客的站台旁。列车上挂的标牌写着：霍格沃茨特快列车，十一点。哈利回头一看，原来是隔墙的地方现在竟成了一条锻铁拱道，上边写着：$9\frac{3}{4}$站台。他成功了。

蒸汽机车的浓烟在叽叽喳喳的人群上空缭绕，各种花色的猫在人们脚下穿来穿去。在人群嗡嗡的说话声和拖拉笨重行李的嘈杂声中，猫头鹰也刺耳地鸣叫着，你呼我应。

头几节车厢已经挤满了学生，他们有的从车窗探出身来和家人说话，有的在座位上打闹。哈利在站台上推着小车朝前走，准备找一个空位子。他走过时，一个圆脸男孩说：“奶奶，我又把蟾蜍弄丢了。”

“唉，纳威呀。”他听见一个老太婆叹气说。

一个留着骇人长发绺①的男孩被一些孩子围着。

---

① 牙买加黑人的一种发式。

“让咱们也见识见识,李,快点。”

那个孩子把抱着的盒子打开,里边露出一只毛茸茸的长腿,吓得周围的孩子们叽哇乱叫,直往后退。

哈利从人群中挤过去,在靠近车尾的地方找到了一个没人的包厢。他先把海德薇放上去,然后连拖带拉地把他的皮箱朝车门口搬。他想把皮箱搬上踏板,可是一点儿也抬不起来。他试了两次,箱子都重重地砸在他的脚上。

“要帮忙吗?”说话的正是他在检票口碰到的那对红头发孪生兄弟中的一个。

“是的,劳驾搭把手吧。”哈利气喘吁吁地说。

“喂,弗雷德,快过来帮忙!”

有孪生兄弟帮忙,哈利总算把箱子推到了包厢角落里。

“多谢了。”哈利说,一边把汗湿的头发从眼前掠开。

“那是什么?”孪生兄弟中的一个突然指着哈利那道闪电形伤疤说。

“哎呀,我的天哪,”孪生兄弟中的另一个说,“莫非你是——?”

“他是……”孪生兄弟中第一个说话的说,“你是不是?”他又问哈利。

“是什么?”哈利问。

“哈利·波特。”孪生兄弟异口同声地说。

“哦,他呀。”哈利说,“我是说,不错,我就是。”

兄弟俩呆呆地盯着他看,哈利觉得脸都红了。这时从开着的车门口传来一阵喊声,使哈利如释重负。

“弗雷德?乔治?你们在车上吗?”

“就来了,妈妈。”

孪生兄弟最后看了一眼哈利,就跳下车去了。

哈利靠窗口坐下,半遮半掩。他能看到站台上红头发的一家人,也能听见他们在说些什么,孩子们的母亲正掏出一块手帕。

“罗恩,你鼻子上有脏东西。”

最小的一个正要躲闪,却被母亲一把抓住,替他擦了擦鼻子尖。

“妈妈——放开我。”他挣脱了。

“好哇，罗恩，你这个小鬼头，鼻子又碰灰啦？”孪生兄弟中的一个说。

“住嘴。”罗恩说。

“珀西呢？”他们的母亲问。

“他来了。”

他们远远看见他们的哥哥大步朝这边走来。他已经换上了他那件飘飘摆摆的霍格沃茨黑色长袍。哈利发现他的胸前别着一枚金红色的徽章，上面有一个字母**P**。

“我不能待太久，妈妈，”他说，“我在前边，那里专门给级长划出了两个包厢——”

“哎呀，珀西，你原来是级长呀？”孪生兄弟中的一个用非常吃惊的口吻说，“你早该告诉我们嘛，我一点儿都不知道呢。”

“慢着，我想，我记得他说过，”孪生兄弟中的另一个说，“说过一次——”

“说不定是两次——”

“等一会儿——”

“说了整整一个夏天呢——”

“喂，住嘴。”级长珀西说。

“你说，珀西是怎么弄到新长袍的？”孪生兄弟中的一个问。

“因为他是级长呀。”母亲怜爱地说，“好了，亲爱的，祝你学期顺利，到学校以后让猫头鹰给我带封信来。”

她亲过珀西的面颊，珀西就走开了。之后，她转身对孪生兄弟说：

“现在轮到你们俩了——这一年你们俩要放规矩点。如果猫头鹰给我报信，说你们——你们炸了一只抽水马桶，或是——”

“炸了一只马桶？我们从来没炸过马桶。”

“这倒是好主意，多谢了，妈妈。”

“这可不是闹着玩的。好好照顾罗恩。”

“放心吧，罗恩小鬼头跟着我们不会有事的。”

“住嘴。”罗恩说。他的个子差不多跟孪生兄弟一般高，只是鼻尖上他妈妈擦过的地方还红着呢。

“嘿，妈妈，您猜怎么着？猜猜我刚才在火车上碰见谁了？”

哈利连忙往后闪，免得被他们发现他在偷看。

“你知道刚才在车站上，站在我们旁边的那个黑头发的男孩吗？知道他是谁吗？”

“谁？”

“哈利·波特！”

哈利听到了一个小女孩的声音：

“哎呀，妈妈，我能上车去看看他吗？求求您了，妈妈……”

“你已经见过他了，金妮。这个可怜的孩子又不是动物园里的动物，让你看来看去的。他真是哈利吗，弗雷德？你怎么知道的？”

“我问过他了。我看见他那道伤疤了。真的就在那地方，像一道闪电。”

“可怜的孩子……难怪他孤零零一个人。我还纳闷呢。你看他打听去站台怎么走的时候，多有礼貌啊。”

“这些不用去管了，你想他会记得神秘人的长相吗？”

他们的母亲突然沉下脸来。

“不许你们去问他，弗雷德。不许问，你敢去问！你们是想让他在到校的第一天就想起那件事呀！”

“好了，别发火嘛。”

一阵汽笛声响起。

“快！”他们的母亲说，三个孩子匆忙爬上火车。他们从车窗中探出身来，让母亲吻别。他们的小妹妹又哭了起来。

“别哭，金妮，我们会派好多好多猫头鹰去找你。”

“好了，我们会送给你一个霍格沃茨的马桶圈。”

“乔治！”

“开个玩笑嘛，妈妈。”

火车启动了。哈利看到孩子们的母亲在挥手，他们的小妹妹又哭又笑，跟着火车朝前跑，直到火车加速，她被抛在后面，还在不停地向他们挥手。

哈利一直注视着母女俩，直到火车拐过弯去，看不见她们了。一栋栋房屋从车窗前闪过。哈利感到兴奋极了。他不知道前面会怎么样,但至少要比抛在后面的过去好。

包厢的推拉门开了,最小的那个红头发的孩子走了进来。

“这里有人吗?”他指着哈利对面的座位问,“别的地方都满了。”

哈利摇摇头。孩子坐了下来。他瞟了哈利一眼,立刻把目光转向车窗外,装作没看哈利的样子。哈利见他鼻尖上还有一块脏东西。

“嘿,罗恩。”

那对孪生兄弟也来了。

“听着,我们现在要到中间车厢走走——李·乔丹弄到了一只很大的袋蜘蛛①呢。”

“哦。”罗恩咕哝了一声。

“哈利,”孪生兄弟中的另一个说,“我们还没向你做自我介绍吧?弗雷德和乔治·韦斯莱。这是罗恩,我们的小弟弟。一会儿见。”

“再见。”哈利和罗恩说。孪生兄弟随手把包厢门拉上了。

“你真是哈利·波特吗?”罗恩脱口而出。

哈利点点头。

“哦,那好,我还以为弗雷德和乔治跟我开玩笑呢。”罗恩说,“那你当真——你知道……”

他指了指哈利的额头。

哈利掠开前额上的一绺头发,露出闪电形伤疤。罗恩瞪大了眼睛。

“这就是神秘人干的?”

“是的,”哈利说,“可我已经不记得了。”

“一点都不记得了?”罗恩急切地问。

“唔——我只记得有许多绿光,别的什么也不记得了。”

“哎呀。”罗恩说。他坐在那里盯着哈利看了好一会儿,似乎才突然意识到自己在做什么,就连忙把视线转向窗外。

“你全家都是巫师吗?”哈利问,发现自己和罗恩都对彼此感兴趣。

---

① 一种产自南非的毒蜘蛛。

“哦，是的，我想是这样。”罗恩说，“好像我妈妈有一个远房表兄是一个会计师，不过我们从来不谈他。”

“那么你一定学会许多魔法了？”

这个韦斯莱家族显然就是对角巷那个面色苍白的男孩说过的古老的巫师家族之一了。

“我听说你后来跟麻瓜们住在一起。”罗恩说，“他们怎么样？”

“太差劲了，当然不是所有的人都这样。不过我的姨父姨妈和表哥都太差劲了。我要是有三个巫师兄弟就好了。”

“五个。”罗恩说，不知为什么他显得有些不高兴，“我是我们家去霍格沃茨上学的第六个了。你可以说，我应当以他们为榜样。比尔和查理已经毕业了。比尔是男生学生会主席，查理是魁地奇球队队长。现在珀西当上了级长，弗雷德和乔治尽管调皮捣蛋，但他们的成绩都是顶呱呱的。大家都觉得他们很有意思，都盼望我能跟他们一样。可话又说回来，即使我能做到，也没什么了不起的了，因为他们在我之前就做到了。你要是有五个哥哥，你就永远用不上新东西。我穿比尔的旧长袍，用查理的旧魔杖，还有珀西扔了不要的老鼠。”

罗恩说着，伸手从上衣内袋里掏出一只肥肥的灰老鼠，它正在睡觉。

“它叫斑斑，已经毫无用处了，整天睡不醒。珀西当上了级长，我爸送给他一只猫头鹰，他们买不起——我是说，就把老鼠给我了。”

罗恩的耳朵涨红了。他似乎觉得自己话太多，就又开始看着窗外。

哈利觉得买不起猫头鹰也没有什么不好，他自己一个月前不也一直是身无分文吗？他对罗恩讲了实情，说他总是穿达力的旧衣服，从来没有收到过一份像样的生日礼物。这似乎使罗恩的心情好多了。

“……在海格告诉我这些之前，我一点也不知道巫师或者我父母的情况，以及伏地魔的事——”

罗恩吓得喘不上气来。

“怎么了？”哈利问。

“*你说出神秘人的名字了！*”罗恩说，显得又震惊，又感动，“我早就想到，所有的人当中只有你——”

“说出他的名字，并不是因为我勇敢什么的，”哈利说，“而是因为我一直不知道那个名字不能说。明白我的意思吗？我相信，我有许多东西需要学……”他又说，听得出他最近正为此感到忧心忡忡，“我敢说，我一定会是班上最差的学生。”

“不会的。有很多学生都来自麻瓜家庭，可他们也学得很快。”

在他们谈话的时候，列车已驶出伦敦，正沿着遍地牛羊的田野飞驰。他们沉默了片刻，望着田野和草场从眼前掠过。

大约十二点半左右，过道上咔嚓咔嚓传来一阵响亮的嘈杂声，一个笑容可掬、面带酒窝的女人推开包厢门问：“亲爱的，要不要买车上的什么食品？”

哈利早上一点东西也没吃，于是一下子跳了起来，罗恩的耳朵又涨红了，嘟哝说他带着三明治。哈利来到过道里。

在德思礼家时，他从来没有一分零用钱买糖吃，现在他口袋里装满了哗哗响的金币、银币。只要拿得下，他要买一大堆火星棒，可惜车上没有。只有比比多味豆、吹宝超级泡泡糖、巧克力蛙、南瓜馅饼、坩埚形蛋糕、甘草魔杖，还有一些哈利从未见过的稀奇古怪的食品。哈利一样不落，每种都买了一些，付给那个女售货员十一个银西可和七枚青铜纳特。

罗恩直勾勾地看着哈利把买来的食品抱进包厢，一下子都倒在空位子上。

“你饿了？”

“饿坏了。”哈利咬了一大口南瓜馅饼说。

罗恩拿出一个鼓鼓囊囊的纸盒打开，里面装有四块三明治。他拿出一块，说：“她总不记得我不爱吃腌牛肉。”

“跟你换一块吧，”哈利拿起一个馅饼说，“来吧……”

“你不会喜欢吃这个的，太干。”罗恩说，“她没有时间，”他连忙又说，“你看，她要同时照顾我们五个。”

“来吧，来一个馅饼。”哈利说。在这之前他没有和别人分享过任何东西，其实也没有人跟他分享。现在跟罗恩坐在一起大嚼自己买来的馅饼和蛋糕（三明治早已放在一边被冷落了），边吃边聊，哈利感觉好极了。

“这些是什么？”哈利拿起一包巧克力蛙问罗恩，“它们不会是真青蛙吧？”他开始觉得什么也不会让罗恩吃惊的。

“不是。”罗恩说，“你看看里边的画片，我少一张阿格丽芭。”

“什么？”

“哦，你当然不会知道，巧克力蛙里都附有画片，可以收集起来，都是些有名的巫师，我差不多攒了五百张，就缺阿格丽芭和波托勒米了。”

哈利打开巧克力蛙，取出画片。画片上是一张男人的脸，戴一副半月形眼镜，长着一个歪扭的长鼻子，银发和胡须披垂着。画片下边的名字是：阿不思·邓布利多。

“哦，是邓布利多！”哈利说。

“你可别说你从来没听说过邓布利多！”罗恩说，“给我一块巧克力蛙好吗？说不定我能拿到阿格丽芭呢——谢谢——”

哈利把画片翻了过来，读着背面的文字：

> 阿不思·邓布利多，现任霍格沃茨校长
> 被公认为当代最伟大的巫师，
> 邓布利多广为人知的贡献包括：
> 一九四五年击败黑巫师格林德沃，
> 发现火龙血的十二种用途，
> 与合作伙伴尼可·勒梅在炼金术方面卓有成效，
> 邓布利多教授爱好室内乐及十柱滚木球戏。

哈利重新把画片翻到正面，吃惊地发现邓布利多的脸竟然不见了。

“他不见了！”

“你当然不能指望他整天待在这里。”罗恩说，“他会回来的。不过我又拿到了一张莫佳娜。我已经有六张她的画片了……给你吧？你也可以开始收集了。”

罗恩眼睛盯着一堆没有拆包的巧克力蛙。

“你自己拿吧。”哈利说，“可你知道，在麻瓜世界里，人们一旦被拍成照片就永远保留在照片上不变了。”

“是吗？什么，那他们就一动不动了吗？”罗恩显得非常惊讶，“太奇妙了！”

哈利眼看着邓布利多又溜回到画片上，还朝他微微一笑。罗恩的兴趣在于吃巧克力蛙，而不是看那些著名巫师的画片。可哈利却怎么也不能把目光从那些画片上移开。他一下子不仅有了邓布利多和莫佳娜，而且还有了汉吉斯、阿博瑞克、瑟斯、帕拉瑟和梅林。最后他总算强迫自己不再去看德鲁伊特①教女教徒克丽奥娜，打开了一袋比比多味豆。

“吃这个你要当心，”罗恩警告哈利说，“他们所说的多味，你知道，意思是各种味道一应俱全，吃起来不仅有巧克力、薄荷糖、橘子酱等一般的味道，而且还会有菠菜、肝和肚的味道。乔治说，有一次他还吃到一粒干鼻屎味的豆子呢。”

罗恩捡起一粒绿色的豆子，仔细看了看，咬下一点。

“哎呀呀，明白了吧？芽豆。”

这包多味豆让他们俩都好好地享受了一番。哈利吃到了吐司、椰子、烘豆、草莓、咖喱、青草、沙丁鱼等各种口味的，甚至还勇敢地舔了一下罗恩连碰都不敢碰的一粒奇怪的灰豆，原来那是胡椒口味的。

这时，在车窗外飞驰而过的田野显得更加荒芜，整齐的农田已经消逝了。随之而来的是一片树林、弯弯曲曲的河流和暗绿色的山丘。

又有人敲他们的包厢门。与哈利在$9\frac{3}{4}$站台擦肩而过的圆脸男孩走了进来，满眼含泪。

“对不起，”他说，“我想问问，你们看见我的蟾蜍了吗？”

哈利和罗恩都摇摇头，他就大哭起来。“我又把它弄丢了！它总想从我身边跑掉！”

“它会回来的。”哈利说。

“是啊，”男孩伤心地说，“那么，要是你们看见……”

---

① 德鲁伊特是古代克尔特人中一批有学识的人，担任祭司、法官、巫师或占卜者等。

他走了。

“我不明白，他为什么这么着急。”罗恩说，“我要是买了一只蟾蜍，我会想办法尽快把它弄丢，越快越好。不过我既然带了斑斑，也就没话可说了。”

老鼠还在罗恩的腿上打盹。

“它说不定早死了，反正死活都一样。”罗恩厌烦地说，“我昨天试着想把它变成黄色的，变得好玩一些，可是我的咒语不灵。我现在来做给你看看，注意了……”

他在皮箱里摸索了半天，拽出一根很破旧的魔杖，有些地方都剥落了，一头还闪着白色亮光。

“独角兽毛都要露出来了。不过……”

他刚举起魔杖，包厢门又开了。那个丢蟾蜍的男孩再次来到他们俩面前，只是这回是一个小姑娘陪他来的。小姑娘已经换上了霍格沃茨的新长袍。

“你们有人看到一只蟾蜍了吗？纳威丢了一只蟾蜍。”她说，语气显得自高自大，目中无人。她有一头浓密的棕色头发和一对大门牙。

“我们已经对他说过了，我们没有看见。”罗恩说，可小姑娘根本不理会，只看着他手里的魔杖。

“哦，你是在施魔法吗？那就让我们开开眼吧。”

她坐了下来。罗恩显然吃了一惊，有些不知所措。

“哦——好吧。”

他清了清嗓子。

雏菊、甜奶油和阳光，
把这只傻乎乎的肥老鼠变黄。

他挥动魔杖，但什么也没有发生。斑斑还是灰色的，睡得正香呢。

“你肯定这真是一道咒语吗？”小姑娘问，“看来不怎么样，是吧？我在家里试过几道简单的咒语，只是为了练习，结果都起作用了。我家没有一个人懂魔法,所以当我收到入学通知书时,我吃惊极了,但又特别高兴,因为,我的意思是说,据我所知,这是一所最优秀的魔法学校——所有的课本我都背会了,当然,但愿这能够用——我叫赫敏·格兰杰,顺便问一句,你们叫什么名字?"

她连珠炮似的一气说完。

"我叫罗恩·韦斯莱。"罗恩咕哝说。

"哈利·波特。"哈利说。

"真的是你吗?"赫敏问,"你的事我全都知道,当然——我额外多买了几本参考书,《现代魔法史》《黑魔法的兴衰》《二十世纪重要魔法事件》,这几本书里都提到了你。"

"提到我?"哈利说,突然感到一阵头晕目眩。

"天哪,你居然会不知道。要是我,我一定想办法把所有提到我的书都找来。"赫敏说,"你们俩知不知道自己会被分到哪个学院?我已经到处打听过了,我希望能分到格兰芬多,都说那是最好的,我听说邓布利多自己就是从那里毕业的,不过我想拉文克劳也不算太坏……不管怎么说,我们最好还是先去找纳威的蟾蜍吧。你们俩最好赶快把衣服换上,要知道,我们大概很快就要到了。"

于是她领着那个丢蟾蜍的男孩一道走了。

"不管分到哪个学院,我都不希望跟她分在一起。"罗恩说,他把魔杖扔到了旅行箱里,"这个咒语没用,是乔治告诉我的。我敢说,他准早就知道这是一发瞎炮。"

"你的两个哥哥都在哪个学院?"哈利问。

"格兰芬多。"罗恩说,他似乎又显得不开心了,"妈妈和爸爸以前也是上这个学院的。如果我不去这个学院,不知道他们会怎么说。我想去拉文克劳也没有什么特别不好的,可想想看,千万别把我分到斯莱特林学院。"

"那是伏——对不起,我是说,那是神秘人待过的吗?"

"不错。"罗恩说着,倒在座位上,显得很沮丧。

"你看,我觉得斑斑胡子尖的颜色变淡了。"哈利说,想把罗恩的注意力从学院的事情上转移开来，“你的两个哥哥既然毕业了，现在他们都在做什么呢？”

哈利想知道巫师从学校毕业后会去做什么。

“查理在罗马尼亚研究火龙，比尔在非洲替古灵阁做事。”罗恩说，“你听说古灵阁的事了吗？《预言家日报》上都登满了，不过你跟麻瓜住在一起，我想你不会看到这份报纸的——有人试图抢劫防范高度严密的地下金库呢。”

哈利瞪大了眼睛。

“真的吗？后来怎么样了？”

“什么事也没有，正因为这样才爆出一件大新闻。他们没有被抓住。我爸爸说，显然只有法力最高强的黑巫师才能设法摆脱古灵阁的追捕。不过他们什么也没有拿走，怪就怪在这里。当然，每当这类事情发生时，就人人自危，人们担心事情背后有神秘人指使。”

哈利在脑子里反复琢磨着这件新闻。每当提到神秘人，他都有一种隐隐的惧意。他认为这也许是初入魔法世界的必然感受吧，但是先前能毫无顾忌地直呼伏地魔的名字，那感觉比现在好受多了。

“你喜欢哪一支魁地奇球队？”罗恩问。

“哦——我全都不了解。”哈利承认说。

“什么！”罗恩似乎惊呆了，“哦，你等等，这是世界上最好的娱乐——”接着他开始滔滔不绝地讲解四只球，七名队员的位置，绘声绘色地讲他跟几个哥哥去看的几场有名的球赛，并说等他有了钱，要买一把他喜欢的飞天扫帚。他正好讲到球赛最精彩的地方时，包厢门又被推开了，不过这回进来的不是丢失蟾蜍的男孩纳威，也不是赫敏·格兰杰。

进来的是三个男孩，哈利立刻认出中间的一个正是他在摩金夫人长袍店里遇到的那个面色苍白的男孩。他怀着比在对角巷时大得多的兴趣注视着哈利。

“是真的吗？”他问，“整列火车上的人都在纷纷议论，说哈利·波特在这个包厢里。这么说，就是你了，对吧？”

“是的。”哈利说，看着另外两个男孩，他们俩都长得粗粗壮壮，而且长相特别难看，站在小白脸两边，一边一个，简直像他的一对保镖。

“哦，这是克拉布，这是高尔。”面色苍白的男孩发现哈利在看他们，就随随便便地说，“我叫马尔福，德拉科·马尔福。”

罗恩轻轻咳了一声，免得笑出声来。德拉科·马尔福看着他。

“你觉得我的名字太可笑，是吗？不用问你是谁。我父亲告诉我，韦斯莱家的人都是红头发，满脸雀斑，而且孩子多得养不起。”

他转身对哈利说：

“你很快就会发现，有些巫师家庭要比其他家庭好许多，波特。你不会想跟另类的人交朋友吧。在这一点上我能帮你。”

他伸出手要跟哈利握手，可哈利没有搭理他。

“我想我自己能分辨出谁是另类，多谢了。”哈利冷冷地说。

德拉科·马尔福苍白的面颊没有涨红，只是泛出淡淡的红晕。

“我要是你呀，波特，我会特别小心。”他慢吞吞地说，“你应当放客气点，否则你会同样走上你父母的那条路。他们也不知好歹。你如果跟韦斯莱家或海格这样不三不四的人混在一起，你会受到影响的。”

哈利和罗恩腾地站了起来。罗恩脸红得跟他的红头发一样。

“你再说一遍。”他说。

“哦，想打架，是不是？”马尔福冷笑说。

“除非你们现在就给我出去。”哈利说，实际上他内心并不像外表这么勇敢，因为克拉布和高尔的块头要比他和罗恩大得多。

“可是我们并没有想走的意思，是不是啊，小伙子们？我们吃的东西都吃光了，你们这里好像还有。”

高尔伸手去拿罗恩旁边的巧克力蛙……罗恩朝前一扑，根本还没碰到高尔，就听高尔一声惨叫。

老鼠斑斑吊在高尔的手指上，尖利的小牙深深地咬进了他的肉里——高尔一边大叫，一边不停地挥手想把斑斑甩掉，克拉布和马尔福直往后退。最后斑斑终于被甩掉了，撞到车窗上，他们三人也立刻趁机溜掉了。也许他们以为糖果里还埋伏着更多的老鼠，也许他们已经听到了脚步声，因为跟着赫敏·格兰杰就进来了。

“出什么事了?”她看着撒满一地的糖果问。

罗恩提着斑斑的尾巴,把它从地上捡起来。

“我想,它肯定摔晕了。”罗恩对哈利说,他凑到斑斑跟前仔细查看,“哎呀,我简直不敢相信,它又睡着了。”

它真的睡着了。

“你以前碰到过马尔福吗?”

哈利向罗恩讲述了他在对角巷与马尔福相遇的事。

“我听说过他家的事。”罗恩阴郁地说,“神秘人失踪以后,他们是第一批回到我们这边的人。说他们走火入魔了,我爸爸不相信。他说马尔福的父亲不用找任何借口就倒到黑魔势力那边去了。”他又转过身来对赫敏说:“需要我们帮什么忙吗?”

“你们最好还是赶快换上长袍,我刚到车头上问过司机,他说我们就要到了。你们没有打架吧?还没到地方,你们就要惹出麻烦来!”

“斑斑干了一架,我们没有。”罗恩绷着脸瞪着她说,“我们要换衣服了,请你出去一下好吗?”

“好吧——我来这里是因为外面那些人太淘气了,在走道上跑来跑去的。”赫敏不屑地说,“哦,顺便说一句,你鼻子上有块脏东西,你知道吗?”

她出去时,罗恩瞪了瞪她。哈利朝车窗外瞥了一眼。天已经黑下来了。他看见深紫色的天空下一片山峦和树林。火车似乎减慢了速度。

哈利和罗恩脱下外衣,换上黑长袍。罗恩的长袍短了一点儿,下边露出了他那双球鞋。

“再过五分钟列车就要到达霍格沃茨了,请将行李留在车上,我们会替你们送到学校去的。”这声音在列车上回荡。

哈利紧张得胃里的东西直往上翻,他看见罗恩雀斑下的脸也发白了。他们把剩下的糖果塞进衣袋,就随着过道上的人流朝前拥去。

列车速度越来越慢,最后终于停了下来。旅客们推推搡搡,纷纷拥向车门,下到一个又黑又小的站台上。夜里的寒气使哈利打了个寒战。接着一盏灯在学生们头顶上晃动着,哈利听见一个熟悉的声音在高喊:“一年级新生!一年级新生到这边来!哈利,到这边来,你好吗?”

在万头攒动的一片人海之上，海格蓄着大胡子的脸露着微笑。

“来吧，跟我来，还有一年级新生吗？当心你们的脚底下，好了！一年级新生跟我来！”

他们跟随海格连滑带溜，磕磕绊绊，似乎沿着一条陡峭狭窄的小路走下坡去。小路两旁一片漆黑，哈利心想两边应该是茂密的树林。没有人说话。只有丢失蟾蜍的那个男孩偶尔吸一两下鼻子。

“拐过这个弯，你们马上就要第一次看到霍格沃茨了。”海格回头喊道。

接着是一阵嘹亮的“噢——！”

狭窄的小路尽头突然展开了一片黑色的湖泊。湖对岸高高的山坡上耸立着一座巍峨的城堡，城堡上塔尖林立，一扇扇窗口在星空下闪烁。

“每条船上不能超过四个人！”海格指着泊在岸边的一队小船大声说。哈利和罗恩上了小船，纳威和赫敏也跟着上来了。

“都上船了吗？”海格喊道，他自己一人乘一条船，“那好……前进啰！”

一队小船即刻划过波平如镜的湖面向前驶去。大家都沉默无语，凝视着高入云天的巨大城堡。当他们临近城堡所在的悬崖时，那城堡仿佛耸立在他们头顶上空。

“低头！”第一批小船驶近峭壁时，海格大声喊道。大家都低下头去，小船载着他们穿过覆盖着山崖正面的常春藤帐幔，来到隐秘的开阔入口。他们沿着一条漆黑的隧道似乎来到了城堡地下，最后到达了一个类似地下码头的地方，然后又攀上一片碎石和小鹅卵石的地面。

“喂，你看看！这是你的蟾蜍吗？”学生们纷纷下船，海格在清查空船时说。

“感谢上帝！”纳威伸出双臂欣喜若狂地喊道。之后他们在海格提灯的灯光映照下攀上山岩中的一条隧道，终于到达了城堡阴影下的一处平坦潮湿的草地。

大家攀上一段石阶，聚在一扇巨大的橡木门前。

“都到齐了吗？你看看，你的蟾蜍还在吧？”

海格举起一只硕大的拳头，往城堡大门上敲了三下。

第7章

分 院 帽

大门立时洞开。一个身穿翠绿色长袍的高个儿黑发女巫站在大门前。她神情严肃，哈利首先想到的是这个人可不好对付。

“一年级新生到了，麦格教授。”海格说。

“谢谢你，海格。到这里就交给我来接走。”

她把门拉得大开。门厅大得能把德思礼家整栋房子搬进去。像古灵阁一样，石墙周围都是熊熊燃烧的火把。天花板高得几乎看不到顶。正面是一段豪华的大理石楼梯，直通楼上。

他们跟随麦格教授沿石铺地板走去。哈利听见右边门里传来几百人嗡嗡的说话声，学校其他年级的同学想必已经到了——但是麦格教授却把一年级新生带到了大厅另一头一间很小的空屋里。大家一拥而入，摩肩擦背地挤在一起，紧张地仔细凝望着周围的一切。

“欢迎你们来到霍格沃茨。”麦格教授说，“开学宴就要开始了，不过在你们到礼堂入座之前，首先要确定一下你们各自进入哪一所学院。分院是一项很重要的仪式，因为你们在校期间，学院就像你们在霍格沃茨的家。你们要与学院里的其他同学一起上课，一起在学院的宿舍住宿，一起在学院的公共休息室里度过课余时间。

“四所学院的名称分别是：格兰芬多、赫奇帕奇、拉文克劳和斯莱特林。每所学院都拥有自己的光荣历史，都培育出了杰出的巫师。在霍格沃茨就读期间，你们的出色表现会使你们所在的学院赢得加分，而任何违规行为则会使你们所在的学院减分。年终时，获最高分的学院可获得学院杯，这是很高的荣誉。我希望你们不论分到哪所学院都能为学院争光。

“过几分钟，分院仪式就要在全校师生面前举行。我建议你们在等候时，好好把自己整理一下，显得精神一些。”

她的目光在纳威的斗篷（斗篷带系在左耳下边）和罗恩鼻子那块脏东西上游移了一下。哈利紧张地拼命把头发抚平。

“等那边准备好了，我就来接你们。”麦格教授说，“等候时，请保持安静。”

她离开了房间。哈利这才吐了一口气。

“他们怎么能准确地把我们分到哪所学院去呢？”他问罗恩。

“我想，总要通过一种测验吧。弗雷德说对我们的伤害很大，可我想他是在开玩笑。”

哈利心里猛地一颤。做测验？在全校师生面前？可他直到现在连一点儿魔法也不会——究竟该怎么办呢？来到这里时，他根本没想到还会来这么一招。他焦急地看看周围，所有的人也都惶恐不安。没有人说话。只有赫敏口中念念有词，在飞快地背诵她学过的咒语，拿不准该用哪一道。哈利尽量不去听她背诵。他从来没有像现在这样紧张过，从来没有，即使他把学校报告书带回家交给德思礼夫妇：报告书上说他把老师的假发套变成了蓝色。他目不转睛地盯着房门，麦格教授随时都可能回来带他去面对毁灭。

这时发生了一件怪事，吓得他一蹦三丈高——他背后有几个人还高声尖叫起来。

“那是——”

他吓得透不过气来，周围的人也是一样。从他们背后的墙上突然蹿出二十来个幽灵。这些珍珠白、半透明的幽灵，一边滑过整个房间，一边交头接耳，但很少留意这些一年级新生。他们好像在争论什么。一个胖乎乎的小修士模样的幽灵说：“应当原谅，应当忘掉，我说，我们应当再给他一次机会——”

“我的好修士，难道我们给皮皮鬼的机会还不够多吗？可他给我们都取了难听的外号。你知道，他甚至连一个起码的幽灵都够不上——我说，你们在这里干什么？”

一个穿轮状皱领①紧身衣的幽灵突然发现了一年级新生。

没有人答话。

“新生哟！”那个胖修士朝他们微笑着说，“我想，大概是准备接受测试吧？”

有些学生默默地点点头。

“希望你们能分到赫奇帕奇！”修士说，“我以前就在那个学院。”

“现在朝前动动，”一个尖厉的声音说，“分院仪式马上就要开始了。”

麦格教授回来了。幽灵们飘飘荡荡，鱼贯穿过对面的墙壁不见了。

“现在，排成单行，”麦格教授对一年级新生说，“跟我走。”

哈利觉得两腿像灌了铅一样难受，可他还是站到了队列里，在一个淡茶色头发男孩背后，而他的背后是罗恩。他们走出房间，穿过门厅，再经过一道双扇门，进入豪华的礼堂。

哈利从未想到过竟会有如此神奇美妙、富丽堂皇的地方。学院其他年级的同学都已围坐在四张长桌旁，桌子上方成千上万只飘荡在半空的蜡烛把礼堂照得透亮。四张桌子上摆着熠熠闪光的金盘和高脚酒杯。礼堂上首的台子上另摆着一张长桌，那是教师们的席位。麦格教授把一年级新生带到那边，让他们面对全体高年级学生排成一排，教师们在他

---

① 流行于十六、十七世纪的一种环绕颈部的高而硬的圆领。

们背后。烛光摇曳,几百张注视着他们的面孔像一盏盏苍白的灯笼。幽灵们也夹杂在学生们当中闪着朦胧的银光。哈利为避开他们的目光,便抬头朝上看,只见天鹅绒般漆黑的天花板上闪烁着点点星光。他听见赫敏在小声说:“这里施过魔法,看起来跟外边的天空一样,我在《霍格沃茨:一段校史》里读到过。”

很难相信那上边真有天花板,也很难相信礼堂不是露天的。

麦格教授在一年级新生面前轻轻放了一个四脚凳,哈利连忙收回了目光。麦格教授又往凳子上放了一顶尖顶巫师帽。帽子打着补丁,磨得很旧,而且脏极了。佩妮姨妈决不会让这样的东西进家门。

说不定他们要用这顶帽子变出一只兔子吧,哈利想入非非,大概就是这类事吧——他发现礼堂里的人都在盯着这顶帽子,于是他也盯着它。礼堂里鸦雀无声。接着,帽子扭动了,裂开了一道宽宽的缝,像一张嘴——帽子开始唱了起来:

你们也许觉得我不算漂亮,
但千万不要以貌取人,
如果你们能找到比我更漂亮的帽子,
我可以把自己吃掉。
你们可以让你们的圆顶礼帽乌黑油亮,
让你们的高顶丝帽光滑挺括,
我可是霍格沃茨的分院帽,
自然比你们的帽子高超出众。
你们头脑里隐藏的任何念头,
都躲不过分院帽的金睛火眼,
戴上它试一下吧,我会告诉你们
应该分到哪一所学院。
你也许属于格兰芬多,
那里有埋藏在心底的勇敢,
他们的胆识、气魄和侠义,

使格兰芬多出类拔萃；
你也许属于赫奇帕奇，
那里的人正直忠诚，
赫奇帕奇的学子们坚忍诚实，
不畏惧艰辛的劳动；
如果你头脑精明，
或许会进智慧的老拉文克劳，
那些睿智博学的人，
总会在那里遇见他们的同道；
也许你会进斯莱特林，
在这里交上真诚的朋友，
但那些狡诈阴险之辈会不惜一切手段，
去达到他们的目的。
来戴上我吧！不必害怕！
千万不要惊慌失措！
在我的手里(尽管我一只手也没有)
　你绝对安全
因为我是一顶会思想的魔帽！

帽子唱完歌后，全场掌声雷动。帽子向四张餐桌一一鞠躬行礼，随后就静止不动了。

“看来，我们只要戴上这顶帽子就可以了。”罗恩悄悄对哈利说，“我要把弗雷德杀掉，听他说得像是要跟巨怪搏斗似的。”

哈利淡淡地一笑。当然，戴帽子要比来一段咒语好多了，但他还是不希望在众目睽睽之下去戴。看来这顶帽子的要求高了一些。哈利觉得自己没有那份勇气和机灵劲或其他任何优点。如果帽子提出有一所专门让优柔寡断的人进的学院，那倒是对他最合适的地方。

这时麦格教授朝前走了几步，手里拿着一卷羊皮纸。

“我现在叫到谁的名字，谁就戴上帽子，坐到凳子上，听候分院。”她说,“汉娜·艾博!”

一个面色红润、梳着两条金色发辫的小姑娘,跌跌撞撞地走出队列,戴上帽子,帽子刚好遮住她的眼睛。她坐了下来。片刻停顿之后——

“赫奇帕奇!”帽子喊道。

右边一桌的人向汉娜鼓掌欢呼,欢迎她在他们那一桌就座。哈利看见胖修士幽灵也高兴地向她挥手致意。

“苏珊·博恩斯!”

“赫奇帕奇!”帽子又喊道。苏珊飞快地跑到汉娜身边坐下。

“泰瑞·布特!”

“拉文克劳!”

这次左边第二桌拍手鼓掌。当泰瑞加入到他们的行列时,有几名拉文克劳的学生站起来和他握手。

曼蒂·布洛贺也分到了拉文克劳,拉文德·布朗则成了格兰芬多的第一位新生,左边最远的一张餐桌立刻爆发出一阵欢呼,哈利看见罗恩的一对孪生哥哥发出了嘘声。

接着米里森·伯斯德成为斯莱特林的新生。也许哈利听了许多关于斯莱特林的议论,总觉得这些人看起来不讨人喜欢,但这可能是他的错觉吧。

他现在开始感到特别不舒服。他回想起在小学上体育课时分组的事,总是挑到最后剩他一个人,这并不是因为他不够好,而是因为谁也不想让达力认为他们喜欢他。

“贾斯廷·芬列里!”

“赫奇帕奇!”

哈利发现有时帽子立刻就会喊出学院的名字,但另一些时候会花一些时间才做出决定。比如排在哈利旁边的那个浅茶色头发的男孩西莫·斐尼甘就在凳子上几乎坐了整整一分钟,帽子才宣布他被分到格兰芬多。

“赫敏·格兰杰!”

赫敏几乎是跑着奔到凳子跟前,急急忙忙把帽子扣到头上。

“格兰芬多！”帽子喊道。罗恩哼了一声。

当你非常紧张的时候，就会生出许多可怕的想法，哈利也是一样。他突然想到万一帽子根本就不挑选他会怎么样呢？如果帽子扣在头上盖住他的眼睛好长时间，最后还是麦格教授把帽子从他头上拽下来，然后说，明摆着是搞错了，要他最好还是坐火车回去，那又会怎么样呢？

叫到那个总丢失蟾蜍的男孩纳威·隆巴顿的名字时，他在朝凳子跑的路上摔了一跤。帽子用了好长时间才对纳威做出决定。当帽子最后喊出“格兰芬多”时，纳威戴着帽子就跑掉了，最后不得不在一片哄笑声中又一溜小跑回来，把帽子还给麦格教授。

叫到马尔福的名字时，马尔福大模大样地走了过去，而且立刻如愿以偿，帽子几乎刚碰到他的头就尖叫道：“斯莱特林！”

马尔福前去和他的朋友克拉布与高尔会合，露出对自己很满意的样子。

这时，剩下的人已经不多了。

莫恩……诺特……帕金森……之后是佩蒂尔孪生姐妹……然后是莎莉安·波克斯……最后，总算轮到——

“哈利·波特！”

当哈利朝前走去时，餐厅里突然发出一阵嗡嗡低语，像小火苗的嘶嘶响声。

“波特，她是在叫波特吗？”

“是那个哈利·波特吗？”

在帽子就要扣到头上遮住视线时，哈利看到餐厅里人头攒动，人人引颈而望，希望看清他的模样。接着就是帽子里的黑暗世界和等待。

“嗯，”他听到耳边一个细微的声音说，“难。非常难。看得出很有勇气。心地也不坏。有天分，哦，我的天哪，不错——你有急于证明自己的强烈愿望，那么，很有意思……我该把你分到哪里去呢？”

哈利紧紧抓住凳子边，心里想：“不去斯莱特林，不去斯莱特林。”

“不去斯莱特林，对吧？”那个细微的声音问，“拿定主意了吗？你会成大器的，你知道，在你一念之间，斯莱特林会帮助你走向辉煌，这毫无疑问——不乐意？那好，既然你已经拿定主意——那就最好去格兰芬多吧！”

哈利听见帽子向整个礼堂喊出了最后那个名字。他摘下帽子，两腿微微颤抖着走向格兰芬多那一桌。他入选了，而且没有被分到斯莱特林，这使他大大松了一口气，也使他几乎没有注意到自己竟获得了最响亮的欢呼喝彩。级长珀西站起来紧紧地跟他握手。韦斯莱家的孪生兄弟大声喊道：“我们有波特了！我们有波特了！”哈利坐到他先前碰到的那个穿轮状皱领的幽灵对面。幽灵拍了拍他的手臂，使他突然产生了一种刚刚跳进一桶冰水的可怕感觉。

现在哈利总算可以好好看看高台上的主宾席了。海格坐在离他最近的角落。他捕捉到了哈利的目光，向他竖起大拇指。哈利咧嘴报以一笑。主宾席的中央，一把大金椅上坐着阿不思·邓布利多。哈利一眼就认出了他的面孔，因为火车上在巧克力蛙的巫师画片上见过。整个餐厅里只有邓布利多的银发和幽灵们一样闪闪发光。哈利也同样认出了奇洛教授，那个他在破釜酒吧遇到的神经质的年轻人。他头上裹着一条很大的紫色围巾，显得很古怪。

现在听候分配的只剩下三个人了。莉莎·杜平成了拉文克劳的新生。接着就轮到了罗恩。他这时脸色发青。哈利紧握双手放在桌下。一眨眼工夫帽子就高喊道：“格兰芬多！”

当罗恩一下子瘫倒在哈利旁边的座位上时，哈利跟其他人一起大声鼓掌。

“很好，罗恩，太好了！”珀西·韦斯莱越过哈利，用夸张的口吻说。这时剩下的最后一名新生布雷司·沙比尼被分到了斯莱特林。麦格教授卷起羊皮纸，拿起分院帽离去了。

哈利低头看着面前空空的金盘子，这才感觉到早已饥肠辘辘。吃南瓜馅饼似乎是很久以前的事了。

阿不思·邓布利多站了起来。他笑容满面地看着学生们，向他们伸开双臂，似乎没有什么比看到学生们济济一堂更使他高兴的了。

“欢迎啊！”他说，“欢迎大家来霍格沃茨开始新的学年！在宴会开始前，我想讲几句话。那就是：笨蛋！哭鼻子！残渣！拧！

“谢谢大家！”

他重新坐下来。大家鼓掌欢呼。哈利不知道是否该一笑置之。

“他是不是——有点疯疯癫癫？”他迟疑地问珀西。

“疯疯癫癫？”珀西小声说，“他是一位天才！世界上最优秀的巫师！不过你说得也对，他是有点疯疯癫癫。要不要来点马铃薯，哈利？”

哈利目瞪口呆。这时他面前的餐盘里都放满了吃的。他从来没见过桌上一下子摆出这么多他喜欢吃的东西：烤牛肉、烤仔鸡、猪排、羊羔排、腊肠、牛排、煮马铃薯、烤马铃薯、炸薯片、约克夏布丁、豌豆苗、胡萝卜、肉汁、番茄酱，而且不知出于什么古怪的原因，还有薄荷硬糖。

说实在的，德思礼夫妇并没让哈利饿着，可也没有真正让他放开肚皮吃过。达力总是把哈利想吃的东西抢走，尽管这些东西有时候让达力想吐。除了薄荷硬糖之外，哈利每样都往餐盘里拿了一点儿，开始大嚼起来。样样都很好吃。

“看起来真不错呀。”穿轮状皱领的幽灵眼睁睁地看着哈利切牛排，难过地说。

“你不来上一点儿吗？”

“我已经五百年没有吃东西了。”那个幽灵说，“我不需要吃，不过，当然很怀念它们的美味。我想，我还没有做自我介绍吧？我是尼古拉斯·德·敏西—波平顿爵士，格兰芬多塔楼的常驻幽灵。”

“我知道你是谁了！”罗恩突然说，“我的两个哥哥对我讲起过你——你是那个‘差点没头的尼克’！”

“我想，我比较喜欢你们叫我尼古拉斯·德·敏西—波平顿爵士——”幽灵显得有些局促不安，但是淡茶色头发的西莫·斐尼甘插话说：

“差点没头？你怎么会差点没头呢？”

尼古拉斯爵士显得很生气，看来他不想谈这个话题。

“就像这样。”他不耐烦地说。他抓住左耳朵往下拽。他的头摇摇晃晃从脖子上滑了下来，掉到肩上，仿佛头是用铰链连接的。看来有人砍他的头，没有砍彻底。差点没头的尼克眼看他们一个个目瞪口呆的表情，很开心。他把头轻轻弹回到脖子上，清了清嗓子，说："好了，格兰芬多的新同学们！我希望你们能帮助我们赢得本学年的学院杯冠军，好吗？格兰芬多从来没有这么长时间没赢过奖了。斯莱特林来了个六连冠！血人巴罗实在让人忍无可忍了——他是斯莱特林的幽灵。"

哈利朝斯莱特林那一桌看过去，看见桌旁坐着一个幽灵，十分可怕，瞪着呆滞的眼睛，形容枯槁，长袍上沾满银色的血斑。血人巴罗正好坐在马尔福旁边，马尔福对这样的座位安排不太满意，哈利看了心里觉得乐滋滋的。

"他怎么弄得浑身都是血？"西莫特别感兴趣。

"我从来没问过。"差点没头的尼克拘谨地说。

等到每人都敞开肚皮吃饱以后，剩下的食物就一股脑儿地从餐盘里消失了。餐盘又都变得光洁如初。过了一会儿，布丁上来了。各种口味的冰淇淋应有尽有，苹果饼、糖浆水果馅饼、巧克力松糕、炸果酱甜圈、酒浸果酱布丁、草莓、果冻、米布丁……

哈利取过一块糖浆水果馅饼，这时话题又转到了各自的家庭。

"我是一半一半。"西莫说，"爸爸是一个麻瓜，妈妈直到结婚以后才告诉爸爸自己是个巫师。可把他吓得不轻。"

大家都哈哈大笑。

"那你呢，纳威？"罗恩问。

"哦，我是由奶奶带大的，她是巫师。"纳威说，"不过这么多年来我们家一直以为我是麻瓜。我的阿尔吉叔爷总想趁人不备，想方设法逼我露一手魔法——有一次他把我从黑湖码头推了下去，差一点儿把我淹死——结果什么事也没有发生。直到我八岁那年，有一天我阿尔吉叔爷过来喝茶，他把我脚脖子朝上从楼上窗口向下吊着，正好我的艾妮叔婆递给他一块蛋白蛋糕。他一失手，没有拿稳我。我自己弹了起来——飞过整个花园，摔到马路上。他们都高兴极了。艾妮叔婆甚至高兴得哭了起来。你要是能看看我接到入学通知书时他们脸上的表情就好了，你看，他们原以为我的魔法功力不够，不能进这所学校呢。我的阿尔吉叔爷一时高兴，还买了一只蟾蜍送给我呢。"

哈利的另一边珀西·韦斯莱和赫敏正在谈论功课（"我真希望马上开始，要学的东西太多了，我对变形术特别感兴趣。你知道，把一样东西变成另一样东西，当然应该是非常困难——"；"你应当从小的东西变起，比如把火柴变成针什么的——"）。

哈利浑身热起来，想睡觉，但他又抬头看了看主宾席。海格正举杯狂饮。麦格教授在跟邓布利多教授说着什么。头上裹着可笑的围巾的奇洛教授正在跟一位一头油腻黑发、鹰钩鼻、皮肤蜡黄的老师说话。

事情发生在一瞬间。鹰钩鼻老师的视线越过奇洛教授的围巾直视哈利的眼睛——哈利顿感他前额上的那道伤疤一阵灼痛。

"哎呀！"哈利用一只手捂住前额。

"怎么了？"珀西问。

"没—没什么。"

灼痛像来时一样，刹那间就消失了。挥之不去的是哈利从那位老师目光中得到的感受，他觉得那位老师对他没有一点儿好感。

"跟奇洛教授讲话的那位老师是谁？"他问珀西。

"哦，奇洛教授你已经认识了，他看上去那么紧张并不奇怪。那位是斯内普教授，教魔药学，但他不愿意教这门课——大家都知道他眼馋奇洛教授的工作。斯内普对黑魔法可是大大在行。"

哈利注视了斯内普片刻，但斯内普没有再看他。

最后，布丁也消失了，邓布利多教授又站了起来。礼堂里也复归肃静。

"哦，现在大家都吃饱了，喝足了，我要再对大家说几句话。在学期开始的时候，我要向大家提出几点注意事项。

"一年级新生注意，学校场地上的那片林区禁止任何学生进入。我们有些老班的同学也要好好记住这一点。"

邓布利多那双闪亮的眼睛朝韦斯莱孪生兄弟那边扫了一下。

"再有，管理员费尔奇先生也要我提醒大家，课间不要在走廊里施魔法。

"魁地奇球员的审核工作将在本学期的第二周举行。凡有志参加学院代表队的同学请与霍琦女士联系。

“最后，我必须告诉大家，凡不愿遭遇意外、痛苦惨死的人，请不要进入四楼靠右边的走廊。”

哈利哈哈大笑，但笑的人只有少数几个。

“他不是认真的吧？”哈利悄声问珀西。

“不可能，”珀西朝邓布利多皱起眉头说，“可奇怪的是，凡不准许我们去的地方，他通常都说明原因，比如，那片林区里有许多危险的野兽，这一点大家都知道。我想他至少该对我们级长讲清楚的。”

“现在，在大家就寝之前，让我们一起来唱校歌！”邓布利多大声说。哈利发现其他老师的笑容似乎都僵住了。

邓布利多将魔杖轻轻一弹，魔杖中就飘飞出一条长长的金色彩带，在餐桌的上空像蛇一样高高地扭动盘绕出一行行文字。

“每人选择自己喜欢的曲调。”邓布利多说，“预备，唱！”

于是全体师生放声高唱起来：

霍格沃茨，霍格沃茨，霍格沃茨，霍格沃茨，
请教给我们知识，
不论我们是谢顶的老人
还是跌伤膝盖的孩子，
我们的头脑可以接纳
一些有趣的事物。
因为现在我们大脑空空，充满空气、
死苍蝇和鸡毛蒜皮，
教给我们一些有价值的知识，
把被我们遗忘的，还给我们，
你们只要尽全力，其他的交给我们自己，
我们将努力学习，直到化为尘土。

大家七零八落地唱完了这首校歌。只有韦斯莱家的孪生兄弟仍随

着《葬礼进行曲》徐缓的旋律在继续歌唱。邓布利多用魔杖为他们俩指挥了最后几个小节，等他们唱完，他的掌声最响亮。

"音乐啊，"他擦了擦眼睛说，"比我们在这里所做的一切都更富魅力！现在是就寝的时间了。大家回宿舍去吧。"

格兰芬多的一年级新生跟着珀西，穿过嘈杂的人群，走出礼堂，登上大理石楼梯。哈利的两腿又像灌了铅似的，不过这次是因为他太累，而且吃得太饱。他实在太困了，因此当走廊肖像上的人在他们经过时喁喁私语，指指点点，当珀西两次带领他们穿过暗藏在滑动挡板和垂挂的帷幔后边的门时，他甚至一点儿也没有感到吃惊。他们哈欠连天，拖着沉重的脚步又爬了许多楼梯。哈利正在纳闷，不知还要走多久，这时，前边的人突然停了下来。

在他们前边，一捆手杖在半空中飘荡着，珀西向前迈了一步，于是那些手杖纷纷朝他飞来。

"是皮皮鬼，"珀西小声对一年级新生说，"一个专门喜欢搞恶作剧的幽灵。"他又抬高嗓门说："皮皮鬼——显形吧。"

回答他的是响亮、刺耳、像气球泄气似的噗噗响声。

"你是要我去找血人巴罗吗？"

噗的一声，突然冒出一个小矮人，一对邪恶的黑眼睛，一张大嘴，盘腿在半空中飘荡着，双手牢牢抓着那捆手杖。

"嗬嗬嗬！"他咯咯地奸笑着，"原来是讨厌的一年级小鬼头啊！太好玩了！"

他突然朝他们猛扑过来。学生们一下子惊呆了。

"走开，皮皮鬼，不然我去告诉血人巴罗，我可不是开玩笑！"珀西大吼道。

皮皮鬼伸出舌头，不见了。手杖正好砸在纳威头上。他们听见皮皮鬼腾空而去，飞过时盔甲铿锵作响。

"你们应当对皮皮鬼有所防备。"珀西说，领着大家继续朝前走，"血人巴罗是唯一能降住他的，他甚至连我们这些级长的话都听不进去。我们到了。"

走廊尽头挂着一幅肖像，肖像上是一个非常富态的穿着一身粉色衣服的女人。

“口令?”她问。

“龙渣。”珀西说。只见这幅画摇摇晃晃地朝前移去，露出墙上的一个圆形洞口。他们都从墙洞里爬了过去——纳威还得有人拉他一把——然后他们就发现已经来到格兰芬多的公共休息室了。这是一个舒适的圆形房间，摆满了软绵绵的扶手椅。

珀西指引女生们进一扇门，去往她们的寝室，然后再带男生们走进另一道门。在一部螺旋形的楼梯顶上——他们显然是在一座塔楼里——他们终于找到了自己的铺位：五张带四根帷柱的床，垂挂着深红色天鹅绒帷帐。行李箱子早已送了上来。他们已精疲力竭，不想再多说话，一个个换上睡衣就倒下睡了。

“今天的伙食太丰盛了，是吧?”罗恩隔着帷帐对哈利小声说，“走开，斑斑！它在啃我的床单呢。”

哈利本想问罗恩吃没吃糖浆水果馅饼，可没等开口就睡着了。

也许是哈利吃得过饱的缘故，他做了一个非常奇怪的梦。他头上顶着奇洛教授的大围巾，那围巾一个劲地絮絮叨叨，对他说，应当立刻转到斯莱特林去，因为那是命中注定的。哈利告诉围巾他不想去斯莱特林；围巾变得越来越重，他想把它扯掉，但它却箍得他头痛——他在挣扎的时候，马尔福在一旁看着他，哈哈大笑；接着马尔福变成了鹰钩鼻老师斯内普；斯内普的笑声更响，也更冷了——只见一道绿光突然一闪，哈利惊醒了，一身冷汗，不停地发抖。

他翻过身去，又睡着了。第二天醒来时，他一点儿也不记得这个梦了。

第8章

魔药课老师

“就在那边,快看。”

“哪边?”

“在那个高个红头发男生旁边。”

“那个戴眼镜的?”

“你看见他的脸了吗?”

“看见他那道伤疤了吗?”

第二天,哈利走出寝室,这些窃窃私语就一直紧追着他。学生们在教室外边排着长队,个个踮着脚尖,想一睹他的真面目。在走廊里,他们从他身边走过去,又折回来,死死地盯着他看。哈利希望他们不要这样,因为他要集中注意力寻找去教室的路。

霍格沃茨的楼梯总共有一百四十二处之多。它们有的又宽又大;有的又窄又小,而且摇摇晃晃;有的每逢星期五就通到不同的地方;有些上到半截，一个台阶会突然消失，你得记住在什么地方应当跳过去。另外，这里还有许多门，如果你不客客气气地请它们打开，或者确切地捅对地方，它们是不会为你开门的；还有些门根本不是真正的门，只是一堵堵貌似是门的坚固的墙壁。想要记住哪些东西在什么地方很不容易，因为一切似乎都在不停地移动。肖像上的人也不断地互访，而且哈利可以肯定，连甲胄都会行走。

你拿幽灵们也没有办法。常常是当你正要开一扇门时，一个幽灵突然从门后蹿出来，吓你一大跳。差点没头的尼克当然乐意为格兰芬多的新生们指路；可如果你上课已经要迟到，偏偏又碰上喜欢恶作剧的皮皮鬼，那就比碰到上了锁的两道门外加一道机关重重的楼梯更加难办了。他会把废纸篓扣到你头上，抽掉你脚下的地毯，朝你扔粉笔头，或是偷偷跟在你背后，趁你看不见的时候，抓住你的鼻子大声尖叫："揪住你的鼻子喽！"

如果还有什么比皮皮鬼更糟糕的，那就要数管理员阿格斯·费尔奇了。开学的第一天早上，罗恩和哈利就跟费尔奇之间产生了芥蒂。费尔奇发现他们硬要闯一道门，而那道门正好是通往四楼禁区走廊的入口。费尔奇不相信他们是迷了路，认为他们故意要闯，便威胁着要把他们锁进地牢，幸亏奇洛教授刚好经过这里，帮他们解了围。

费尔奇养了一只猫，名叫洛丽丝夫人。这只骨瘦如柴、毛色暗灰的活物长着像费尔奇那样灯泡似的鼓眼睛。它经常独自在走廊里巡逻。如果谁当它的面犯规，即使一个脚趾尖出线，它也会飞快地跑去找费尔奇。两分钟后，费尔奇就会吭哧吭哧、连吁带喘地跑过来。费尔奇比谁都清楚校园里的秘密通道（也许韦斯莱家的孪生兄弟除外），而且会像幽灵一样冷不丁蹿出来。同学们对他恨之入骨，许多人都恨不得照他的洛丽丝夫人狠狠地踹上一脚。

然后，一旦你找到教室，那就要面对课程本身了。哈利很快发现除了挥动魔杖，念几句好玩的咒语之外，魔法还有许多很高深的学问呢。

每星期三晚上，他们都要用望远镜观测星空，学习不同星星的名称和行星运行的轨迹。一星期三次，他们都要由一个叫斯普劳特的矮胖女巫带着到城堡后边的温室去上草药课，学习如何培育这些奇异的植物和菌类并了解它们的用途。

最令人厌烦的课程大概要算魔法史了，这也是唯一由幽灵教授的课程。想当年宾斯教授在教工休息室的壁炉前睡着了，第二天早上去上课时竟忘记带上自己的身体，足见宾斯教授生前确实已经很老了。上课时宾斯教授用单调乏味的声音不停地讲，学生们则潦潦草草地记下人名和日期，把恶人墨瑞克和怪人尤里克也搞混了。

教授魔咒的是一位身材小得出奇的男巫弗立维教授，上课时他必须站在一摞书上，才够得着讲桌。开始上第一堂课时，他拿出名册点名，念到哈利的名字时，激动得尖叫了一声，就倒在地上不见了。

麦格教授跟他们都不一样。哈利没有看错。他一眼就看出这位教授不好对付。她严格、聪明，学生们刚坐下来上第一堂课她就给他们来了个下马威。

“变形术是你们在霍格沃茨所学的课程中最复杂也最危险的魔法。”她说，“任何人要是在我的课堂上调皮捣蛋，我就请他出去，永远不准再进来。我可是警告过你们了。”

然后，她把她的讲桌变成了一头猪，然后又变了回来。学生们个个都被吸引了，恨不能马上开始学，可他们很快就明白，要把家具变成动物，还需要好长一段时间呢。他们记下了一大堆复杂艰深的笔记之后，她发给他们每人一根火柴，开始让他们试着变成一根针。到下课的时候，只有赫敏·格兰杰让她的火柴起了些变化；麦格教授让全班看那根火柴是怎么变成银亮亮的针的，而且一头还很尖，又向赫敏露出了难得的微笑。

全班真正期待的课程是黑魔法防御术。可奇洛教授的这一课几乎成了一场笑话。他上课的教室里充满了一股大蒜味，大家都说这是为了驱走他在罗马尼亚遇到的一个吸血鬼，怕那个吸血鬼会回过头来抓他。他告诉他们，他的大围巾是一位非洲王子送给他的礼物，那位王子是为了答谢他帮忙摆脱了还魂僵尸的纠缠，不过谁也说不上是不是真的相信他说的这个故事。首先，当西莫·斐尼甘急不可耐地问奇洛教授是怎么打败还魂僵尸的时候，教授满脸涨得通红，含含糊糊，说起了天气；其次，他们发现他那块大围巾也散发出一股怪味，韦斯莱家的孪生兄弟坚持说那里面肯定也塞满了大蒜，这样无论奇洛教授走到哪里，他都有了防护。

哈利发现自己和大家也不过五十步与百步之差，于是大大地松了一口气。这里许多人像他一样，来自麻瓜家庭，根本没有想到自己会是巫师。他们需要学习的东西太多了，就连像罗恩这样巫师世家出身的人也不见得领先多少。

星期五，对哈利和罗恩来说是一个关键的日子。他们终于找到了去礼堂吃早饭的路，中途没有迷失方向。

"今天我们都有哪些课?"哈利一边往麦片粥里放糖，一边问罗恩。

"跟斯莱特林的学生一起上两节魔药课。"罗恩说，"斯内普是斯莱特林学院的院长，都说他偏向自己的学生，现在倒可以看看是不是真的这样。"

"但愿麦格教授也能偏向我们。"哈利说。麦格教授是格兰芬多学院的院长，但她昨天照样给他们留了一大堆作业。

就在这时，邮件到了。现在哈利已经习惯了。可是在第一天吃早饭的时候，百十来只猫头鹰突然飞进礼堂，着实把他吓了一跳。这些猫头鹰围着餐桌飞来飞去，直到找到各自的主人，把信件或包裹扔到他们腿上。

到目前为止，海德薇还没有给哈利带来过任何东西。它有时飞进来啄一下哈利的耳朵，讨上一小口吐司，然后就飞回猫头鹰屋，和校园里的其他猫头鹰一起睡觉去了。但是今天早上，它却扑棱着翅膀落到果酱盘和糖罐之间，将一张字条放到了哈利的餐盘上。哈利即刻把字条打开。

亲爱的哈利：(字迹非常潦草零乱)

我知道你星期五下午没有课，不知能否在午后三时前后过来和我一起喝茶？我很想知道你第一周的情况。请让海德薇给我一个回音。

海　格

哈利向罗恩借来羽毛笔在字条背面匆匆写道："好的，我很乐意，下午见。"然后就让海德薇飞走了。

幸好哈利还有跟海格一起喝茶这么个盼头，因为魔药课是哈利进霍格沃茨之后最厌烦的一门课程。

在开学宴会上，哈利就感到斯内普教授不喜欢他。第一节魔药课结束的时候，他才知道自己想错了。斯内普教授不是不喜欢他，而是恨他。

魔药课是在一间地下教室里上课。这里比上边城堡主楼阴冷，沿墙摆放着玻璃罐，里面浸泡的动物标本更令你瑟瑟发抖。

斯内普和弗立维一样，一上课就拿起名册，而且也像弗立维一样，点到哈利的名字时总是停下来。

"哦，是的，"他小声说，"哈利·波特，这是我们新来的——鼎鼎大名的人物啊。"

德拉科·马尔福和他的朋友克拉布和高尔用手捂着嘴哧哧地笑起来。斯内普点完名，便抬眼看着全班同学，他的眼睛像海格的一样乌黑，却没有海格的那股暖意。他的眼睛冷漠、空洞，使你想到两条漆黑的隧道。

"你们到这里来为的是学习配制魔药这门精密科学和严格工艺。"他开口道，说话的声音几乎只比耳语略高一些，但人人都听清了他说的每一个字。像麦格教授一样，斯内普教授也有不费吹灰之力就让教室秩序井然的威慑力量。"由于这里不用傻乎乎地挥动魔杖，所以你们中间有许多人不会相信这是魔法。我并不指望你们能真正领会那文火慢煨的坩埚冒着白烟、飘出阵阵清香的美妙所在，你们不会真正懂得流入人们血管的液体，令人心荡神驰、意志迷离的那种神妙魔力……我可以教会你们怎样提高声望，酿造荣耀，甚至阻止死亡——但必须有一条，那就是你们不是我经常遇到的那种笨蛋傻瓜才行。"

他讲完短短的开场白之后，全班哑然无声。哈利和罗恩扬了扬眉，交换了一下眼色。赫敏·格兰杰几乎挪到椅子边上，朝前探着身子，似乎急于证明自己不是笨蛋傻瓜。

"波特！"斯内普突然说，"如果我把水仙根粉末加入艾草浸液会得到什么?”

什么草根粉末放到什么溶液里?哈利看了罗恩一眼,罗恩跟他一样也怔住了;赫敏的手臂高高地举到空中。

“我不知道,先生。”哈利说。

斯内普轻蔑地撇了撇嘴。

“啧,啧——看来名气并不能代表一切。”

斯内普有意不去理会赫敏高举的手臂。

“让我们再试一次吧。波特,如果我要你去给我找一块粪石,你会到哪里去找?”

赫敏尽量在不离开座位的情况下,把手举得老高,哈利却根本不知道粪石是什么。他尽量不去看马尔福、克拉布和高尔,他们三人笑得浑身发颤。

“我不知道,先生。”

“我想,你在开学前一本书也没有翻过,是吧,波特?”

哈利强迫自己直勾勾地盯着他那对冷漠的眼睛。在德思礼家时,他真的把所有的书都翻过了,但是难道斯内普要求他把《千种神奇药草及蕈类》的内容都背下来吗?

斯内普仍旧没有理会赫敏颤抖的手臂。

“波特,那你说说,舟形乌头和狼毒乌头有什么区别?”

这时,赫敏站了起来,她的手笔直伸向地下教室的天花板。

“我不知道,”哈利小声说,“不过,我想,赫敏知道答案,您为什么不问问她呢?”

有几个学生笑出声来。哈利碰到了西莫的目光,西莫朝他使了个眼色。斯内普当然很不高兴。

“坐下。”他对赫敏怒喝道,“让我来告诉你吧,波特,水仙根粉和艾草加在一起可以配制成一种效力很强的安眠药,就是一服生死水。粪石是从山羊的胃里取出来的一种石头,有极强的解毒作用。至于舟形乌头和狼毒乌头则是同一种植物,统称乌头。明白了吗?你们为什么不把这些都记下来?”

教室里突然响起一阵摸索羽毛笔和羊皮纸的沙沙声。在一片嘈杂声中，斯内普说："波特，由于你顶撞老师，格兰芬多会为此被扣掉一分。"

魔药课继续上了下去，但格兰芬多的学生们的处境并没有改善。斯内普把他们分成两人一组，指导他们混合调制一种治疗疖子的简单药水。斯内普拖着他那件很长的黑斗篷在教室里走来走去，看他们称干荨麻，粉碎蛇的毒牙，几乎所有的学生都挨过批评，只有马尔福幸免，看来马尔福是斯内普偏爱的学生。正当斯内普让大家看马尔福蒸煮带触角的鼻涕虫的方法多么完美时，地下教室里突然冒出一股酸性的绿色浓烟，传来一阵很响的嘶嘶声。纳威不知怎的把西莫的坩埚烧成了歪歪扭扭的一块东西，坩埚里的药水泼到了石板地上，把同学们的鞋都烧出了洞。几秒钟内，全班同学都站到了凳子上，坩埚被打翻时，纳威浑身浸透了药水，这时他胳膊和腿上到处是红肿的疖子，痛得哇哇乱叫。

"白痴！"斯内普咆哮起来，挥起魔杖将泼在地上的药水一扫而光。

"我想你大概是没有把坩埚从火上端开就把豪猪刺放进去了，是不是？"

纳威抽抽搭搭地哭起来，连鼻子上都突然冒出了许多疖子。

"把他送到上面的医院去。"斯内普对西莫厉声说。接着他在哈利和罗恩身边转来转去，他们俩正好挨着纳威操作。

"波特，你为什么不告诉他不要加进豪猪刺呢？你以为他出了错就显出你高明吗？格兰芬多又因为你丢了一分。"

这也太不公平了，哈利正要开口辩解，罗恩在坩埚后边踢了他一脚。

"别胡来，"他小声说，"听说斯内普特别不讲理。"

一小时后，他们顺着台阶爬出地下教室，哈利头脑里思绪翻滚，情绪低落。开学第一周格兰芬多就因为他被扣掉了两分，他不知道斯内普为什么这么恨他。

"打起精神来，"罗恩说，"斯内普经常扣弗雷德和乔治的分。我能跟你一起去见海格吗？"

三点差五分，他们离开城堡穿过场地向海格的住处走去。海格住在禁林边缘的一间小木屋里，大门前有一张弩和一双橡胶套鞋。

哈利敲门时,他们听见屋里传来一阵紧张的挣扎声和几声低沉的犬吠。接着传来海格的说话声:“往后退,牙牙,往后退。”

海格把门开了一道缝,露出他满是胡须的大脸。

“等一等。”他说,“往后退,牙牙。”

海格把他们俩让了进去,一边拼命抓住一只庞大的黑色猎狗的项圈。

小木屋只有一个房间。天花板上挂着火腿、野鸡,火盆里用铜壶烧着开水,墙角放着一张大床,床上是用碎布拼接的被褥。

“不要客气。”海格说着,把牙牙放开了。牙牙立刻纵身朝罗恩扑过去舔他的耳朵。像海格一样,牙牙显然也不像它的外表那样凶猛。

“这是罗恩。”哈利对海格说。海格正忙着把开水倒进一只大茶壶里,一边把岩皮饼往餐盘里放。

“又是韦斯莱家的一个小兄弟吧?”海格说,朝罗恩的满脸雀斑瞟了一眼,“为了把这对孪生兄弟赶出禁林,我几乎耗费了大半辈子的精力。”

岩皮饼差点把他们的牙都硌掉了。可哈利和罗恩一边装出很爱吃的样子,一边把这几天上课的情景讲给海格听。牙牙把头枕在哈利膝头上,口水把他的长袍都洇湿了一大片。

听海格管费尔奇叫“那个老饭桶”,哈利和罗恩很高兴。

“至于那只猫,那个洛丽丝夫人,有朝一日我真想把它介绍给我的牙牙认识认识。你们知道吗,每次我去学校,无论到哪儿它都跟着我,甩也甩不掉,准是费尔奇让它这么干的。”

哈利对海格讲了斯内普课上的事。海格跟罗恩一样,要哈利不要担心,因为斯内普几乎没有喜欢过任何学生。

“可他好像真的很恨我。”

“瞎说!”海格说,“他为什么要恨你?”

可哈利总觉得海格在说这话时有些故意回避他的目光。

“你哥哥查理怎么样?”海格问罗恩,“我很喜欢他——他对动物很有办法。”

哈利怀疑海格有意转移话题。罗恩向海格讲查理研究火龙的情况时,哈利发现茶壶暖罩下压着一张小纸片,那是从《预言家日报》上剪下来的一段报道。

古灵阁非法闯入事件最新报道

有关七月三十一日古灵阁非法闯入事件的调查仍在进行。普遍认为这是不知姓名的黑巫师所为。

古灵阁的妖精们今日再度强调未被盗走任何物品。被闯入者搜索过的地下金库事实上已于当日早些时候提取一空。

一位古灵阁妖精发言人今日午后表示:金库中究竟存放何物,无可奉告,请勿干预此事为好。

哈利想起罗恩在火车上对他说过有人试图抢劫古灵阁,不过罗恩没有告诉他具体日期。

"海格!"哈利说,"古灵阁闯入事件发生的那一天正好是我的生日。很可能事情发生的时候我们正好也在那里!"

毫无疑问,海格这次确实不敢正视哈利的眼睛。他只哼了一声,又递给哈利一块岩皮饼。哈利把这篇报道又看了一遍。被闯入者搜索过的地下金库事实上已于当日早些时候提取一空。如果拿走那个脏兮兮的小包就意味着提取一空的话,那么海格就已经把713号地下金库提取一空了。那个脏兮兮的小包难道就是闯入者要找的东西吗?

哈利和罗恩步行回城堡吃晚饭时,他们的衣袋里沉甸甸地装满了岩皮饼,出于礼貌,他们不好意思拒绝。哈利觉得与海格喝了一下午茶后,需要思考的问题比这几天上课时需要思考的多得多:海格及时拿到了那个小包吗?小包现在在什么地方?海格是不是知道一些关于斯内普的事情,但又不愿意告诉他呢?

第9章

午夜决斗

哈利以前一直不相信，他竟然会认识一个男孩，他恨这家伙比恨达力还厉害，他是在遇到德拉科·马尔福之后才相信这一点的。不过，一年级的格兰芬多学生只有魔药课是和斯莱特林的学生一起上的，所以要忍受马尔福还不算困难。至少起初是这样的。后来有一天，他们发现格兰芬多的公共休息室里贴出了一张启事，看了之后全都唉声叹气。星期四就要开始上飞行课了——格兰芬多的学生要和斯莱特林的学生一起上课。

"真倒霉，"哈利沮丧地说，"果然不出我的所料。骑着一把飞天扫帚在马尔福面前出洋相。"

他一直在盼望学习飞行，这愿望比什么都强烈。

"你是不是会出洋相还不一定呢。"罗恩理智地说，"我知道马尔福总是吹嘘，说他玩魁地奇玩得特棒，但我敢打赌他只是在说大话。"

马尔福整天大谈特谈飞行。他大声抱怨说一年级新生没有资格参加学院魁地奇球队，他还讲了许多冗长的、自吹自擂的故事，最后总是以他惊险地躲过一架麻瓜的直升机为结束。不过，说这种大话的并不止他一个：听西莫·斐尼甘的口气，似乎他童年的大部分时间都是骑着飞天扫帚在旷野里飞来飞去。就连罗恩，只要有人愿意听，也会说起他有一次骑着查理的破扫帚，差点儿撞上了一架悬挂式滑翔机。每个来自巫师家庭的人都喋喋不休地谈论着魁地奇。罗恩为了一场足球，已经与同宿舍的迪安·托马斯大吵了一架。罗恩不明白，全场只有一只球，而且谁也不许飞，这种比赛有什么令人激动的。哈利无意中看见罗恩用手在迪安那张西汉姆足球队的海报上捅来捅去，想让队员们都动起来。

纳威这辈子还没有骑过扫帚呢，因为他奶奶从来不让他接近飞天扫帚。哈利私下里觉得他奶奶很有道理，纳威即使两只脚都老老实实地踩在地面上，还总能制造层出不穷的事故呢。

对于飞行，赫敏·格兰杰差不多和纳威一样紧张。这种本领你是不可能从书上看到并用心记住的——她不是没有试过。星期四早晨吃早饭的时候，她不停地对他们念叨她从一本名叫《神奇的魁地奇球》的图书馆藏书中看来的一些飞行指导，把他们烦得够呛。纳威则全神贯注地听着她说的每一个字，眼巴巴地希望听到一些有用的知识，待会儿可以帮助他牢牢地坐在飞天扫帚上。不过，当邮差到来打断了赫敏的演讲时，其他人还是感到非常高兴的。

自从上次海格的那封短信之后，哈利一直没有收到信，不用说，这一点马尔福早已注意到了。马尔福的猫头鹰倒是经常给他从家里捎来大包小包的糖果，他总是在斯莱特林的饭桌上得意扬扬地把它们拆开。

一只猫头鹰从纳威的奶奶那里给他带来了一个小包裹。纳威激动地打开，拿给大家看一个大弹子那么大的玻璃球，里面仿佛充满了白色的烟雾。

“这是记忆球！”他解释说，“奶奶知道我总是没记性——它会告诉你是不是有什么事情忘记做了。瞧，你把它紧紧捏住，像这样，如果它变红了——哦……”他顿时拉长了脸，因为记忆球突然红得发亮，“……你就是忘记什么事情了……”

纳威拼命回忆他忘记了什么，就在这时，德拉科·马尔福经过格兰芬多的餐桌，猛地将记忆球从他手里夺了过去。

哈利和罗恩一跃而起。出于某种原因，他们多少有些希望跟马尔福干上一架。可是，麦格教授总能比别的老师更敏锐地察觉到出了乱子，一眨眼的工夫她就出现了。

“怎么回事？”

“马尔福抢了我的记忆球，教授。”

马尔福阴沉着脸，迅速地把记忆球扔回到桌上。

“等着瞧。”他说完便匆匆溜走了，克拉布和高尔紧随其后。

那天下午三点半，哈利、罗恩和格兰芬多的其他学生匆匆走下台阶，来到门前的场地上，准备上他们的第一堂飞行课。这是一个晴朗的、有微风的日子，当他们快步走下倾斜的草地，向场地对面一处平坦的草坪走去时，小草在他们脚下微微起着波浪。草坪那边就是禁林，远处黑魆魆的树木在风中摇曳。

斯莱特林的学生已经在那里了，还有二十把飞天扫帚整整齐齐地排放在地上。哈利曾经听弗雷德和乔治·韦斯莱抱怨过学校里的飞天扫帚，说有的扫帚在你飞得太高时会簌簌发抖，还有的呢，总是微微地偏向左边。

他们的老师霍琦女士来了。她一头短短的灰发，两只眼睛是黄色的，像老鹰的眼睛一样。

“好了，你们大家还等什么？”她厉声说道，“每个人都站到一把飞天扫帚旁边。快，快，抓紧时间。”

哈利低头看了一眼他的飞天扫帚，它又破又旧，一些枝子横七竖八地戳了出来。

“伸出右手，放在扫帚把上方，”霍琦女士在前面喊道，“然后说：‘起来！’”

“起来！”每个人都喊道。

哈利的扫帚立刻就跳到了他手里，但这样听话的扫帚只有少数几把。赫敏·格兰杰的扫帚只是在地上打了个滚，而纳威的扫帚根本纹丝不动。哈利心想，也许扫帚也像马一样，能够看出你内心的胆怯。纳威的声音微微发颤，再明显不过地说明他希望稳稳地站在地面上。

接着，霍琦女士向他们示范怎样骑上扫帚而不从头上滑下来。她在队伍里走来走去，给他们纠正手的握法。哈利和罗恩听见她批评马尔福一直做得不对，心里不由得暗暗高兴。

“好了，我一吹口哨，你们就两腿一蹬，离开地面，要用力蹬。”霍琦女士说，“把扫帚拿稳，上升几英尺，然后身体微微前倾，垂直落回地面。听我的口哨——三——二——”

然而，纳威太紧张了，生怕被留在地面上，于是他不等哨子碰到霍琦女士的嘴唇，就使劲一蹬，飞了上去。

“回来，孩子！”霍琦女士喊道，可是纳威径直往上升，就像瓶塞从瓶口喷出去一样——十二英尺——二十英尺。哈利看见他惊恐、煞白的脸望着下面飞速远去的地面，看见他张着大嘴喘气，从扫帚把的一边滑下来，然后——

砰——一声坠落，一声猛烈的撞击，纳威面朝下躺在地上的草丛中，缩成一团。他的飞天扫帚还在越升越高，然后开始缓缓地朝禁林方向飘去，消失不见了。

霍琦女士俯身看着纳威，她的脸和纳威的一样惨白。

“手腕断了。”哈利听见她小声说，“好了，孩子——没事，你起来吧。”

她转身望着班上其他同学。

“我送这孩子去医院，你们谁都不许动！把飞天扫帚放回原处，不然的话，不等你们来得及说一句‘魁地奇’，就被赶出霍格沃茨大门了。走吧，亲爱的。”

纳威脸上挂着一条条泪痕，他抓着手腕，一瘸一拐地和霍琦女士一同离去了。霍琦女士用胳膊搂着他。

他们刚走得听不见了，马尔福就放声大笑起来。

“你们看见他那副面孔了吗，那个傻大个？”

其他斯莱特林的学生也随声附和。

“闭嘴，马尔福。”帕瓦蒂·佩蒂尔厉声说。

“嗬，护着隆巴顿？”潘西·帕金森说，她是一个长相丑陋的斯莱特林女生，“没想到你居然会喜欢胖乎乎的小泪包，佩蒂尔。”

“瞧！”马尔福说着，冲过去抓起草地上的什么东西，“是那个大傻瓜隆巴顿的奶奶捎给他的。”

他举起记忆球，球在阳光下闪闪发光。

“拿过来，马尔福。”哈利低声说。大家都停止了说话，注视着。

马尔福露出丑恶的狞笑。

“我想把它放在一个什么地方，让隆巴顿去捡——放在一棵树上——怎么样？”

“拿过来！”哈利大喊，可是马尔福已经跳上他的扫帚，起飞了。他以前的话并不是吹牛——他确实飞得好——悬浮在与一棵橡树的树梢平行的高度，大声叫道：“过来拿吧，波特！”

哈利抓起他的扫帚。

“不行！”赫敏·格兰杰喊道，“霍琦女士叫我们不要动——你会给我们大家带来麻烦的。”

哈利没有理她，血撞得他的耳膜轰轰直响。他骑上飞天扫帚，用力蹬了一下地面，于是他升了上去，空气呼呼地刮过他的头发，长袍在身后呼啦啦地飘扬——他心头陡然一阵狂喜，意识到自己发现了一种他可以无师自通的技能——这么容易，这么美妙。他把飞天扫帚又抬起了一些，让它飞得更高。他听见地面上传来女孩子们的尖叫声和大喘气声，还听到罗恩发出的敬佩的喊叫。

他猛地把扫帚调转过来，对着空中的马尔福。马尔福显然大吃一惊。

“拿过来，”哈利喊道，“不然我就把你从扫帚上撞下去。”

“哦，是吗？”马尔福说。他想发出嘲笑，但脸上的表情却很紧张。

哈利好像天生就知道该怎么做。他将身体前倾，用双手紧紧抓住扫帚，于是扫帚就像标枪一样朝马尔福射去。马尔福勉强闪身躲过；哈利又猛地调转回身，稳稳地抓住扫帚。下面有几个人在鼓掌。

“这里可没有克拉布和高尔为你保驾，马尔福。”哈利喊道。

马尔福似乎也产生了同样的想法。

“给，看你能不能接住！”他大叫一声，把玻璃球高高地扔向空中，然后迅速朝地面降落。

哈利看见球仿佛是以慢动作升上了天空，随即开始坠落。他前倾着身体，使飞天扫帚指向下面——一眨眼的工夫，他就加速俯冲下去，追赶玻璃球——风在他耳边呼啸，混杂着下面同学们的尖叫声——他伸出手去，在离地面一英尺的高度接住了球。他及时把扫帚把扳直，然后轻轻倒在草地上，手心里稳稳地攥着那只记忆球。

“哈利·波特！”

他的心突然往下一沉，比他刚才俯冲的速度还快。麦格教授正向他们跑来。哈利从地上站起来，浑身发抖。

“我在霍格沃茨这么多年——从来没有——”

麦格教授简直惊讶得说不出话来，她的眼镜片闪烁着愤怒的光芒，“——你怎么敢——你会摔断脖子的——”

“不是他的错，教授——”

“住嘴，佩蒂尔小姐——”

“可是马尔福——”

“别说了，韦斯莱先生。好了，波特，跟我来。”

麦格教授大步朝城堡走去，哈利机械地跟在后面。他离开时发觉马尔福、克拉布和高尔脸上露出了得意的神情。他只知道自己要被开除了，想说几句话为自己辩护，但嗓子似乎出了毛病。麦格教授大步流星地朝前走着，看也不看他一眼；他必须小跑着才能跟得上。现在完了。他来了还不到两个星期，再过十分钟，就要收拾东西滚蛋了。达力一家看见他出现在大门口，会说什么呢？

两人登上大门前的台阶，登上里面的大理石楼梯，麦格教授还是一言不发。她拧开一扇扇门，大步穿过一道道走廊，哈利可怜兮兮地跟在后面。教授大概是要带他去见邓布利多吧。他想起了海格，虽然被开除了,但还是获准作为猎场看守继续留在学校里。也许他可以给海格当个助手。他仿佛看见自己拎着海格的口袋,拖着沉重的脚步在场地周围走来走去,眼巴巴地看着罗恩和其他人成为巫师。他一想起这些,就觉得胃拧成了一团。

麦格教授在一间教室外面停住脚步。她推开门,把头伸了进去。

"对不起,弗立维教授,可以让伍德出来一会儿吗?"

伍德?哈利迷惑不解地想,难道是木头拐杖,麦格教授要用它来教训他?①

谁知,伍德原来是一个人,一个高大结实的五年级男生,他一脸茫然地走出弗立维的教室。

"你们两个,跟我走。"麦格教授说,三个人一起在走廊里大步前进,伍德好奇地打量着哈利。

"进去。"

麦格教授指着一间教室叫他们进去,里面只有皮皮鬼,正忙着在黑板上写骂人的话。

"出去,皮皮鬼!"她大吼一声。皮皮鬼把粉笔当啷一声扔进垃圾箱,骂骂咧咧地冲出教室。麦格教授把门重重地关上,转过身来,面对两个男孩。

"波特,这是奥利弗·伍德。伍德——我替你发现了一个找球手。"

伍德脸上的表情从困惑转为喜悦。

"你当真吗,教授?"

"绝对当真。"麦格教授干脆地说,"这孩子是个天才。我从来没见过这样的事情。波特,你是第一次骑飞天扫帚吗?"

哈利默默地点点头,完全不明白是怎么回事,但看来他不会被开除了,他的双腿又开始慢慢恢复了知觉。

"他俯冲五十英尺,伸手抓住了那东西,"麦格教授对伍德说,"一点儿皮肉擦伤都没有。查理·韦斯莱也做不到这点。"

---

① 英文里的姓氏Wood(伍德)同时有"木头"的意思。

伍德现在的表情，就好像他所有的梦想一下子全变成了现实。

“看过魁地奇比赛吗，波特?”他激动地问。

“伍德是格兰芬多魁地奇球队的队长。”麦格教授解释说。

“他的体型正适合当一个找球手，”伍德说，在哈利周围绕着圈子打量他，“轻盈——敏捷——我们必须给他弄一把像样的扫帚，教授——我看，就来一把光轮2000或横扫七星吧。”

“我要去跟邓布利多教授谈谈，看能不能破格使用一年级新生。确实，我们需要一支比去年更棒的魁地奇球队。上次比赛被斯莱特林队打得惨败，我几个星期都不敢和斯内普照面……”

麦格教授从眼镜上方严厉地瞅着哈利。

“我希望听到你在刻苦训练，波特，不然我就改变主意，要惩罚你了。”

接着，她又突然绽开笑容。

“你父亲会为你骄傲的，”她说，“他以前就是一个出色的魁地奇球员。”

“你在开玩笑吧。”

这是吃晚饭的时间，哈利对罗恩讲了他和麦格教授离开场地后发生的事情。罗恩正要把一块牛排腰子馅饼往嘴里送，送到一半忘记了。

“找球手?”他说，“可是一年级学生从不——你一定是许多年来年龄最小的院队选手了。”

“是一个世纪以来。”哈利说着，用手撮起馅饼塞进嘴里，经过下午这场惊心动魄的遭遇，他觉得特别饿，“伍德告诉我的。”

罗恩太诧异、太震惊了。他只是坐在那里，呆呆地望着哈利。

“我下星期开始训练。”哈利说，“千万别跟任何人说，伍德想保密呢。”

这时，弗雷德和乔治·韦斯莱走进饭厅。他们一眼看见哈利，快步走了过来。

“好样的，”乔治低声说，“伍德告诉我们了。我们也是学院队的——

是击球手。”

“告诉你们，我们今年一定能拿下魁地奇杯。”弗雷德说，“自从查理走后就没有赢过，不过今年，我们球队一定会大展辉煌的。你肯定很棒，哈利，伍德跟我们说这件事时，激动得简直语无伦次了。”

“不过，我们得走了，李·乔丹认为他发现了一条新的秘密通道，可以通到学校外面。”

“我猜就是马屁精格雷戈里雕像后面的那条通道，我们进校的第一个星期就发现了。再见。”

弗雷德和乔治刚刚离去，某个很不受欢迎的人就露面了：马尔福。克拉布和高尔跟在他两旁。

“在吃最后一顿饭吗，波特？你什么时候乘火车返回麻瓜那里？”

“现在你回到地面上，又有你的小不点儿朋友陪伴左右，胆子就大多了。”哈利冷冷地说。当然啦，克拉布和高尔根本不能算小不点儿，但由于主宾席上坐满了老师，他们俩不敢造次，只好阴沉着脸，把手指捏得叭叭响。

“我随时愿意跟你单挑，”马尔福说，“如果你没意见，就在今晚。巫师之间的决斗。只用魔杖——不许肢体接触。怎么啦？我猜，你还没听说过巫师决斗吧？”

“他当然听说过。”罗恩说着，突然转过身，“我是他的助手，你的助手是谁？”

马尔福看着克拉布和高尔，把他们俩挨个儿掂量了一番。

“克拉布。”他说，“就在午夜，怎么样？我们在奖品陈列室和你们见面，那里从来不锁门。”

马尔福走后，罗恩和哈利面面相觑。

“巫师决斗是怎么回事？”哈利问，“你说做我的助手，这又是什么意思？”

“噢，如果你死了，助手就接着上。”罗恩轻描淡写地说，终于又开始吃他那已经冷却的馅饼。他捕捉到哈利脸上的神情，便又急忙补充道：“不过你知道，只有跟真正的巫师进行正规决斗时才会死。你和马尔福充其量只能向对方发射点儿火花。你们俩懂的魔法太少，不会真正伤着对方的。不过，我敢说他还以为你会拒绝呢。”

“如果我挥动魔杖，一点儿反应也没有，怎么办呢？”

“那就扔掉魔杖，对准他的鼻子揍一拳。”罗恩建议道。

“对不起，打扰一下。”

他们俩抬头一看，原来是赫敏·格兰杰。

“能不能让人在这里消消停停地吃饭呢？”罗恩说。

赫敏没有理他，却对哈利说：

“我忍不住偷听了你和马尔福说的——”

“我就知道你会这样。”罗恩咕哝道。

“——夜里你绝对不能在学校乱逛，想想吧，如果被抓住，会给格兰芬多丢多少分啊，而且你肯定会被抓住的。你真的太自私了。”

“这事真的与你无关。”哈利说。

“再见。”罗恩说。

以决斗来结束一天，这无论如何也不能算是美妙圆满，哈利躺在床上想道，他早就听见迪安和西莫进入了梦乡（纳威还没有从医院回来）。罗恩一晚上都在给他出谋划策，例如：“如果他想给你念咒语，你最好躲开，因为我不记得怎样挡住咒语。”他们很可能会被费尔奇或洛丽丝夫人抓住，哈利觉得自己是在与命运作对，今天又要违反一条校规了。另一方面，马尔福讥讽的脸不时在黑暗里显现——这是哈利面对面打败马尔福的一个大好机会，他不能放过。

“十一点半了，”终于，罗恩低声说道，“我们得走了。”

他们穿上晨衣，拿起魔杖，蹑手蹑脚地穿过房间，走下旋转楼梯，进入格兰芬多的公共休息室。壁炉里还有一些余火在闪烁着微光，扶手椅仿佛都变成了一团团黑乎乎的影子。他们刚要走到肖像洞口，就听见离得最近的一把椅子上有人说话：“我不敢相信你竟然这么做，哈利。”

一盏灯噗地闪亮，是赫敏·格兰杰。她穿着粉红色的晨衣，皱着眉头。

“你！”罗恩恼怒地说，“回去睡觉！”

“我差一点儿就告诉你哥哥了，”赫敏不客气地回敬，“珀西——他是级长，他会阻止这一切的。”

哈利无法相信居然有这样好管闲事的人。

“走吧。”他对罗恩说。他推开胖夫人的肖像，从洞口爬了出去。

赫敏可不会这么轻易让步。她跟着罗恩爬出洞口，像一只发怒的母鹅压低声音朝他们嚷嚷。

“你难道不关心格兰芬多，只关心你自己吗？我不想让斯莱特林再赢得学院杯，不想让你把我用转换咒从麦格教授那里弄来的分数全丢光。”

“走开。”

“好吧，不过我警告你，等你明天坐火车回家时，别忘了我说的话，你真是太——”

至于太怎么样，他们就不知道了。赫敏转向胖夫人的肖像，想重新钻回去，却发现面对的画上已空空如也。胖夫人深夜出去串门儿了，赫敏被关在了格兰芬多塔楼外面。

“哎呀，现在我怎么办呢？”她扯着嗓子问。

“那是你的问题。”罗恩说，“我们得走了，快迟到了。”

没等他们走到走廊尽头，赫敏就赶了上来。

“我和你们一起去。”她说。

“你不许去。”

“你们难道以为我会站在这外面，等费尔奇来把我抓住吗？如果他发现了我们三个人，我就把实情告诉他，就说我在试图劝阻你们，到时候，你们可以为我的话作证。”

“你胆子倒不小——”罗恩大声说。

“闭嘴，你们两个！”哈利严厉地说，“我听见有声音。”

是一种呼哧呼哧的声音。

“是洛丽丝夫人吗？”罗恩屏住呼吸问道，眯起眼睛看着暗处。

不是洛丽丝夫人，是纳威。他蜷缩在地板上，睡得正香，但他们一走近，他就猛地惊醒了。

“谢天谢地，你们找到我了！我在这外面待了好几个小时。我记不得新口令了，没法回去睡觉。”

“小声点儿，纳威。口令是‘猪鼻子’，可现在对你也没有用了。胖夫人不知跑到什么地方去了。”

“你的胳膊怎么样了？”哈利问道。

“没事儿，”纳威说着，举起胳膊给他们看，“庞弗雷女士一眨眼就把它治好了。”

“不错——好了，纳威，你听着，我们要去一个地方，待会儿见——”

“别撇下我！”纳威说着，从地上爬了起来，“我不想一个人待在这里，血人巴罗已经两次从这里经过了。”

罗恩看了看表，又愤怒地瞪着赫敏和纳威。

“如果你们两个有谁害得我们被抓住，我一定要学会奇洛提到的那种妖怪咒，用在你们身上。”

赫敏张了张嘴，大概是想告诉罗恩到底怎样使用妖怪咒，可是哈利朝她嘘了一声，叫她安静，然后招呼大家快走。

他们沿着走廊轻快地走着，月光从高高的窗口洒进来，一道道地横在地上。每一次拐弯，哈利都以为要撞上费尔奇或洛丽丝夫人，不过还好，他们运气不错。几个人匆匆登上楼梯，来到四楼，蹑手蹑脚地朝奖品陈列室走去。

马尔福和克拉布不在。陈列奖品的水晶玻璃柜在月光下熠熠闪亮。黑暗中，奖杯、盾牌、奖牌和雕像闪着金光和银光。四个人贴着墙向前移动，眼睛紧盯着房间两头的门，哈利拿出魔杖，以防马尔福突然冲进来和他决斗。时间一分一秒地过去了。

“他迟到了，也许他因为害怕，不敢来了。”罗恩悄声说。

这时，隔壁房间传来一个声音，吓得他们跳了起来。哈利刚举起魔杖，就听见有人说话了——不是马尔福。

“到处闻闻，我亲爱的，他们可能躲在哪个角落里。”

是费尔奇在对洛丽丝夫人说话。哈利吓坏了，使劲朝另外三个人挥着魔杖，叫他们尽快跟着他；他们悄没声儿地走向那扇远离费尔奇声音的门。纳威的长袍刚掠过拐角，他们就听见费尔奇走进了奖品陈列室。

“他们就在这里的什么地方，”他们听见他低声嘟哝，“大概躲起来了。”

“这边走！”哈利不出声地对大家说。他们都吓傻了，悄悄地沿着摆满盔甲的走廊往前走，可以听见费尔奇离他们越来越近了。突然，纳威忍不住发出一声恐怖的尖叫，撒腿就跑——他被绊了一下，赶紧一把搂住罗恩的腰，两人一起跌倒在一套盔甲上。

顿时，哐啷啷，哗啦啦，那声音足以吵醒整个城堡。

“快跑！”哈利大喊一声，四个人顺着走廊全速跑去，不敢回头看费尔奇是不是跟上来了——他们绕过门柱，跑过一道又一道走廊。哈利跑在最前面，他不知道他们在哪里，也不知道正往哪里跑。最后他们在上魔咒课的教室附近出来了，他们知道，这里离奖品陈列室有好几英里呢。

“我想，我们已经把他甩掉了。”哈利喘着粗气说。他靠在冰冷的墙上，擦着额头上的汗。纳威弯着身子，呼哧呼哧地喘气，连话都说不利索了。

“我——告诉过——你们，”赫敏气喘吁吁地说，用手抓住胸前的衣服，“我——告诉过——你们。”

“我们必须返回格兰芬多塔楼，”罗恩说，“越快越好。”

“马尔福骗了你，”赫敏对哈利说，“你明白了吧？他根本没打算上那儿和你会面——费尔奇知道有人要去奖品陈列室，准是马尔福向他透露了消息。”

哈利认为赫敏可能是对的，但他不想对她这么说。

“我们走吧。”

然而事情没那么简单。刚走了十来步，就听见一扇门的球形把手嘎啦啦一响，什么东西从他们面前的一间教室里蹿了出来。

是皮皮鬼。他一看见他们，就开心地尖声怪叫起来。

“闭嘴，皮皮鬼——求求你——你会害得我们被开除的。”

皮皮鬼咯咯地笑着。

“讨厌的一年级小鬼头，半夜三更到处乱逛。啧，啧，啧，淘气，淘气，你们会被抓起来的。”

“不会的，只要你不出卖我们，皮皮鬼，求求你。”

“应该告诉费尔奇，应该。”皮皮鬼一本正经地说，但他眼睛里闪烁着调皮的光芒，“这是为你们好，知道吗？”

“滚开。”罗恩凶狠地说，使劲打了皮皮鬼一下——这就酿成了大错。

“学生不睡觉！”皮皮鬼吼了起来，“学生不睡觉，在魔咒课教室的走廊里！”

他们一低头闪过皮皮鬼，没命地逃着，一直逃到走廊尽头，重重地撞在一扇门上——门是锁着的。

“完了！”罗恩呜咽着说。他们绝望地推那扇门。“我们完蛋了！死到临头了！”

他们听见了脚步声，费尔奇正循着皮皮鬼的声音尽快赶来。

“哦，快过来。”赫敏粗暴地说。她夺过哈利的魔杖，敲了敲门锁，低声说道：“阿拉霍洞开！”

锁咔嗒一响，门突然开了——他们一拥而入，赶紧把门关上，将耳朵贴在上面，听着。

“他们往哪边跑了，皮皮鬼？”只听费尔奇说，“快，告诉我。”

“说‘请’。”

“别跟我捣乱，皮皮鬼，快说，他们去哪儿了？”

“如果你不说‘请’，我就什么也不说。”皮皮鬼用他那恼人的连哼带唱的声调说。

“好吧——请你告诉我。”

“什么都不知道！哈哈！即使你说了‘请’，我也什么都不知道！哈哈！哈哈哈哈！”他们听见皮皮鬼飞快地离去，费尔奇恼羞成怒地咒骂着。

“他以为这扇门是锁着的，”哈利低声说，“我想我们不会有事了——走吧，纳威！”纳威一直在拉扯哈利晨衣的袖子。“怎么啦？”

哈利一转身——看见了，清清楚楚地看见了。一时间，他相信自己一定是走进了一场噩梦——在已经发生了这么多事情之后，这简直太过分了。

他们以为自己是在一个房间里，其实不然。他们是在一条走廊里。是四楼那条禁止入内的走廊。现在他们知道这里为什么禁止入内了。

他们正面对着一条怪物般的大狗的眼睛，这条狗大得填满了从天花板到地板的所有空间。它有三个脑袋，三双滴溜溜转的凶恶的眼睛，三个鼻子——正朝他们这边抽搐、颤抖着，还有三张流着口水的嘴巴，口水像黏糊糊的绳子，从泛黄的狗牙上挂落下来。

它一动不动地站在那里，六只眼睛都盯着他们。哈利知道，他们之所以还没有死，唯一的原因就是他们的突然出现使它大吃了一惊。但它正在迅速回过神来，那一声声震耳欲聋的咆哮意味着什么，是再清楚不过的了。

哈利摸索着去拧门把手——在费尔奇和死亡之间，他宁愿选择费尔奇。

他们一步步后退——哈利砰地把门关上。他们回到走廊里，撒腿就跑，简直是在飞奔。费尔奇一定忙着到别处去寻找他们了，他们没有看见他的踪影，何况也根本顾不上了——只想尽可能远地逃离那个怪物。他们一直跑到八楼胖夫人的肖像前才停住脚步。

“你们都上哪儿去了？”胖夫人问道，看着他们从肩膀上耷拉下来的晨衣，以及大汗淋漓的通红脸庞。

“别问啦——‘猪鼻子，猪鼻子’。”哈利喘着气说，肖像向前旋转着开了。他们跌跌撞撞地爬进公共休息室，浑身发抖地瘫倒在扶手椅上。

有好一会儿，谁都没有说话。纳威呢，看上去似乎永远也不会说话了。

“他们到底想干什么？把那么一个玩意儿关在学校里！”最后，罗恩说道，“如果有哪条狗需要运动，就是那条了。”

赫敏的气喘匀了，但她的坏脾气也回来了。

“你们，你们几个，长着眼睛是干什么用的？”她气冲冲地说，“你们没看见那狗站在什么上面吗？”

“地板上?”哈利猜测，“我没有看它的脚，光顾看它的脑袋了。”

“不，不是地板。它站在一个活板门上。显然是在看守什么东西。”

她站起身，愤怒地瞪着他们。

“但愿你们为自己感到得意。我们都差点被咬死——或者更糟，被学校开除。好了，如果你们没意见的话，我要去睡觉了。”

罗恩盯着她的背影，吃惊地张大了嘴巴。

“去睡吧，我们没意见。”他说，“这叫什么事儿? 就好像我们把她硬拉去似的。”

可是，赫敏的话使哈利回到床上后又陷入了沉思。那只狗在看守着什么东西……海格是怎么说的? 如果你想藏什么东西，古灵阁是世界上最安全的地方——大概除了霍格沃茨吧。

看来，哈利似乎已经弄清了713号地下金库那只脏兮兮的小包的下落。

第10章

万圣节前夕

第二天，马尔福简直不敢相信自己的眼睛，他看见哈利和罗恩居然还在霍格沃茨，虽然显得有些疲倦，但非常开心。确实，哈利和罗恩第二天一早醒来，都觉得看见那条三个脑袋的大狗是一次十分精彩的奇遇，巴不得再经历一次。而且，哈利原原本本地对罗恩讲了那个似乎已从古灵阁转移到霍格沃茨的小包，于是他们花了许多时间猜测，是什么东西需要这样严加看守。

"它要么特别宝贵，要么特别危险。"罗恩说。

"或者两项全占了。"哈利说。

但是，关于那个神秘物件，他们唯一能够确定的只是它的长度有两英寸。如果没有更多的线索，是不可能猜到它是什么东西的。

纳威和赫敏对于大狗和活板门下面藏着什么，似乎一点儿也不感兴趣。纳威只想着千万别再走近那条大狗。

赫敏现在不答理哈利和罗恩了。她一向自以为是，喜欢发号施令，所以他们倒觉得这是一件意外的好事。他们现在最希望的就是对马尔福进行报复，令人高兴的是，大约一个星期后，这样的机会就随着邮差一起到来了。

当猫头鹰像往常一样拥进礼堂时，每个人的注意力都被六只长耳猫头鹰驮着的那个细长包裹吸引住了。哈利和别人一样渴望知道这个包裹里是什么。没想到，几只猫头鹰盘旋而下，正好落在他面前，把他的熏咸肉碰落到了地板上。他惊讶极了。它们扑扇着翅膀刚刚飞走，又有一只猫头鹰携来一封信，扔在包裹上面。

哈利先把信撕开——幸亏他这么做了——只见信上写着：

不要打开桌上的包裹。
里面装着你新的飞天扫帚光轮2000，
我不想让大家知道你有了新扫帚，
免得他们都想要。
奥利弗·伍德今晚七点
在魁地奇球场等你，
给你上第一堂训练课。

米·麦格教授

哈利掩饰不住内心的喜悦，把短信递给了罗恩。

“光轮2000！”罗恩羡慕地感叹道，“我连碰都没有碰过。”

他们匆匆离开礼堂，想赶在第一节课之前，找个没人的地方拆开包裹，拿出飞天扫帚。可是，就在穿过门厅时，他们发现上楼的路被克拉布和高尔挡住了。马尔福把包裹从哈利手里夺过去，摸了摸。

“是一把飞天扫帚。”他一边说，一边把包裹扔还给哈利，脸上混杂着嫉妒和怨恨的表情，“你等着挨罚吧，波特，一年级学生是不许玩这个的。”

罗恩按捺不住了。

"这不是什么旧型扫帚，"他说，"这是光轮2000。你说你在家里有一把什么来着，马尔福？彗星260吧？"罗恩对哈利咧着嘴大笑，"彗星是挺耀眼的，但它们和光轮根本不是一个档次。"

"你怎么知道？韦斯莱，你连半个扫帚把都买不起。"马尔福凶巴巴地回敬道，"我猜你和你那些兄弟不得不一根枝子一根枝子地攒吧。"

罗恩还没来得及回答，弗立维教授在马尔福胳膊肘边出现了。

"我希望不是在吵架吧，孩子们？"他尖着嗓子问。

"有人给波特捎来了一把飞天扫帚，教授。"马尔福忙不迭地说。

"是啊，是啊，是这样的。"弗立维教授说着，朝哈利绽开了笑容，"麦格教授把情况的特殊性都跟我说了，波特。是什么型号的？"

"光轮2000，先生。"哈利说。看到马尔福脸上惊恐的表情，他拼命忍着笑。"我能得到它，还多亏了这位马尔福呢。"他补充道。

哈利和罗恩往楼上走去。他们看到马尔福那明显愤怒和迷惑的样子，不得不使劲把笑忍住。

"真的，我说的是实话，"来到大理石楼梯顶上时，哈利咯咯地笑着说，"如果不是他抢了纳威的玻璃球，我就进不了球队……"

"所以你认为这是对你违反校规的奖励？"他们俩身后传来一个愤怒的声音。赫敏噔噔地走上楼来，不满地看着哈利手里的包裹。

"我还以为你不跟我们说话了呢。"哈利说。

"是啊，现在也别说，"罗恩说，"这使我们感到很舒服。"

赫敏大踏步地走开了，鼻子扬得高高的。

那天，哈利很难定下心来认真听课。他的思绪不住地飞向宿舍，那把新的飞天扫帚就躺在他的床底下。他还不时地想到今晚就要去训练的魁地奇球场。晚饭时他三口两口咽下食物，根本没有注意吃的是什么，然后就和罗恩一起迅速奔上了楼梯，终于可以打开光轮2000了。

"哇！"当扫帚滚落在哈利的床单上时，罗恩惊叹道。

就连对飞天扫帚的种类一无所知的哈利，也认为这把扫帚简直太棒了：线条优美，富有光泽，把是红木的，长长的尾巴用整齐、笔直的枝子扎成，"光轮2000"几个字金灿灿地印在扫帚把的顶端。

七点钟越来越近了，哈利离开城堡，朝暮色中的魁地奇球场走去。几百把椅子高高地排放在周围的看台上，每一位观众都能看见球场上的情况。球场两端各有三根金质的杆子，顶上带着圆环。它们使哈利想起麻瓜小孩子们吹肥皂泡用的小塑料棍，只是这些杆子每根都有五十英尺高。

哈利太想再飞上天去了，他等不及伍德，便骑上扫帚，双脚一蹬离开地面。多么美妙的滋味——他快速地在球门柱间穿梭，又在球场上空忽上忽下地飞翔。他只需轻轻一碰，光轮2000就转向他需要的方向。

“喂，波特，下来！”

是奥利弗·伍德来了。他胳膊底下夹着一个很大的板条箱。哈利降落在他旁边。

“非常精彩。”伍德说，眼睛闪闪发亮，“我明白麦格教授的意思了……你确实是个天才。我今晚把规则教给你，然后你就可以参加队里每周三次的训练了。”

他打开板条箱，里面是四个大小不等的球。

“好，”伍德说，“是这样，魁地奇球的规则很容易理解，不过玩起来可不容易。每边七个人，其中三个是追球手。”

“三个追球手。”哈利重复道，这时伍德拿出一个足球那么大的鲜红的球。

“这个球叫鬼飞球。”伍德说，“追球手互相传递鬼飞球，争取让它通过一个圆环，这样便能得分。鬼飞球每次通过一个圆环，就可以得十分。明白了吗？”

“追球手把鬼飞球投出去，让它穿过圆环，便能得分了。”哈利复述道，“这么说——这是一种用飞天扫帚和六个圆环玩的篮球，是吗？”

“篮球是什么？”伍德好奇地问。

“没什么。”哈利赶紧说。

“好吧，每边还有另一个队员，叫守门员——我就是格兰芬多队的守门员。我必须在我们的圆环周围飞来飞去，不让对方得分。”

“三个追球手，一个守门员。”哈利说，决心把这些都记在心里，“他们打的是鬼飞球。行，明白了。那么这些是做什么用的？”他指着留在箱子里的另外三个球问。

“我现在就演示给你看。”伍德说，“你拿着这个。”

他递给哈利一根小木棒，有点像跑柱式棒球的球棒。

“我来让你看看游走球是做什么用的。”伍德说，“这两个就是游走球。”

他拿出两个一模一样的球给哈利看，它们黑得发亮，比刚才的红色鬼飞球略小一些。哈利注意到，它们似乎在拼命挣扎，想摆脱把它们束缚在箱子里的皮带。

“往后站。”伍德提醒哈利。他弯下腰，松开了一个游走球。

顿时，那个黑球嗖地蹿上半空，然后径直朝哈利脸上打来。哈利眼看它要撞碎自己的鼻子，赶紧用短棒拦截，打得它重新左拐右拐地蹿向空中——在他们头顶上呼呼盘旋，又突然朝伍德冲来。伍德猛地伸手罩住它，把它牢牢按在地面上。

“看到了吧？”伍德喘着气说，一边使劲把游走球塞进板条箱，用皮带结结实实地拴好，“游走球飞来蹿去，想把球员们从飞天扫帚上打落。所以，每一边还有两个击球手。韦斯莱孪生兄弟就是我们队的击球手——他们的工作是保护我方球员不被游走球打中，并把游走球击向对方球员。所以——你都听明白了吧？”

“三个追球手争取用鬼飞球得分；守门员看守球门柱；击球手不让游走球撞伤自己的队员。”哈利一口气说道。

“很好。”伍德说。

“嗯——游走球有没有打死过人？”哈利问道，希望他的口气显得很随便。

“在霍格沃茨从来没有。有一两个人被撞碎了下巴，仅此而已。好了，球队里的最后一名球员是找球手。那就是你。你不用去管鬼飞球和游走球——”

“——除非它们把我的脑袋撞开了花。”

“不用担心，韦斯莱兄弟对付游走球绰绰有余——说实在的，他们自己就像两个游走球。”

伍德又把手伸进板条箱，拿出第四个也是最后一个球。这个球与鬼飞球和游走球相比，显得很小，约莫只有一个胡桃那么大。它金灿灿的，还有不断扇动着的银色小翅膀。

“这个，”伍德说，“就是金色飞贼，是所有球当中最重要的。你很难抓住它，它飞得像闪电一般快，根本看不清。找球手的工作就是要把它抓住。你必须在追球手、击球手、游走球和鬼飞球之间来回穿梭，赶在对方找球手之前把它抓住。如果哪个队的找球手抓住了金色飞贼，他的队就能额外赢得一百五十分，差不多就是稳操胜券了。只有当金色飞贼被抓住时，魁地奇比赛才算结束，所以有时候一场比赛会持续好多日子——我想最高纪录大概是三个月吧，他们不得不找替补队员上场，把球员换下来睡一会儿觉。

“行了，就是这样——还有问题吗？”

哈利摇了摇头。他明白自己需要做什么了，但究竟能不能做好还很成问题。

“我们先不拿飞贼来训练，”伍德说着，小心地把金色飞贼放进箱子里关了起来，“天太黑了，会把它弄丢的。就用几个这样的球让你训练吧。”

他从口袋里掏出一袋普通的高尔夫球，几分钟后，他和哈利就到了空中。伍德使出吃奶的力气，把高尔夫球掷往各个方向，让哈利去接。

哈利百发百中，一个球都没有漏过，伍德非常高兴。过了半小时，天完全黑透了，他们无法再训练了。

“今年的魁地奇杯上将刻上我们的名字。”当他们疲倦地走回城堡时，伍德兴高采烈地说，“如果你表现得比查理·韦斯莱还要出色，我一点儿也不会吃惊。他如果没有去研究火龙，肯定会代表英国队参赛的。”

也许是因为现在太忙了——除了各门功课的家庭作业，还有每周三个晚上的魁地奇训练——哈利突然意识到自己在霍格沃茨已经整整待了两个月，感到简直难以置信。城堡一天比一天更像家了，而他在女贞路时从来没有过这样的感觉。当一些基础知识被掌握之后,功课也变得越来越有趣了。

万圣节前夕,他们一早醒来,就闻到走廊里飘着一股香甜诱人的烤南瓜的气味。更妙的是,弗立维教授在魔咒课上宣布,他认为他们可以开始使物体飞起来了。同学们自从看见弗立维教授把纳威的蟾蜍弄得在教室里到处乱飞之后,就一直眼巴巴地希望尝试一下这种技能。弗立维教授把全班同学分成两个人一组开始训练。哈利的搭档是西莫·斐尼甘(谢天谢地,因为纳威一直想引起哈利的注意)。而罗恩呢,要和赫敏·格兰杰一起合作。关于这件事,很难说清罗恩和赫敏谁更加恼火一点儿。赫敏自从哈利的飞天扫帚送到的那天起,就一直不跟他们俩说话。

"好了,千万不要忘记我们一直在训练的那个微妙的手腕动作!"弗立维教授像往常一样站在他的那堆书上,尖声说道,"一挥一抖,记住,一挥一抖。念准咒语也非常重要——千万别忘了巴鲁费奥巫师,他把'f'说成了's',结果发现自己躺在地板上,胸口上站着一头野牛。"

做起来很不容易。哈利和西莫一挥一抖,一挥一抖,做了一遍又一遍,但应该被他们送上空中的羽毛还是一动不动地躺在地板上。西莫一气之下,用魔杖朝羽毛一捅,羽毛着火了——哈利不得不用他的帽子将火扑灭。

在另一个桌子上的罗恩,运气似乎也好不到哪里去。

"羽加迪姆　勒维奥萨!"他大声喊道,一边像风车一样挥动着两条长长的手臂。

"你说错了,"哈利听见赫敏毫不客气地说,"是羽加—迪姆　勒维—奥—萨,那个'加'字要说得又长又清楚。"

"既然你这么机灵,你倒来试试看。"罗恩咆哮着说。

赫敏卷起衣袖,挥动着魔杖,说道:"羽加迪姆　勒维奥萨!"

他们的那根羽毛从桌上升了起来,飘悬在头顶上方四英尺的地方。

"哦,做得好!"弗立维教授拍着手喊道,"大家快看,格兰杰小姐已经成功了!"

到了快下课时,罗恩的情绪坏到了极点。

“怪不得大家都受不了她，”他对哈利说，这时他们正在拥挤的走廊里费力地穿行，“说实在的，她简直就像一个噩梦。”

有人撞了哈利一下，又匆匆地从他们身边走了过去。是赫敏。哈利瞥见了她的脸——惊讶地发现她在掉眼泪。

“我想她听见你的话了。”

“那又怎么样？”罗恩说，但也显出了一丝不安，“她一定已经注意到了，她一个朋友也没有。”

下一节课赫敏没有露面，而且整个下午都不见人影。哈利和罗恩下楼走向礼堂，去参加万圣节前夕的宴会，无意间听见帕瓦蒂·佩蒂尔对她的朋友拉文德说，赫敏在女盥洗室里伤心地哭泣，还不让别人安慰她。罗恩听了这话，显得更不自在了。然而片刻之后，当他们走进礼堂、看见五光十色的万圣节装饰品时，立刻就把赫敏忘到了脑后。

一千只蝙蝠在墙壁和天花板上扑棱棱地飞翔，另外还有一千只蝙蝠像一团团低矮的乌云，在餐桌上方盘旋飞舞，使南瓜肚里的蜡烛火苗一阵阵扑闪。美味佳肴突然出现在金色的盘子里，就跟那次开学时的宴会上一样。

哈利正在吃一个带皮的土豆，奇洛教授突然一头冲进了礼堂，他的大围巾歪戴在头上，脸上满是惊恐。大家都盯着他，只见他走到邓布利多教授的椅子旁，一歪身倚在桌上，喘着气说：“巨怪——在地下教室里——以为你应该知道的。”

说完，他一头栽倒在地板上，昏了过去。

礼堂里顿时乱成一团。邓布利多教授不得不让他的魔杖头上爆出几次紫色的烟火，大家才安静下来。

“级长，”他声音低沉地说，“立刻把各学院的学生领到宿舍去！”

珀西自然是驾轻就熟。

“跟我来！不要走散，一年级学生！只要你们听我的吩咐，就不用害怕什么巨怪！好了，紧紧跟在我后面。让一让，一年级学生要过去！请原谅，我是级长！”

“巨怪怎么能钻进来呢？”他们上楼梯时，哈利问道。

“不要问我，巨怪应该都傻得出奇，”罗恩说，“也许是皮皮鬼把它放进来的，为了给万圣节前夕增加一点儿乐子。”

路上，他们遇到了一些匆匆赶往不同方向的人群。当他们费力挤过一堆神情困惑的赫奇帕奇学院的学生时，哈利猛地抓住了罗恩的手臂。

“我刚想起来——赫敏。”

“她怎么啦?”

“她还不知道巨怪的事。”

罗恩咬着嘴唇。

“噢，好吧，”他果断地说，“但最好别让珀西看见我们。”

他们埋下身子，混在赫奇帕奇的人群里，朝另一个方向走去。他们悄悄溜过一条空荡荡的侧廊，急匆匆地赶往女盥洗室。刚转过拐角，就听见身后传来了急促的脚步声。

“珀西!”罗恩压低声音说，拉着哈利躲到一个很大的狮身鹰首兽的石雕后面。

他们从石雕后面望过去，却发现不是珀西，而是斯内普。他穿过走廊，从他们的视线中消失了。

“他在做什么?”哈利低声问道，“为什么不和其他老师一起，待在下面的地下教室里?”

“我怎么知道!”

他们跟着斯内普渐渐远去的脚步声，悄悄顺着另一道走廊向前走，尽量不发出声音。

“他在朝四楼走呢。”哈利说，但是罗恩举起了手。

“你能闻到什么吗?”

哈利吸了吸鼻子，一股恶臭钻进了他的鼻孔，那是一种臭袜子和从来无人打扫的公共盥洗室混合在一起的气味。

接着他们听见了——一阵低沉的嘟哝声和巨大的脚掌拖在地上走路的声音。罗恩注意到，在左边一条通道的尽头，一个庞然大物正在向这边移动。他们赶紧退缩到暗处，注视着它慢慢走进一片月光。

那景象十分恐怖。巨怪有十二英尺高，皮肤暗淡无光，像花岗岩一般灰乎乎的，庞大而蠢笨的身体如同一堆巨大的泥砾，上面顶着一个可可豆般的小脑袋。它的短腿粗壮得像树桩，下面是扁平的、粗硬起茧的大脚。它身上散发出的那股臭味令人作呕。巨怪手里抓着一根粗大的木棒，由于它的手臂很长，木棍在地上拖着。

巨怪停在一个门边，朝里面窥视。它摆动着长耳朵，用它的小脑袋做出了决定，然后垂下头，慢慢钻进了房间。

"钥匙在锁眼里呢，"哈利喃喃地低语，"我们可以把它锁在里面。"

"好主意。"罗恩紧张地说。

他们侧着身子走向敞开的门，觉得嘴里发干，一心只希望巨怪不要突然跑出来。哈利大步一跳，把钥匙抓在手里，猛地撞上门，牢牢锁住。

"成了！"

他们因为得手而兴奋得满脸通红，开始顺着通道往回跑，可是，刚跑到拐弯处，就听见了一个几乎使他们心脏停止跳动的声音——一个凄厉的、惊恐万状的声音——是从他们刚刚锁上的房间里传出来的。

"哦，糟糕。"罗恩说，脸色苍白得像是血人巴罗。

"那是女盥洗室！"哈利连气都透不过来了。

"赫敏！"两人同时说道。

他们真不愿意再回去，可是还有什么别的选择呢？他们猛一转身，奔回那扇门前，拧动钥匙，因为紧张而显得笨手笨脚——哈利拉开门——两人冲了进去。

赫敏·格兰杰缩在对面的墙边，似乎随时都有可能晕倒。巨怪正在朝她逼近，它一边走，一边把水池撞得与墙脱开了。

"把它搞糊涂！"哈利孤注一掷地对罗恩说，一边抓起一个水龙头，使劲朝墙上扔去。

巨怪在离赫敏几步远的地方停住了。它笨拙地转过身，愚蠢地眨巴着眼睛，想看清声音是什么东西发出来的。那双丑陋的小眼睛看见了哈利。它迟疑了一下，然后便朝哈利走来，一边举起手里的木棒。

"嘿，大笨蛋！"罗恩从房间的另一边喊道，同时把一根金属管朝巨怪扔去。巨怪似乎根本没注意金属管打中了它的肩膀，但它听见了喊声，便又停住脚步，把丑陋的大鼻子转向了罗恩，哈利趁此机会绕到它的身后。

“过来，快跑，快跑！”哈利朝赫敏喊道，想把她拉向门口，但是赫敏动弹不得，仍然紧紧贴在墙上，嘴巴惊恐地张得老大。

喊声和回音似乎把巨怪逼得发狂了。它又咆哮了一声，开始向罗恩逼近。罗恩离巨怪最近，而且没有退路。

这时，哈利做了一件非常勇敢但又十分愚蠢的事：他猛地向前一跳，用双臂从后面搂住了巨怪的脖子。巨怪是不会感觉到哈利吊在它身上的，但如果你把一根长长的木头插进巨怪的鼻子，它就不可能毫无感觉了。哈利在跳起时手里拿着魔杖——它径直插进了巨怪的一个鼻孔。

巨怪痛苦地吼叫起来，扭动着身子，连连挥舞手里的木棒，哈利死死地搂住巨怪不放；巨怪随时都会把哈利甩下来，然后抓住他，用木棒给他可怕的一击。

赫敏吓呆了，扑通一声瘫倒在地板上；罗恩抽出自己的魔杖——他正不知道该怎么办呢，却听见自己喊出了脑子里想到的第一句咒语：“羽加迪姆　勒维奥萨！”

木棒突然从巨怪手里飞出，高高地、高高地升向空中，又慢慢地转了个身——落下来，敲在它主人的头上，发出惊天动地的一声爆响。巨怪原地摇摆了一下，面朝下倒在地板上，轰隆一声，把整个房间都震得发抖。

哈利爬起身。他浑身颤抖，气喘吁吁。罗恩站在那里，瞪眼看着自己所做的事情，魔杖还高高地举在手里。

最后是赫敏先开口说话了。

“它——死了吗？”

“我认为没有，”哈利说，“大概只是被打昏了。”

他弯下腰，从巨怪的鼻子里拔出自己的魔杖，那上面沾着一大块一大块灰色的胶状物质。

“呸——巨怪的鼻屎。”

他把魔杖在巨怪的裤子上擦了擦。

突然传来一阵猛烈的撞门声和响亮的脚步声，房间里的三个人都抬起头来。他们没有意识到刚才闹出了多么大的动静，一定是楼下的人听见了剧烈的碰撞和巨怪的吼叫。片刻之后，麦格教授冲进了厕所，后面紧跟着斯内普，奇洛在最后。奇洛只朝巨怪看了一眼，就发出一阵无力的抽泣，坐在一个抽水马桶上，紧紧地攥住了自己的胸口。

斯内普弯腰去看巨怪。麦格教授看着罗恩和哈利。哈利从没有见过她这么生气的样子。她嘴唇煞白。为格兰芬多赢得五十分的希望迅速从哈利脑海中消失了。

"你们到底在玩什么鬼把戏？"麦格教授说，声音里带着冷冰冰的愤怒。哈利看着罗恩，只见他仍然高举着魔杖站在那里。"算你们走运，没有被它弄死。你们为什么不老老实实待在宿舍里？"

斯内普用逼人的目光迅速剜了哈利一眼。哈利看着地上，他希望罗恩赶紧把魔杖放下来。

这时，阴影里传来一个低低的声音。

"请别这样，麦格教授——他们是在找我。"

"格兰杰小姐！"

赫敏终于挣扎着站了起来。

"我来找巨怪，因为我——我以为我能独自对付它——你知道，因为我在书里读到过它们，对它们很了解。"

罗恩放下了魔杖。赫敏·格兰杰对一位老师撒下了弥天大谎？

"如果他们没有找到我，我现在肯定已经死了。哈利把他的魔杖插进了巨怪的鼻孔，罗恩用巨怪自己的木棒把它打昏了过去。他们来不及去找人。他们赶来的时候，巨怪正要把我一口吞掉。"

哈利和罗恩竭力装出一副早已熟悉这个故事的样子。

"噢——如果是这样……"麦格教授注视着他们，沉吟道，"格兰杰小姐，你这个傻姑娘，怎么能认为你独自就能对付一个大山般的巨怪呢？"

赫敏垂下了头。哈利一句话也说不出来。赫敏是最不可能违反校规的人，而现在，她为了使他们摆脱麻烦，居然撒谎说自己违反了校规。这简直就像斯内普开始给大家发糖一样，令人难以置信。

“格兰杰小姐,因为这件事,格兰芬多要被扣去五分,”麦格教授说,“我对你感到很失望。如果你一点儿也没有受伤,最好赶紧回格兰芬多塔楼去。学生们都在自己的学院里享用万圣节晚宴呢。”

赫敏离去了。

麦格教授转向哈利和罗恩。

“好吧,我仍然要说算你们走运,没有几个一年级学生能跟一个成年巨怪展开较量的。你们每人为格兰芬多赢得了五分。我会把这件事通知邓布利多教授。你们可以走了。”

他们急忙走出厕所,一言不发地上了两层楼梯。总算闻不到巨怪身上的恶臭了,他们松了一口气。

“我们应该赢得不止十分。”罗恩嘟嘟囔囔地抱怨。

“只有五分,算上她在赫敏身上扣掉的分数。”

“赫敏真好,挺身而出,使我们摆脱了麻烦。”罗恩承认说,“不过你别忘了,我们确实救了她。”

“如果我们没有把她和那东西关在一起,她也许根本用不着别人去救。”哈利提醒他。

他们来到了胖夫人的肖像前。

“猪鼻子。”他们说完口令,钻了进去。

公共休息室里挤满了人,吵吵闹闹的。每个人都在吃着送上来的食物。只有赫敏独自站在门口,等着他们。一时间,三个人都很尴尬。接着,他们谁也没看谁,只同时说了一句“谢谢你”,就匆匆奔向自己的盘子。

然而就从那一刻起,赫敏·格兰杰成了他们的朋友。当你和某人共同经历了某件事之后,你们之间不能不产生好感,而打昏一个十二英尺高的巨怪就是这样一件事。

第11章

魁地奇比赛

进入十一月后，天气变得非常寒冷。学校周围的大山上灰蒙蒙的，覆盖着冰雪，湖面像淬火钢一样又冷又硬。每天早晨，地面都有霜冻。从楼上的窗口可以看见海格，他全身裹在长长的鼹鼠皮大衣里，戴着兔毛皮手套，穿着巨大的海狸毛皮靴子，在魁地奇球场上给飞天扫帚除霜。

魁地奇赛季开始了。哈利经过几个星期的训练，星期六就要参加他有生以来的第一场比赛了，是格兰芬多队对斯莱特林队。如果格兰芬多队赢了，他们在学院杯冠军赛的名次就会升到第二名。

几乎没有人看见过哈利打魁地奇，因为伍德决定对哈利参赛的事严加保密，要把他作为他们队的一个秘密武器。但是哈利要担当找球手的消息还是泄漏了出去。结果，有人对他说他会打得很棒，也有人对他说到时候他们要举着床垫，在下面跟着他跑，防止他摔下来——哈利不知道哪种说法更糟糕。

说起来真是幸运，哈利现在有了赫敏这样一位朋友。如果没有赫敏，他真不知道怎么完成那么多家庭作业，因为伍德强迫他们抓紧每分钟训练魁地奇。赫敏还借给他一本《神奇的魁地奇球》，他发现这本书读起来非常有趣。

哈利得知，魁地奇比赛有七百种犯规的行为，而它们都出现在一四七三年的一场世界杯比赛中；找球手通常是个头最小、速度最快的选手，最严重的魁地奇事故似乎都发生在他们身上；尽管魁地奇比赛时很少有人死亡，但据说裁判经常会消失得无影无踪，几个月后才出现在撒哈拉沙漠。

自从哈利和罗恩把赫敏从庞大的巨怪手里救出来后，她对于违反校规便不那么在意了，这就使她变得可爱多了。哈利参加魁地奇比赛的前一天，他们三人趁课间休息的时候来到外面寒冷的院子里。赫敏用魔法为他们变出了一捧明亮的蓝色火焰，可以放在一只果酱罐里随身携带。他们站在那里，背对火焰取暖。这时，斯内普从院子里穿过。哈利一眼就注意到斯内普走路一瘸一拐的。哈利、罗恩和赫敏靠得更拢一些，想挡住火焰，不让斯内普看见；他们知道这肯定是不被允许的。不幸的是，他们脸上那种心虚的表情吸引了斯内普的视线。他一瘸一拐地走过来。他没有看见火焰，但似乎在寻找一个理由，不管怎么说都要训他们一顿。

“你手里拿的是什么，波特？”

是《神奇的魁地奇球》。哈利给他看。

“图书馆的书是不许带出学校的，”斯内普说，“把它给我。格兰芬多被扣五分。”

“他临时编了个规定。”哈利看着斯内普一瘸一拐地走远，愤愤不平地咕哝道，“不知道他的腿怎么了？”

“不知道，但我希望他疼得够呛。”罗恩幸灾乐祸地说。

那天晚上，格兰芬多公共休息室里闹哄哄的。哈利、罗恩和赫敏一起坐在一扇窗户旁边。赫敏正在检查哈利和罗恩的魔咒课作业。她坚决不让他们抄她的作业（“那样你们能学到什么呢？”），但是请她检查一遍之后，他们总能得到正确的答案。

哈利感到不安。他想把《神奇的魁地奇球》要回来，使自己的神经放松一下，不要老想着明天的比赛。他为什么要害怕斯内普呢？于是，他站起来对罗恩和赫敏说，他要去问问斯内普能不能把书还给他。

“换了我才不去呢。”他们俩异口同声地说。但是哈利有了一个主意，如果旁边有其他老师听着，斯内普便不会拒绝他。

他下楼来到教工休息室，敲了敲门。没有人回答。他又敲了敲，还是没有动静。

没准斯内普把书留在里面了？值得试一试。他把门推开一道缝，朝里面望去——眼前出现了一副可怕的景象。

房间里只有斯内普和费尔奇两个人。斯内普把他的长袍撩到了膝盖以上。他的一条腿鲜血淋漓，血肉模糊。费尔奇正在把绷带递给他。

“该死的东西，”只听斯内普说，“你怎么可能同时盯住三个脑袋呢？”

哈利正要轻轻把门关上，可是——

“波特！”

斯内普赶紧放下长袍，挡住他的伤腿。他气得脸都歪了。哈利喘不过气来。

“我想知道能不能拿回我的书。”

“滚出去！出去！”

哈利不等斯内普给格兰芬多扣分，就赶紧离开了。他一路狂奔着上了楼。

“书拿到了吗？”哈利回到罗恩和赫敏身边时，罗恩问道，“怎么回事？”

哈利压低声音，把刚才看到的一切都告诉了他们。

“你知道这意味着什么吗？”最后，他屏住呼吸说道，“万圣节前夕，他想从那条三个脑袋的大狗身边通过！当时我们看见他时，他正要往那里去——他在寻找大狗看守的那件东西！我敢用我的飞天扫帚打赌，是他放那头巨怪进来的，为了转移人们的注意力！”

赫敏的眼睛睁得圆圆的。

“不——他不会的，”她说，“我知道他不太好，但他绝不会去偷邓布利多严加保管的东西。”

“说老实话，赫敏，你总认为所有的老师都是圣人。”罗恩很不客气地说，“我同意哈利的话。我认为斯内普什么事都做得出来。可是他在寻找什么呢？那条大狗在看守什么呢？”

哈利上床时，脑子里还嗡嗡地响着这个问题。纳威发出了响亮的鼾声，哈利却久久无法入睡。他想排除杂念——他需要睡觉，必须睡觉，再过几个小时，就要参加他的第一场魁地奇比赛了——但是，刚才他看见斯内普的腿时，斯内普脸上的表情总令他难以忘记。

第二天一早，天气晴朗而寒冷。餐厅里弥漫着烤香肠的诱人气味，每个人都在期待一场精彩的魁地奇比赛，兴高采烈地聊个不停。

“你必须吃几口早饭。”

“我什么也不想吃。”

“吃一点儿烤面包吧。”赫敏哄劝道。

“我不饿。”

哈利的感觉糟透了。再过一个小时，他就要走向赛场了。

“哈利，你需要保持旺盛的体力。”西莫·斐尼甘说，“找球手总是对方重点防范的人。”

“谢谢你，西莫。”哈利说，看着西莫往香肠上涂抹厚厚的番茄酱。

到了十一点钟，似乎全校师生都来到了魁地奇球场周围的看台上。许多学生还带了双筒望远镜。座位简直被升到了半空，但有时仍然难以看清比赛情况。

罗恩和赫敏来到最高一排，加入纳威、西莫和西汉姆足球队球迷迪安的行列。为了给哈利一个惊喜，他们用一条被小老鼠斑斑弄脏的床单绘制了一条巨大的横幅，上面写着波特必胜，擅长绘画的迪安还在下面画了一头很大的格兰芬多狮子。然后，赫敏施了一个巧妙的魔法，让横幅上的颜料闪烁不同的色彩。

与此同时，在更衣室里，哈利和其他队员正在换上鲜红色的魁地奇队袍（斯莱特林队穿的是绿色衣服）。

伍德清了清嗓子让大家安静下来。

“好了，小伙子们。”他说。

“还有姑娘们。”追球手安吉利娜·约翰逊说。

“还有姑娘们。”伍德赞同道，“是时候了。”

“这个重要的时刻。”弗雷德·韦斯莱说。

“我们大家一直在等待的时刻。”乔治说。

“奥利弗的讲话我们已经记得烂熟，”弗雷德对哈利说，“我们去年就在队里。”

“闭嘴，你们两个。”伍德说，“这是格兰芬多这么多年来最好的一支队伍；我们会赢的。我知道。”

他狠狠地瞪着大家，似乎在说：“要不够你们受的。”

“好了，时间到了。祝大家好运。”

哈利跟着弗雷德和乔治走出更衣室，然后走向欢呼鼎沸的球场，他希望自己的膝盖不要发软。

霍琦女士做裁判。她站在球场中央，手里拿着她的飞天扫帚，等待着双方队员。

“听着，我希望大家都公平、诚实地参加比赛。”队员们一聚拢到她身边，她就说道。哈利注意到，她的这句话，似乎是专门针对斯莱特林队的队长、六年级学生马库斯·弗林特说的。哈利觉得马库斯看上去似乎有几分巨怪的血统。哈利从眼角看见了那条高高飘扬的横幅，在人群上方闪耀着“波特必胜”的字样。他的心顿时欢跳起来。他觉得有了勇气。

“请大家骑上飞天扫帚。”

哈利跨上他的光轮2000。

霍琦女士使劲吹响了她的银哨。

十五把飞天扫帚腾空而起，高高地升上天空。比赛开始了。

"鬼飞球立刻被格兰芬多的安吉利娜·约翰逊抢到了——那姑娘是一个多么出色的追球手,而且长得也很迷人——"

"乔丹!"

"对不起,教授。"

李·乔丹是韦斯莱孪生兄弟的朋友。他正在麦格教授的密切监视下,担任比赛的解说员。

"她在上面真是一路飞奔,一个漂亮的传球,给了艾丽娅·斯平内特,她是奥利弗·伍德慧眼发现的人才,去年还只是个替补队员——球又传给了约翰逊,然后——糟糕,斯莱特林队把鬼飞球抢去了,斯莱特林队的队长马库斯·弗林特得到了鬼飞球,飞奔而去——弗林特在上面像鹰一样飞翔——他要得分了——没有,格兰芬多队的守门员伍德一个漂亮的动作,把球断掉了,现在是格兰芬多队拿球——那是格兰芬多队的追球手凯蒂·贝尔,在球场上空,在弗林特周围敏捷地冲来冲去——哎哟——那一定很疼,被一只游走球击中了后脑勺——鬼飞球被斯莱特林队抢断——那是德里安·普塞飞快地朝球门柱冲去,但是他被另一只游走球打倒了——游走球被弗雷德或者乔治·韦斯莱拨到一边,那两个双胞胎实在难以分清——格兰芬多队的击球手干得真漂亮,约翰逊又夺回了鬼飞球,前面没有阻力,她拼命飞奔——真像是飞一样——躲开一只游走球——球门柱就在前面——来吧,好,安吉利娜——守门员布莱奇俯冲过来——漏过了——格兰芬多队得分!"

格兰芬多们的欢呼声在寒冷的空气中回荡,其中还夹杂着斯莱特林们的怒吼和呻吟。

"借光,借光,让一让。"

"海格!"

罗恩和赫敏互相挤了挤,腾出地方让海格坐进来。

"我刚才一直在我那小屋里看呢,"海格拍着他挂在脖子上的那只大望远镜说道,"可是那和在人群里看比赛气氛不一样。飞贼还不见踪影,是吗?"

"没看见,"罗恩说,"哈利还没什么要做的。"

“只要没出麻烦，就算走运。”海格说着，举起望远镜，费力地看着空中的一个小点——那就是哈利。

哈利在很高的空中，在赛场上方轻盈地滑来滑去，眯着眼睛搜寻飞贼的影子。这是他和伍德制订的比赛计划的一部分。

“你先躲在一边，等看见飞贼再说。”伍德这样说，“我们不想让你早早地就遭到袭击。”

安吉利娜得分后，哈利翻了几个跟头，表达自己喜悦的情绪。现在他又回去寻找飞贼了。有一次，他突然看见金光一闪，但这只是韦斯莱孪生兄弟中某一个的手表的反光；还有一次，一只游走球决定朝他这边冲来，那样子就像一颗炮弹，但是哈利躲开了，弗雷德追着球赶来。

“没事儿吧，哈利？”弗雷德只喊了一声，就狠狠地把球打向了马库斯·弗林特那边。

“斯莱特林队得球，”李·乔丹解说道，“追球手普塞低头躲过两只游走球，又躲过韦斯莱孪生兄弟和追球手贝尔，奔向——等一等——那是飞贼吗？”

德里安·普塞只顾扭头看从他左耳边飞过的一道金光，把鬼飞球漏掉了，人群中传出一片窃窃私语。

哈利看见飞贼了。他一阵激动，俯冲下去，追逐着那道金色的流光。斯莱特林队的找球手特伦斯·希格斯也看见了。两人并排朝飞贼飞过去——追球手们似乎都忘记了他们自己应该做的事情，一个个悬停在空中，注视着。

哈利的速度比希格斯快——他能看见那只小小的圆球，扑扇着翅膀，在前面飞蹿——他又猛地加快了速度——

嘭！下面的格兰芬多们传出一阵愤怒的吼叫声——马库斯·弗林特故意冲撞哈利，哈利的飞天扫帚猛地偏离方向，但哈利死死地抓住了它。

“犯规！”格兰芬多们大声叫道。

霍琦女士怒气冲冲地责备了弗林特，然后命令格兰芬多队在球门柱前罚任意球。但是，当然啦，在一片混乱中，金色飞贼又从视线中消失了。

看台上，迪安·托马斯大声嚷道："把他罚下场，裁判！红牌！"

"你在说什么？"罗恩问。

"红牌！"迪安愤怒地说，"足球比赛里，红牌就能把人罚下场。"

"但这不是足球，迪安。"罗恩提醒他道。

可是海格赞成迪安的意见。

"他们应该改变一下比赛规则，弗林特在空中差点把哈利撞了下来。"

李·乔丹觉得很难做到不偏不倚。

"这样——经过刚才那个明显而卑鄙的作弊行为——"

"乔丹！"麦格教授低声吼道。

"我是说，经过刚才那个公开的、令人反感的犯规行为——"

"乔丹，我提醒你——"

"好吧，好吧。弗林特差一点儿使格兰芬多队的找球手丧命，我相信这种事情谁都会遇到，所以格兰芬多队罚任意球，球被斯平内特拿到了，她把球传了出去，很顺利，比赛继续进行，格兰芬多队仍然控制着球。"

就在哈利躲过另一只嗖嗖旋转、擦着他头皮飞过的游走球时，事情发生了。他的飞天扫帚突然很吓人地抖了一下。一时间，他以为自己要掉下去了。他两只手紧紧地抓住扫帚把，并用膝盖死死夹住。他从没有过这样害怕的感觉。

又来了。就好像飞天扫帚拼命想把他摔下去似的。可是，照理说光轮2000是不会突然决定把主人摔下去的。哈利试着转向格兰芬多队的球门柱；他隐约打算叫伍德暂停比赛——接着发现他的飞天扫帚完全不受控制了。他无法让它调头。他根本无法指挥它。飞天扫帚左拐右拐地在空中穿梭，不时嗖嗖地剧烈晃动着，差点把他从上面摔下来。

李还在滔滔不绝地解说。

"斯莱特林队得球——弗林特拿到鬼飞球——绕过斯平内特——绕过贝尔——被一只游走球狠狠打中面孔，希望把他的鼻子打断——开个玩笑，教授——斯莱特林队得分——哦，糟糕……"

斯莱特林们欢呼雀跃。似乎谁也没有注意到哈利的飞天扫帚表现异常。扫帚一路疯狂地抽搐、扭动，慢慢地、越来越高地使哈利远离了赛场。

“真不知道哈利想做什么。”海格嘟哝着。他通过望远镜仔细看着。“如果我不是这么了解他，就会以为他无法控制他的扫帚了——但是他不可能……”

突然，看台上的人们全部向上指着哈利。他的飞天扫帚开始不停地翻腾打滚，哈利只能勉强支撑着不掉下来。这时，飞天扫帚又是一阵疯狂的扭动，哈利被它甩了下来。他现在仅用一只手抓住扫帚把，悬在空中。

“刚才弗林特冲撞他时，扫帚是不是出了问题？”西莫小声说。

“不可能，”海格说，他的声音微微发颤，“除了厉害的黑魔法，没有什么能干扰一把飞天扫帚——小孩子是不可能对光轮2000施这种魔法的。”

听了这话，赫敏一把抓住海格的望远镜，她没有抬头去看哈利，而是开始焦急地眺望人群。

“你在做什么？”罗恩呻吟着说，脸色死灰一般。

“我早就猜到了，”赫敏喘着气说，“是斯内普——看。”

罗恩抓过望远镜。斯内普站在他们对面的看台中间。他眼睛紧盯着哈利，嘴里不出声地念念有词。

“他在使坏——给飞天扫帚念恶咒。”赫敏说。

“我们怎么办？”

“看我的。”

不等罗恩再说一个字，赫敏就消失了。罗恩把望远镜的镜头又对准了哈利。飞天扫帚震动得太厉害了，哈利不可能再悬很长时间。观众们全部站了起来，惊恐地注视着，韦斯莱孪生兄弟飞了上去，想把哈利安全地拉到他们的一把扫帚上，然而不行——每当他们接近他时，飞天扫帚就噌地一下蹿得更高。于是，他们落下来一些，在他下边打着转，显然是想在他坠落时接住他。马库斯·弗林特抓住鬼飞球，投中了五次，却没有一个人注意他。

“快点儿，赫敏。”罗恩绝望地低声说。

赫敏艰难地穿过人群，来到斯内普所在的看台。她沿着他身后的那排座位飞快地走着，撞得奇洛教授一头摔向前排的座位，都没有停下来说一声对不起。总算到了斯内普身边，她蹲下去，抽出魔杖，低声说了几句经过推敲的话。明亮的蓝色火苗从她的魔杖里蹿出来，扑向斯内普长袍的下摆。

过了大约三十秒钟，斯内普才意识到自己身上着了火。听到一声惊叫，赫敏知道她的工作完成了。她迅速把火从他身上收拢，收进自己的口袋，然后顺着那排座位匆匆返回——斯内普永远不会知道是怎么回事。

这就够了。高空中，哈利突然能够爬回到他的扫帚上了。

“纳威，你可以看了！”罗恩说。在刚才的五分钟里，纳威一直把脸埋在海格的夹克衫里哭泣。

哈利飞快地朝地面俯冲，人们看见他用手捂住嘴巴，就好像要呕吐似的——他四肢着地落在地上——咳嗽——一个金色的东西落进了他的手掌。

“我抓住了飞贼！”他大喊道，把球高高举过头顶挥舞着，比赛在一片混乱中结束了。

“他没有抓住飞贼，他差点把它吞了下去。”二十分钟后，弗林特还在愤愤不平地吼叫，但是完全不起作用——哈利并没有违犯任何规则，李·乔丹还在喜悦地大喊比赛结果——格兰芬多队以一百七十分比六十分获胜。不过，哈利没有听到这些。他和罗恩、赫敏一起来到海格的小屋，主人正在为他沏一杯浓茶。

“是斯内普干的，”罗恩在向大家解释，“赫敏和我都看见了。他在给你的飞天扫帚念咒，嘴里嘀嘀咕咕的，眼睛一直死盯着你。”

“胡说，”海格说，他对看台上发生在自己身边的事一无所知，“斯内普为什么要做这样的事？”

哈利、罗恩和赫敏交换了一下目光，不知道该怎么告诉他。哈利决定实话实说。

“我发现了他的一些事情，”他对海格说，“万圣节前夕，他想通过那条三个脑袋的大狗。狗咬了他。我们认为他是想偷大狗看守的东西。”

海格重重地放下茶壶。

“你们怎么会知道路威？”他问。

“路威？”

“是啊——它是我的——是从我去年在酒店认识的一个希腊佬儿手里买的——我把它借给邓布利多去看守——”

“什么？”哈利急切地问。

“行了，不要再问了，”海格粗暴地说，“那是一号机密，懂吗？”

“可是斯内普想去偷它。”

“胡说，”海格又说，“斯内普是霍格沃茨的教师，绝不会做那样的事。”

“那他为什么想害死哈利？”赫敏大声问道。

这个下午发生的事件，似乎使她对斯内普的看法发生了很大转变。

“我如果看见有人施恶咒，是能够认出来的，海格。我在书上读到过关于它们的所有介绍！你必须用眼睛保持对视，斯内普的眼睛一眨也不眨，我看见的！”

“我告诉你，你错了！”海格暴躁地说，“我不知道哈利的飞天扫帚为什么会有那样的表现，但是斯内普绝不可能想害死一个学生！现在，你们三个都听我说——你们在插手跟你们无关的事情。这是很危险的。忘记那条大狗，忘记它在看守的东西，这是邓布利多教授和尼可·勒梅之间的——”

“啊哈！”哈利说，“这么说还牵涉到一个名叫尼可·勒梅的人，是吗？”

海格大怒，他在生自己的气。

第12章

厄里斯魔镜

圣诞节即将来临。十二月中旬的一天早晨，霍格沃茨学校从梦中醒来，发现四下里覆盖着好几尺厚的积雪，湖面结着硬邦邦的冰。韦斯莱孪生兄弟受到了惩罚，因为他们给几只雪球施了魔法，让它们追着奇洛到处跑，最后砸在他的缠头巾后面。几只猫头鹰飞过风雪交加的天空递送邮件，经历了千辛万苦，它们必须在海格的照料下恢复体力，才能继续起飞。

大家都迫不及待地盼着放假。虽然格兰芬多公共休息室和礼堂里燃着熊熊旺火，但刮着穿堂风的走廊里还是寒冷刺骨，教室的窗户玻璃也被凛冽的寒风吹得咔嗒作响。最糟糕的是，斯内普教授的课都是在地下教室上的，学生们一哈气面前就形成一团白雾，只好尽量靠近热腾腾的坩埚。

“我真的很替那些人感到难过，”在一次魔药课上，德拉科·马尔福说道，“他们不得不留在霍格沃茨过圣诞节，因为家里人不要他们。”

他说话的时候眼睛看着哈利。克拉布和高尔在一旁窃笑。哈利正在称研成粉末的蓑鲉脊椎骨，没有理睬他们。自从魁地奇比赛之后，马尔福比以前更加阴沉了。他为斯莱特林队的失败而愤慨，说下次比赛将由一只大嘴巴树蛙代替哈利充当找球手。他本想把大家逗得哈哈大笑，却发现并没有人觉得他的话可笑，因为大家都很佩服哈利居然能够牢牢地待在他那把横冲直撞的飞天扫帚上。马尔福又嫉妒又气愤，只好转过来嘲笑哈利没有一个像样的家庭。

确实，哈利不想回女贞路过圣诞节。上个星期，麦格教授过来登记留校过节的学生名单，哈利立刻就在上面签了名。他一点儿也不为自己感到难过。这很可能是他这辈子度过的最好的圣诞节了。罗恩和他的两个孪生哥哥也准备留下来，因为韦斯莱夫妇要到罗马尼亚去看望查理。

他们上完魔药课离开地下教室时，发现前面的走廊被一棵很大的冷杉树挡得严严实实。看见树底下伸出来的那两只大脚，又听见那响亮的呼哧呼哧声，他们知道树后面的一定是海格。

“嘿，海格，需要帮忙吗？”罗恩问道，把头从那些枝枝丫丫间伸了过去。

“不用，我能行，谢谢你，罗恩。”

“你能不能闪开，别挡着道？”他们身后传来马尔福冷冰冰的、拖着长腔的声音，“你是不是想挣几个零花钱哪，韦斯莱？我猜想，你大概希望自己从霍格沃茨毕业后也去看守猎场吧？——海格的小屋和你原先那个家比起来，一定是像个宫殿吧！”

罗恩一头朝马尔福冲去，恰恰就在这时，斯内普在楼梯上出现了。

“韦斯莱！”

罗恩松开马尔福胸前的衣服。

“是有人先惹他的，斯内普教授。”海格从树后面探出毛发蓬乱的大脑袋，说道，“马尔福刚才侮辱他的家庭。”

“不管怎么样，动手打人都是违反霍格沃茨校规的，海格。”斯内普用圆滑的声音说，“格兰芬多被扣去五分，韦斯莱，你应该感到庆幸，没有扣得更多。好了，快走吧，你们大家。”

马尔福、克拉布和高尔粗鲁地从树旁边挤过，把针叶碰落得到处都是，一边还得意地笑着。

“我要教训他，”罗恩看着马尔福的背影，咬牙切齿地说，“总有一天，我要狠狠地教训——”

“我真讨厌他们两个人，”哈利说，“马尔福和斯内普。”

“好了，高兴一点儿吧，快要过圣诞节了。”海格说，“你们猜怎么着，快跟我到礼堂去看看吧，真是妙不可言。”

于是，哈利、罗恩和赫敏跟着海格和他的冷杉树，一起来到礼堂里，麦格教授和弗立维教授都在那里，忙着布置圣诞节的装饰品。

“啊，海格，最后一棵树也拿进来了——放在那边的角落里，行吗？”

礼堂看上去美丽壮观。墙上挂满了冬青和槲寄生组成的垂花彩带，四下里竖着整整十二棵高耸的圣诞树，有些树上挂着亮晶晶的小冰柱，有些树上闪烁着几百支蜡烛。

“还有几天才放假啊？”海格问。

“只有一天啦。”赫敏说，“噢，这倒提醒了我——哈利、罗恩，还有半个小时才吃饭呢，我们应该到图书馆去。”

“噢，是啊，你说得对。”罗恩说着，恋恋不舍地把目光从弗立维教授身上移开。教授正在用他的魔杖喷出一串串金色的泡泡，并把它们挂在新搬来的那棵树的枝子上。

“图书馆？”海格一边说，一边跟着他们走出礼堂，“要放假了还看书？未免太用功了吧，啊？”

“噢，我们不是复习功课。”哈利愉快地对他说，“自从你提到尼可·勒梅之后，我们就一直在设法弄清他是谁。”

“什么？”海格显得很惊恐，“听我说——我告诉过你们——罢手吧。那条大狗看守的东西，与你们毫无关系。”

“我们只想知道尼可·勒梅是谁，没别的。”赫敏说。

“除非你愿意告诉我们，省得我们那么费事。”哈利又说道，“我们翻了至少有一百本书了，却连他的影子也没有发现——你就给我们一点儿提示吧——我知道我曾在什么地方看到过他的名字。"

"我什么也不会说的。"海格干巴巴地说。

"那么我们只好自己去找了。"罗恩说。他们匆匆往图书馆赶去，留下海格一个人站在那里，一脸怒气。

确实，自从海格说漏了嘴以后，他们一直在书里寻找勒梅的名字，除此之外，还有什么办法可以弄清斯内普想偷的是什么东西呢？麻烦的是，他们并不清楚勒梅有什么突出成就能够被写进书里，所以很难知道从何处入手，他不在《二十世纪的伟大巫师》里，也不在《当代著名魔法家名录》里。另外，《现代魔法的重大发现》和《近代巫术发展研究》中也找不到他的名字。还有，当然啦，单是馆内藏书的规模就令人望而却步，那里有成千上万本书，几千个书架，几百条狭窄的通道。

赫敏从口袋里掏出一张清单，上面列着她决定要查找的主题和书名。与此同时，罗恩在一排图书前溜达着，漫无目标地把一些书从书架上抽出来。哈利不知不觉来到禁书区。不幸的是，要查找任何一本禁书都必须有某位老师亲笔签名的纸条，哈利知道他是不可能弄到这种纸条的。这些书里，包含着霍格沃茨课堂上从来不讲的很厉害的黑魔法，只有高年级学生在研究高深的黑魔法防御术时才能读到。

"你想找什么，孩子？"

"没什么。"哈利回答。

图书馆管理员平斯女士朝他挥舞着一把鸡毛掸。

"那么你最好出去。走吧——出去！"

哈利离开了图书馆，后悔刚才应该脑子灵活一点儿，信口编出几句谎话。他和罗恩、赫敏一致认为，最好别向平斯女士打听在什么地方能找到勒梅。他们知道她肯定能告诉他们，但他们不能冒险让斯内普探听到他们想做什么。

哈利在外面的走廊里等着，看另外两个人是否能有所发现，但并不抱很大的希望。他们已经找了两个星期，但只是利用了课余的时间，所以一无所获也并不奇怪。现在最需要的是痛痛快快地好好搜寻一番，别让平斯女士在后面盯着，把呼吸喷在他们的后脖颈上。

五分钟后，罗恩和赫敏回到他身边，失望地摇了摇头。他们一起去吃午饭。

“我不在的时候，你们还要继续查找，好吗？”赫敏说，“一旦有什么发现，就派一只猫头鹰告诉我。”

“你也可以问问你的父母，他们是不是知道勒梅这个人。”罗恩说，“问问他们是很安全的。”

“非常安全，因为他们俩都是牙医。”赫敏说。

放假后，罗恩和哈利玩得太开心了，没有多少时间去想勒梅的事。宿舍完全归他们支配，公共休息室里的人也比平常少了许多，他们能够占领炉火边那几把更舒服的扶手椅了。这会儿，他们就坐在那里，一边吃着所有能用烤叉戳起的食物——面包、面饼、蘑菇，一边设计着能使马尔福被开除的方案，尽管这些方案都不可能付诸实施，但是谈谈总是令人开心的。

罗恩还开始教哈利下巫师棋。巫师棋和麻瓜象棋一模一样，但它的棋子都是活的，所以使人感觉更像是在指挥军队作战。罗恩的那副棋已经很旧了，破破烂烂的。罗恩所有的东西原先都属于家里的其他人，这副棋是他爷爷的。不过，棋子旧一些丝毫没有妨碍。罗恩对它们非常熟悉，毫不费力就能让它们听从他的调遣。

哈利用的是西莫·斐尼甘留给他的那套棋子，它们根本不信任他。他的水平还不很高，棋子们东一句西一句地对他指手画脚，把他的脑袋都吵昏了：“不要把我派到那里，你没看见他的马吗？派他去吧，他牺牲了没关系。”

圣诞节前夕，哈利上床睡觉的时候，只盼着第二天可以大吃一顿，开开心心地玩一场，根本没有想到会收到礼物。然而，第二天一早醒来，第一眼看见的就是他床脚边放着的一小堆包裹。

“圣诞节快乐。”哈利摸索着下了床，套上晨衣，这时罗恩睡眼惺忪地说。

“也祝你快乐。”哈利说，“你快来看看，我收到了几件礼物！”

“那你以为会收到什么？卷心菜吗？”罗恩说，转向他自己的那堆包裹，它比哈利的那堆大得多。

哈利拿起最顶上的那个纸包。它外面包着厚厚的牛皮纸，上面龙飞凤舞地写着海格致哈利。里面是一只做工很粗糙的笛子，显然是海格自己动手做的。哈利吹了一下——声音有点像猫头鹰叫。

第二个很小的纸包里有一张纸条。

我们收到了你的信，附上给你的圣诞礼物。弗农姨父和佩妮姨妈。用透明胶带粘在纸条上的是一枚五十便士的硬币。

“还算友好。”哈利说。

罗恩被那枚硬币迷住了。

“真古怪！”他说，“这样的形状！这就是麻瓜们的钱吗？”

“你留着吧。”哈利说，看到罗恩欣喜若狂的样子，不由得大笑起来，“海格送的，姨妈姨父送的——那么这些是谁送的呢？”

“我想我知道这份是谁送的。”罗恩说，微微地红了脸，指着一个鼓鼓囊囊的大纸包，“是我妈妈。我对她说，你以为自己不会收到礼物——哦，糟糕，”他呻吟了一声，“她给你织了一件韦斯莱家特有的那种毛衣。”

哈利扯开纸包，看见一件厚厚的鲜绿色的手编毛衣，还有一大盒自制的乳脂软糖。

“她每年都给我们织一件毛衣，”罗恩说着，打开他自己的那个纸包，“我的总是暗紫红色的。”

“她真是太好了。”哈利说着，尝了一块乳脂软糖，觉得味道非常甜美。

接下来的一份礼物也是糖——是赫敏送的一大盒巧克力蛙。

还剩最后一个纸包。哈利把它拿起来摸了摸，分量很轻。他拆开纸包。

一种像液体一样的、银灰色的东西簌簌地滑落到地板上，聚成一堆，闪闪发亮。罗恩倒抽了一口冷气。

“我听说过这东西。”他压低声音说，把赫敏送给他的那盒比比多味豆扔到了一边，“如果我想得不错——这东西是非常稀罕、非常宝贵的。”

“是什么？”

哈利从地板上捡起那件银光闪闪的织物。它摸在手里怪怪的，仿佛是用水编织而成。

“是一件隐形衣。”罗恩说，脸上透着敬畏的神色，“我可以肯定——把它穿上试试。”

哈利把隐形衣披在肩头，罗恩发出一声高喊。

“果然是！你往下看！”

哈利低头看自己的脚，真奇怪，它们消失了。他三步两步冲到镜子前面。没错，镜子里的他只有脑袋悬在半空中，身体完全看不见了。他把隐形衣拉到头顶上，镜子里的他便完全隐去了。

“有一张纸条！”罗恩突然说道，“一张纸条从它里面掉出来了！”

哈利脱掉隐形衣，一把抓过那封信。上面用一种他从没有见过的细长的、圈圈套圈圈的字体，写着下面几行字：

你父亲死前留下这件东西给我。
现在应该归还给你。
好好使用。
衷心祝你圣诞快乐。

没有署名。哈利瞪着纸条发呆，罗恩则对着隐形衣赞叹不已。

“如果能得到这样一件东西，我什么都可以不要，”他说，“什么都可以不要。你怎么啦？”

“没什么。”哈利说。他觉得这件事非常蹊跷。隐形衣是谁送来的呢？它以前真的属于他父亲吗？

没等他再说什么或再想什么，宿舍的门猛地被推开了，弗雷德和乔治·韦斯莱冲了进来。哈利赶紧把隐形衣藏了起来。他还不想让别人知道。

“圣诞快乐！”

"嘿,瞧——哈利也得到了一件韦斯莱毛衣!"

弗雷德和乔治都穿着蓝色毛衣,一件上面有个大大的、黄色的"F",另一件上面有个大大的、黄色的"G"。

"哈利的比我们俩的好,"弗雷德说着,举起了哈利的毛衣,"显然,妈妈对不是自家的人更精心一些。"

"你为什么不穿上你的呢,罗恩?"乔治问道,"来吧,穿上吧,这毛衣可是又漂亮又暖和啊。"

"我不喜欢暗紫红色。"罗恩半真半假地抱怨着,把毛衣套上了脑袋。

"你的毛衣上没有字母,"乔治说,"她大概认为你不会忘记自己的名字。我们也不傻——倒是她自己,经常管我们叫乔雷德和弗治。"

"这里吵吵什么呢?"

珀西·韦斯莱从门缝里探进头来,一脸不满的神情。显然他也正在拆他的圣诞礼物,胳膊上搭着一件鼓鼓囊囊的毛衣,弗雷德一把抓了过去。

"'P'是级长的意思①!快穿上吧,珀西,快点儿,我们都穿上了,就连哈利也得到了一件呢。"

"我——不想——穿——"珀西含糊不清地说,但双胞胎不管三七二十一,硬是把毛衣套进珀西的脑袋,把他的眼镜都撞歪了。

"而且你今天不许和级长们坐在一起,"乔治说,"圣诞节是全家团圆的日子。"

他们将珀西抬着推出房间,珀西的手臂被毛衣束缚着,动弹不得。

哈利有生以来从未参加过这样的圣诞宴会。一百只胖墩墩的烤火鸡、堆成小山似的烤肉和煮土豆、一大盘一大盘的美味小香肠、一碗碗拌了黄油的豌豆、一碟碟又浓又稠的肉卤和越橘酱——顺着餐桌每走几步,就有大堆大堆的巫师彩包爆竹在等着你。这些奇妙的彩包爆竹可不像德思礼家通常买的那些寒酸的麻瓜爆竹,里面只有一些小塑料玩具和

---

① 在英语里,"珀西"和"级长"这两个词的第一个字母都是"P"。

很不结实的纸帽子。哈利和弗雷德一起抽了一个彩包爆竹，它不是嘭的一声闷响，而是发出了像大炮轰炸那样的爆响，把他们都吞没在一股蓝色的烟雾中，同时从里面炸出一顶海军少将的帽子，以及几只活蹦乱跳的小白鼠。在主宾席上，邓布利多将他尖尖的巫师帽换成了一顶装点着鲜花的女帽，弗立维教授刚给他说了一段笑话，他开心地呵呵笑着。

火鸡之后是火红的圣诞布丁。珀西的那块布丁里裹着一个银西可，差点硌碎了他的牙齿。哈利看着海格一杯接一杯地要酒喝，脸膛越来越红，最后竟然在麦格教授的面颊上亲了一口。令哈利惊讶的是，麦格教授竟咯咯地笑着，羞红了脸，她的高顶黑色大礼帽歪到了一边。

哈利离开餐桌时，怀里抱着一大堆从彩包爆竹里炸出来的东西，包括一袋不会爆炸的闪光气球、一个模仿肉瘤的小设备，还有一套属于他自己的巫师棋。那几只小白鼠不见了，哈利有一种很不舒服的感觉，怀疑它们最后都成了洛丽丝夫人的圣诞晚餐。

哈利和韦斯莱兄弟几个在操场上打雪仗，疯玩了一下午，过得非常愉快。然后，他们实在冷得不行了，衣服湿漉漉的，气喘吁吁地回到公共休息室的炉火旁。哈利试了试他的新棋子，结果很惨地输给了罗恩。哈利心里嘀咕，如果没有珀西在一旁不停地瞎出主意，他还不会输得这样惨。

吃过由火鸡三明治、烤面饼、酒浸果酱布丁和圣诞蛋糕组成的茶点，大家都感到肚子太饱，有点犯困了。他们睡觉前不想再做别的，只是看着珀西追着弗雷德和乔治在格兰芬多塔楼里跑来跑去，因为双胞胎抢走了珀西的级长徽章。

这是哈利有生以来最愉快的一个圣诞节。然而，一整天来，总有一件事情萦绕在他的脑海里。直到上床以后，他才有了空闲去想它：那件隐形衣，以及把隐形衣送给他的那个人。

罗恩肚子里塞满了火鸡和蛋糕，又没有什么奇怪的事情困扰他，所以几乎一放下床帷就睡着了。哈利从自己床边探出身去，从床底下抽出隐形衣。

他父亲的……它以前曾是他父亲的。他让织物从手上流过，感觉比丝还要光滑，比光还要轻盈。*好好使用*，那张纸条上这么说。

他现在必须试一试了。他悄悄从床上滑下来，把隐形衣裹在身上。他低头看自己的腿，却只看见月光和黑影。这真是一种十分奇怪的感觉。

好好使用。

突然，哈利一下子清醒了。有了这件隐形衣，整个霍格沃茨就对他完全敞开了。他站在黑暗和寂静中，内心感到一阵兴奋。穿着这件隐形衣，他可以去任何地方。任何地方啊，费尔奇永远也不会知道。

罗恩在睡梦中嘟哝了几声。哈利想，要不要叫醒他呢？出于某种原因，哈利没有这么做——他父亲的隐形衣——他觉得这一次——这是第一次——他想独自使用。

他蹑手蹑脚地出了宿舍，走下楼梯，穿过公共休息室，爬过那个肖像洞口。

"是谁呀？"胖夫人声音粗哑地问。哈利没有吭声。他飞快地在走廊里走着。

去哪儿呢？他停下脚步，想着，心怦怦乱跳。突然，他想起来了。图书馆的禁书区。他可以尽情地阅读，直到弄清勒梅是何许人。他把隐形衣紧紧地裹在身上，向前走去。

图书馆内漆黑一片，阴森可怖。哈利点亮一盏灯，端着它走过一排排书架。那灯看上去就像悬浮在半空中，哈利虽然感觉到自己用手端着它，但这景象仍然使他毛骨悚然。

禁书区在图书馆的后部。哈利小心翼翼地跨过把这些书与其他藏书隔开的绳子，举起灯照着，读着书名。

然而，从书名上看不出什么头绪。那些剥落的、褪了色的烫金字母，拼出的都是哈利无法理解的单词。有些书根本没有书名。有一本书上沾着一块暗色的印渍，很像血迹，看上去非常可怕。哈利脖子后面的汗毛都竖了起来。他觉得从书里传出了一阵阵若有若无的低语，似乎那些书知道有一个不该待在那里的人待在那里——这也许是他的幻觉，也许不是。

他必须从什么地方入手。他把灯小心地放在地板上，顺着书架底部望过去，想找一本看上去有点意思的书。他突然看见一本黑色和银色相间的大书。书很沉，他费力地把它抽了出来，放在膝盖上，让它自己打开来。

一阵凄厉的、令人毛骨悚然的尖叫划破了寂静——那本书在惨叫！哈利猛地把它合上，但是尖叫声没有停止，那是一种高亢的、持续不断的、震耳欲聋的声调。他踉跄着后退了几步，灯被撞翻，立刻就熄灭了。在惊慌失措中，他听见外面的走廊里传来了脚步声——他赶紧把那本尖叫的书插回书架，撒腿就跑。几乎就在门口，他与费尔奇擦肩而过，费尔奇那双狂怒的浅色眼睛径直透过他的身体望出去。哈利从费尔奇张开的臂膀下溜过，沿着走廊狂奔，那本书的尖叫声仍然在他耳畔回荡。

他在一套高高的盔甲前突然刹住了脚步。他刚才急于逃离图书馆，根本没有注意在往哪儿走。也许是因为四下里太黑了，他辨不清自己身在何处。他知道厨房附近有一套盔甲，但是他现在肯定要比厨房高出五层。

“教授，你说过的，如果有人夜里到处乱逛，就立刻来向你汇报，刚才有人在图书馆，在禁书区。”

哈利觉得自己脸上顿时失去了血色。不管他在哪里，费尔奇肯定知道一条捷径，因为他那黏糊糊的、发腻的声音离他越来越近了，而且令他大为惊恐的是，他听见了斯内普的声音在回答。

“禁书区？那么他们不可能走远，我们一定能抓住他们。”

哈利像脚底生了根似的待在原地，费尔奇和斯内普从前面的墙角拐过来了。他们看不见他，但这道走廊很窄，如果他们再走近一些，就会撞到他身上——隐形衣并没有使他的实体也消失啊。

他一步步后退，尽量不发出声音。左边有一扇门开了一条缝。这是他唯一的希望。他侧身挤了进去，小心翼翼地不把门碰动。谢天谢地，总算进了房间。他们什么也没有注意到，径直走了进去。哈利靠在墙上，深深地吸气，听着他们的脚步声渐渐远去。刚才真惊险呀，太惊险了。几秒钟后，他才开始留意他借以藏身的这个房间里的情景。

它看上去像是一间废弃不用的教室。许多桌椅堆放在墙边，呈现出大团黑乎乎的影子，另外还有一只倒扣着的废纸篓——但是，在正对着他的那面墙上，却搁着一件似乎不属于这里的东西，仿佛是有人因为没有地方放，临时把它搁在这里的。

这是一面非常气派的镜子，高度直达天花板，华丽的金色镜框，底下是两只爪子形的脚支撑着。顶部刻着一行字：厄里斯　斯特拉　厄赫鲁　阿伊特乌比　卡弗鲁　阿伊特昂　沃赫斯①

现在，费尔奇和斯内普的声音听不见了，哈利紧张的心情松弛下来。他慢慢走近镜子，想看一眼自己的形象，但镜子里空空如也。他又跨近几步，站到镜子前面。

他不得不用手捂住嘴巴，才没有失声尖叫起来。他猛地转过身，心跳得比刚才那本书尖叫时还要疯狂——因为他在镜子里不仅看见了他自己，还看见一大堆人站在他身后。

但是房间里没有人啊。他急促地喘息着，慢慢地转身看着镜子。

没错，镜子里有他，脸色煞白，惊恐万分，同时镜子里还有至少十来个人，站在他的身后。哈利又扭头朝后看去——还是一个人也没有。难道他们也都隐形了？难道他实际上是在一间有许多隐形人的房间里，而这面镜子的魔力就是把他们都照出来，不管隐形的还是没有隐形的？

他又仔细看着镜子。在镜子里，一个站在他身后的女人正在对他微笑和招手。他伸出手去，在身后摸索着。如果那女人真的存在，哈利应该能碰到她，他们两人在镜子里挨得多么近啊，可是哈利触摸到的只有空气——那女人和其他人只存在于镜子里。

这是一个非常美丽的女人，有着深红色的头发，她的眼睛——她的眼睛长得和我一模一样，哈利想道。接着他又发现女人在哭泣，她面带微笑，同时又在哭泣。站在她身边的那个黑头发的高大、消瘦的男人用手搂住她。男人戴着眼镜，头发乱蓬蓬的，后脑勺儿上的一撮头发很不听话地竖着，正和哈利的一样。

---

① 这行字是厄里斯魔镜上的符箓。

哈利现在离镜子很近很近了，鼻子几乎碰到了镜子中自己的鼻子。

"妈妈？"他低声唤道，"爸爸？"

他们都看着他，亲切地微笑着。哈利慢慢地挨个儿打量镜子里其他人的脸，发现他们都有着和他一模一样的绿眼睛、一模一样的鼻子，一个小老头儿甚至还有着和哈利一模一样的凹凸不平的膝盖——哈利正在望着他的家人，这是他有生以来的第一次。

波特一家人笑眯眯地朝哈利挥手。他如饥似渴地凝视着他们，双手紧紧按在镜子玻璃上，就好像他希望能够扑进去和他们待在一起。他内心感到一阵强烈的剧痛，一半是因为喜悦，一半是因为深切的忧伤。

他在那里站了多久，他不知道。镜子里的形象始终没有隐去，他看呀看呀，怎么也看不够，直到远处传来一些声音，才使他恢复了理智。他不能待在这里，必须回去睡觉。他恋恋不舍地把目光从他母亲脸上挪开，低声说道："我还会再来的。"便匆匆离开了房间。

"你应该把我叫醒的。"罗恩生气地说。

"今晚你可以去，我还要去的，我想让你看看那面镜子。"

"我想看看你的爸爸妈妈。"罗恩急切地说。

"我也想看看你的全家，看看韦斯莱的一大家人，你可以把你另外的几个兄弟和所有的亲戚都指给我看。"

"你随时都能看到他们的，"罗恩说，"今年暑假到我们家来吧。不过，镜子里或许只能出现死人。唉，真惭愧，我们还没有找到勒梅的资料。你吃点熏咸肉或别的什么吧，你怎么什么也不吃？"

哈利吃不下去。他见到了他的父母，而且今晚还要与他们相见。他差不多把勒梅忘到了脑后。这件事似乎已经不再那么重要了。谁管那条三个脑袋的大狗在看守什么呢？就算斯内普把那东西偷走，又有什么关系呢？

"你没事吧？"罗恩说，"你看上去挺怪的。"

哈利最担心的是他找不到那个放镜子的房间。第二天，因为罗恩也罩在隐形衣里,他们走得就慢多了。他们想找到哈利从图书馆出来的那条路线,在昏暗的过道里漫无目的地转了将近一个小时。

“我冻坏了,”罗恩说,“我们不找了,回去吧。”

“不行!”哈利嘶哑着声音说,“我知道就在附近的什么地方。”

他们与一个从对面游荡过来的高个子巫师的幽灵擦肩而过,但没有看见其他人。就在罗恩开始哼叫着说他的脚都要冻僵了时,哈利看见了那套盔甲。

“是这里——就是这里——没错!”

他们推开门。哈利把隐形衣从肩头脱掉,飞奔到镜子前面。

他们还在那里。他的妈妈和爸爸一看见他,顿时喜形于色。

“看见了吗?”哈利小声问。

“我什么也看不见。”

“看呀！看呀……他们都在……有一大堆人呢……”

“我只能看见你。”

“好好看看,过来,站在我这个位置。”

哈利让到一边,然而罗恩一站到镜子前面,哈利就再也看不见他的家人了,只看见罗恩穿着螺纹花呢睡衣站在那里。

罗恩目瞪口呆地看着镜子中的自己。

“看看我!”罗恩说。

“你能看见你的家人都围在你身边吗?”

“没有——只有我一个人——但是跟现在不一样——我好像大了一些——我还是男生学生会主席呢!”

“什么?”

“我—我戴着比尔以前戴的那种徽章——手里还举着学院杯和魁地奇杯——我还是魁地奇球队的队长呢!”

罗恩好不容易才使自己的目光离开了这副辉煌的景象,兴奋地看着哈利。

“你说,这面镜子是不是预示着未来?”

“怎么可能呢？我家里的人都死了——让我再看看——”

"你已经独自看了一晚上,就让给我一点儿时间吧。"

"你只是捧着魁地奇杯,这有什么好玩的?我想看看我的父母。"

"你别推我——"

外面走廊里突然响起的声音,结束了他们的争执。他们没有意识到刚才他们的说话声有多响。

"快!"

罗恩刚把隐形衣披在两人身上,洛丽丝夫人那双亮晶晶的眼睛就拐进门来了。罗恩和哈利一动不动地站着,心里想着同样的念头——隐形衣对猫有作用吗?过了大约一个世纪,洛丽丝夫人终于转身离去了。

"还是不安全——它可能去找费尔奇了,我敢肯定它听见我们的声音了。走吧。"

罗恩拉着哈利,走出了房间。

第二天早晨,雪还没有融化。

"想下棋吗?"罗恩问。

"不想。"

"我们干吗不下去看看海格呢?"

"不去……你去吧……"

"我知道你在想什么,哈利,你在想那面镜子。今晚别再去了。"

"为什么?"

"我不知道。我只是有一种很不好的感觉——而且,这么多次你都是侥幸脱险。费尔奇、斯内普和洛丽丝夫人正在到处转悠。如果他们看见你怎么办?如果他们撞到你身上怎么办?"

"你说话的口气像赫敏。"

"我不是开玩笑,哈利,真的别去了。"

可是哈利脑海里只有一个念头,那就是回到镜子前。罗恩是怎么也拦不住他的。

第三个晚上,哈利已是轻车熟路。他一路走得飞快,没有意识到自己发出了很响的声音，但他并没有遇到什么人。

啊，他的妈妈和爸爸又在那里对他微笑了，还有他的一个爷爷在愉快地点头。哈利一屁股坐在镜子前面的地板上。他要整晚待在这里，和自己的家人在一起，什么也不能阻拦他。什么也不能！

除非——

“这么说——你又来了，哈利？”

哈利觉得自己的五脏六腑一下子冻成了冰。他朝身后看去。坐在墙边一张桌子上的，不是别人，正是阿不思·邓布利多。哈利刚才一定是径直从他身边走过的，他太急着去看镜子了，根本没有注意到他。

“我—我没有看见你，先生。”

“真奇怪，隐形以后你居然还变得近视了。”邓布利多说。哈利看到他脸上带着微笑，不由得松了口气。

“这么说，”邓布利多说着，从桌子上滑下来，和哈利一起坐到地板上，“你和你之前的千百个人一样，已经发现了厄里斯魔镜的乐趣。”

“我不知道它叫这个名字，先生。”

“不过我猜想你现在已经知道它的魔力了吧？”

“它——哦——它使我看到我的家人——”

“还使你的朋友罗恩看到自己变成了男生学生会主席。”

“你怎么知道——”

“我可不是非要隐形衣才能隐形的。”邓布利多温和地说，“那么，你能不能想一想，厄里斯魔镜使我们大家看到了什么呢？”

哈利摇了摇头。

“让我解释一下吧。世界上最幸福的人可以把厄里斯魔镜当成普通的镜子使用，也就是说，他在镜子里看见的就是他自己的模样。明白点什么了吗？”

哈利在思考。然后他慢慢地说：“镜子使我们看到自己想要的东西……不管我们想要什么……”

“也对，也不对，”邓布利多轻轻地说，“它使我们看到的只是内心深处最迫切、最强烈的渴望。你从没有见过你的家人，所以就看见他们站在你的周围。罗恩·韦斯莱一直在他的几个哥哥面前相形见绌，所以他看见自己独自站着，是他们中间最出色的。然而，这面镜子既不能教给我们知识，也不能告诉我们实情。人们在它面前虚度时日，为自己所看见的东西而痴迷，甚至被逼得发疯，因为他们不知道镜子里的一切是否真实，是否可能实现。

"明天镜子就要搬到一个新的地方了，哈利，我请你不要再去找它。如果你哪天碰巧再看见它，你要有心理准备。沉湎于虚幻的梦想，而忘记现实的生活，这是毫无益处的，千万记住。好了，为什么不穿上那件奇妙无比的隐形衣回去睡觉呢？"

哈利站了起来。

"先生——邓布利多教授？我可以问你一句话吗？"

"那还用说，你刚才就这么做了。"邓布利多笑了，"不过，你还可以再问我一个问题。"

"你照镜子的时候，看见了什么？"

"我？我看见自己拿着一双厚厚的羊毛袜。"

哈利睁大了眼睛。

"袜子永远不够穿，"邓布利多说，"圣诞节来了又去，我一双袜子也没有收到。人们坚持要送书给我。"

哈利回到床上以后，才突然想到邓布利多也许并没有说实话。可是，当他推开枕头上的斑斑时，又想：那是一个涉及隐私的问题啊。

第13章

尼可·勒梅

邓布利多说服哈利不要再去寻找厄里斯魔镜，所以在圣诞假期剩下来的日子里，那件隐形衣就一直叠得好好的，放在箱子底部。哈利希望能轻松地忘记他在魔镜里看到的东西，然而不能。他开始做噩梦。他一遍遍地梦见爸爸妈妈在突如其来的一道绿光中消失，同时还有一个很响的声音在嘎嘎怪笑。

"你看，邓布利多说得对，魔镜可能会使你发疯的。"当哈利把这些梦境告诉罗恩时，罗恩这么说。

赫敏在开学前一天回来了，她的看法有所不同。她心情十分复杂，一方面为哈利接连三个夜里从床上起来，在学校里游荡而感到惊恐（"费尔奇把你抓住了怎么办！"），一方面又为哈利连尼可·勒梅是谁都没有弄清而深感失望。

他们几乎放弃了在图书馆查到勒梅的希望，尽管哈利仍然坚信自己在什么地方看到过这个名字。学期开始后，他们又恢复了利用课间休息十分钟的时间浏览图书的做法，但哈利的时间比他们俩更少，因为魁地奇训练又开始了。

伍德对队员的要求比以往任何时候都严格。即使在大雪过后连绵不断的阴雨天里，他的热情也没有半点冷却。韦斯莱孪生兄弟抱怨说伍德正在变成一个训练狂，但哈利却站在伍德一边。如果他们赢得下一场对赫奇帕奇的比赛，就能在学院杯冠军赛中战胜斯莱特林队了，这可是七年以来的第一次啊。除了希望比赛取胜以外，哈利还发现，当他训练之后精疲力竭时，噩梦就做得少了。

后来，在一次特别潮湿和泥泞的训练中，伍德告诉队员们一个坏消息。他刚才对韦斯莱孪生兄弟发了一顿脾气，因为他们不停地彼此俯冲轰炸，假装从飞天扫帚上摔下来。

“你们能不能别再胡闹了！”伍德嚷道，“这样做肯定会使我们输掉比赛！这次是斯内普当裁判，他准会千方百计找借口给格兰芬多队扣分的！”

乔治·韦斯莱听了这话，真的从飞天扫帚上摔了下来。

“斯内普当裁判？”他一边吐着嘴里的泥土，一边问，“他什么时候当过魁地奇比赛的裁判？如果我们有可能战胜斯莱特林队，他肯定不会公正裁决的。”

其他队员也都降落在乔治旁边，连声抱怨。

“这不能怪我。”伍德说，“我们只能保证自己在比赛中遵守规则，斯内普也就没有借口找我们的碴了。”

这是非常正确的，哈利想，但他还有一个不想让斯内普在比赛时接近他的理由。

训练结束后，其他队员还在磨磨蹭蹭地聊天，哈利却直奔格兰芬多的公共休息室，他发现罗恩和赫敏正在那里下棋。赫敏只有在下棋时才会输，哈利和罗恩认为这对她很有好处。

“先别跟我说话，”哈利在罗恩身边坐下时，罗恩说道，“我需要考虑——”可他一看见哈利的脸，又说，“你怎么啦？你的脸色真可怕。”

哈利压低声音，不想让别人听见，把斯内普不怀好意地突然想当魁地奇裁判的事告诉了他们俩。

“别参加比赛了。”赫敏立刻就说。

“就说你病了。”罗恩说。

“假装把腿摔断了。”赫敏建议道。

“真的把腿摔断。”罗恩说。

“我不能这样，”哈利说，“队里没有替补的找球手。如果我退出，格兰芬多队就无法比赛了。”

就在这时，纳威一头跌进了公共休息室。大家都猜不出他是怎么从肖像洞口钻进来的，因为他的两条腿紧紧地粘在一起。哈利他们一眼就看出，这是被施了锁腿咒。纳威肯定是像兔子那样一路蹦跳着爬上格兰芬多塔楼的。

大伙儿都笑了起来，只有赫敏没笑。她跳上前去，给纳威施了一个破解咒，纳威的腿一下子分开了。他站起来，浑身颤抖。

“怎么回事？”赫敏一边把他领过来和哈利、罗恩坐在一起，一边问道。

“马尔福，”纳威声音颤抖地说，“我在图书馆外面碰到了他。他说他一直在找人练习练习那个咒。”

“去找麦格教授！”赫敏催促纳威，“告他一状！”

纳威摇了摇头。

“我不想再惹麻烦了。”他含糊地嘟哝。

“你必须勇敢地对付他，纳威！”罗恩说，“他一贯盛气凌人，我们没有理由在他面前屈服，让他轻易得逞。”

“你不用对我说我胆子太小，不配待在格兰芬多，马尔福已经对我说过这个话了。”纳威哽咽着说。

哈利把手伸进长袍口袋，掏出一块巧克力蛙，这是圣诞节时赫敏送给他的那盒里的最后一块。哈利把它递给纳威。纳威看上去快要哭了。

“你比十二个马尔福都强，”哈利说，“分院帽把你选进了格兰芬多，不是吗？马尔福在哪里呢？在令人讨厌的斯莱特林。”

纳威拆开巧克力蛙,嘴唇抽动着,露出一个无力的微笑。

"谢谢你,哈利……我想去睡觉了……你要画片吗? 你收集画片的,是吗?"

纳威离去后,哈利看着那张著名巫师画片。

"又是邓布利多,"他说,"我第一次就是——"

他倒抽了一口冷气,瞪着画片背面,然后抬头看着罗恩和赫敏。

"我找到他了!"他小声说,"我找到勒梅了! 我告诉过你们,我以前在什么地方看到过这个名字,原来,我是在来这儿的火车上看到的——听听这个:'邓布利多广为人知的贡献包括:一九四五年击败黑巫师格林德沃,发现火龙血的十二种用途,与合作伙伴尼可·勒梅在炼金术方面卓有成效'!"

赫敏一跃而起。自从他们第一次家庭作业的成绩下来之后,她还没有这么兴奋过。

"等着!"她说,然后飞奔上楼,到女生宿舍去了。哈利和罗恩还没来得及交换一下困惑的目光,她就又冲了回来,怀里抱着一本巨大的旧书。

"我就没想到在这里找找!"她激动地低声说,"这是几星期前我从图书馆借出来,想读着消遣的。"

"消遣?"罗恩说,可是赫敏叫他安静,让她查找一个东西。她开始飞快地翻动书页,嘴里念念有词。

终于,她找到了。

"我知道了! 我知道了!"

"我们现在可以说话了吧?"罗恩没好气地说。赫敏不理睬他。

"尼可·勒梅,"她像演戏一样压低声音说,"是人们所知的魔法石的唯一制造者!"

她的话并没有取得她预期的效果。

"什么石?"哈利和罗恩问。

"哦,怎么搞的,你们俩平常看不看书啊? 瞧——读读这一段。"

她把书推给了他们,哈利和罗恩读道:

古代炼金术涉及魔法石的炼造，这是一种具有惊人功能的神奇物质。魔法石能把任何金属变成纯金，还能制造出长生不老药，使喝了这种药的人永远不死。

许多世纪以来，关于魔法石有过许多报道，但目前唯一仅存的一块魔法石属于著名炼金术士和歌剧爱好者尼可·勒梅先生。他去年庆祝了六百六十五岁生日，现与妻子佩雷纳尔（六百五十八岁）一起隐居于德文郡。

“明白了吗？”哈利和罗恩读完后，赫敏问道，“那条大狗一定是在看守勒梅的魔法石！我敢说是勒梅请邓布利多替他保管的，因为他们是朋友，而且他知道有人在打魔法石的主意，所以才要求把魔法石从古灵阁转移了出来。”

“一块石头能变出金子，还能让你永远不死！”哈利说，“怪不得斯内普也在打它的主意呢！谁都会想得到它的！”

“怪不得我们在《近代巫术发展研究》里找不到勒梅。”罗恩说，“既然他已经六百六十五岁，就不能算是近代了，是吧？”

第二天上午在黑魔法防御术课上，哈利和罗恩一边记录被狼人咬伤后的多种医治办法，一边还在讨论如果他们弄到魔法石将怎么办。直到罗恩说他要买下一支自己的魁地奇球队时，哈利才想起斯内普和即将到来的比赛。

“我必须参加比赛，”他对罗恩和赫敏说，“如果我退出，斯莱特林们会以为我害怕了，不敢面对斯内普。我要让他们看看……如果我们赢了，就能彻底清除他们脸上得意的笑容。”

“只要我们不把你从赛场上抬下来就好。”赫敏说。

比赛临近了，哈利虽然对罗恩和赫敏的说法满不在乎，但他的心情越来越紧张了，其他队员也不太平静。一想到要在学院杯冠军赛中战胜斯莱特林，大家就激动不已。在将近七年的时间里，还没有人能够打败他们。然而，有这样一个偏心的裁判，他们能成功吗？

哈利不知道是他多心呢还是事实如此，似乎他不管走到哪里都会碰到斯内普。有时，他甚至怀疑斯内普在跟踪他，想独自把他抓住。每周一次的魔药课变成了一种痛苦的折磨，斯内普对哈利的态度很恶劣。难道斯内普知道他们发现了魔法石的奥秘？哈利不明白斯内普怎么能知道——他经常有一种可怕的感觉，似乎斯内普能看透别人的思想。

第二天下午，当罗恩和赫敏在更衣室外面祝他好运时，哈利知道，他们实际上在暗暗担心再也见不到他活着回来了。这样能给他什么安慰呢？哈利穿上魁地奇球袍，拿起他的光轮2000，对伍德那番鼓舞士气的话根本没听进去。

与此同时，罗恩和赫敏在看台上找了个地方，就在纳威旁边。纳威不明白他们为什么显得这么沉重和担忧，也不明白他们为什么都把自己的魔杖带到赛场上来了。哈利不知道罗恩和赫敏一直在偷偷练习锁腿咒。他们从马尔福给纳威施咒这件事中获得了启发，打算一旦斯内普显示出要伤害哈利的苗头，就对他施咒。

"记住，别忘了，是*腿立僵停死*。"罗恩把魔杖插在袖子上时，赫敏小声地说。

"我*知道*，"罗恩不耐烦地说，"别唠叨了。"

在更衣室里，伍德把哈利拉到一边。

"不是想给你施加压力，波特，但我们今天比任何时候都需要尽快抓住飞贼。要速战速决，不让斯内普有时间过分偏袒赫奇帕奇。"

"全校学生都出来了！"弗雷德·韦斯莱朝门外窥视，说道，"就连——天哪——邓布利多也来看比赛了！"

哈利的心猛地翻腾了一下。

"*邓布利多？*"他说着，快步冲到门口，想确认一下。弗雷德说得没错。那银白色的胡子绝不会有错。

哈利一下子如释重负，差点儿放声大笑起来。他没有危险了。如果邓布利多在场观看比赛，斯内普是绝对不敢伤害他的。

也许正是因为这一点，当队员们排着队走向赛场时，斯内普才显得那么恼火，这点罗恩也注意到了。

"我从没看见斯内普脸色这么阴沉。"他对赫敏说，"看——他们出发了。哎哟！"

有人捅了一下罗恩的后脑勺。是马尔福。

"哦，对不起，韦斯莱，没看见你在那儿。"

马尔福对克拉布和高尔咧嘴大笑。

"不知道波特这次能在他的飞天扫帚上待多久？有人愿意打赌吗？你怎么样，韦斯莱？"

罗恩没有回答；斯内普刚才判给赫奇帕奇队一个罚球，因为乔治把一只游走球对准他打了过来。赫敏十指交叉[①]放在膝盖上，眯起眼睛紧紧地盯着哈利，只见哈利像老鹰一样围着赛场盘旋，寻找金色飞贼。

"你知道格兰芬多队是怎么挑选队员的吗？"几分钟后，当斯内普毫无道理地又判给赫奇帕奇队一个罚球时，马尔福大声说道，"他们挑选的是那些他们觉得可怜的人。比如波特，没爹没妈，还有韦斯莱兄弟，家里没钱——你也应该入队呀，纳威·隆巴顿，因为你没有头脑。"

纳威脸涨得通红，从椅子上转过身子，面对着马尔福。

"我比十二个你加在一起都强，马尔福。"他结结巴巴地说。

马尔福、克拉布和高尔怪声怪气地大笑起来，罗恩不敢让眼睛离开赛场，嘴里说："给他点厉害瞧瞧，纳威。"

"隆巴顿，如果头脑是金子，你就比韦斯莱还要穷，这就很能说明问题了。"

罗恩一直为哈利揪着心，紧张得神经都要绷断了。

"我警告你，马尔福——你再敢说一句——"

"罗恩！"赫敏突然说道，"哈利——！"

"怎么啦？在哪儿？"

哈利突然来了一个漂亮的俯冲，观众们发出一片惊呼和喝彩。赫敏

---

① 这里指的是赫敏在为哈利祈祷。

站了起来,交叉着的手指放在嘴里[1],只见哈利像一颗子弹一样射向地面。

"你很幸运,韦斯莱,波特显然看见了地上有钱!"马尔福说。

罗恩迅速行动起来。马尔福还没明白是怎么回事,罗恩就蹿到了他身上,把他撂倒在地。纳威迟疑了一下,也从座椅背上翻过来相助。

"快点儿,哈利!"赫敏尖叫着,跳上座位,看着哈利径直冲向斯内普——她甚至没有注意到马尔福和罗恩在她座位下滚成了一团,也没有注意到纳威、克拉布和高尔扭打在一起,拳脚相加,都痛得发出一声声尖叫。

在空中,斯内普刚刚在飞天扫帚上转过身,就看见一个金色的东西嗖地从他耳边飞过,离他只差几寸——紧接着,哈利停止了俯冲。他胜利地举起手臂,飞贼被他紧紧地抓在手里。

看台上沸腾了;这将是一个新的纪录,谁都不记得在哪次比赛中飞贼这么快就被抓住了。

"罗恩,罗恩!你在哪儿?比赛结束了!哈利赢了!我们赢了!格兰芬多队领先了!"赫敏尖叫着,在椅子上跳个不停,并紧紧地拥抱了一下前排的佩蒂尔。

哈利在离地面一英尺的高度从飞天扫帚上跳了下来。他简直无法相信。他成功了——比赛结束了;只持续了不到五分钟。当格兰芬多们拥进赛场时,哈利看见斯内普降落在他旁边,脸色煞白,嘴唇抿得紧紧的——接着,哈利感到一只手搭在了他的肩膀上。他抬起头来,看到了邓布利多微笑的脸。

"干得好,"邓布利多的声音很轻,只有哈利一个人能听见,"很高兴看到你没有整天想着那面镜子……生活得很充实……太好了……"

斯内普愤恨地朝地上吐了口唾沫。

一小时后,哈利独自离开更衣室,准备把他的光轮2000送回扫帚棚。他的心情比任何时候都要欢快。他总算做了一件真正值得自豪的

---

① 这里指的是赫敏在为哈利祈祷。

事——以后再也不会有人说他不过是有一个响亮的名字而已。夜晚的空气从没有像现在这样甜蜜。他走过潮湿的草地，刚才一小时的情景又在脑海中重现，是一些模糊不清的幸福的片段：格兰芬多们跑过来把他架在他们的肩膀上；罗恩和赫敏在远处跳上跳下，罗恩一边淌着鼻血，一边欢呼雀跃。

哈利已经来到了扫帚棚。他靠在木门上，抬头望着霍格沃茨，那些窗户在夕阳的辉映下闪着红光。格兰芬多队领先了。他成功了，他使斯内普看到……

说到斯内普……

一个戴着兜帽的身影迅速走下城堡的正门台阶，显然是不想让人看见，飞快地直奔禁林而去。哈利注视着，心头胜利的喜悦渐渐消失了。他认出了那个身影的鬼鬼祟祟的步态。正是斯内普。他趁别人吃晚饭的时候，偷偷溜往禁林——他想干什么？

哈利跳回到飞天扫帚上，腾地起飞了。他悄无声息地滑过城堡上空，看见斯内普奔跑着进了禁林。他跟了过去。

树木太茂密了，他看不清斯内普去了哪儿。他盘旋着，越来越低，擦着树梢飞翔，最后终于听见了有人说话的声音。他轻盈地朝他们飞去，静悄悄地落在一棵高耸的山毛榉上。

他小心地顺着一根树枝往前爬，手里紧紧抓住飞天扫帚，他想透过树叶往下看。

下面，在一片布满阴影的空地上，站着斯内普，但他并不是一个人。奇洛也在那里。哈利看不清奇洛脸上的表情，但他结巴得比任何时候都厉害。哈利全神贯注地听他们在说什么。

"……不—不知道你为什么要—要—要选在这里见面，西弗勒斯……"

"噢，我认为此事不宜公开，"斯内普说，声音冷冰冰的，"毕竟，学生们是不应该知道魔法石的。"

哈利探身向前。奇洛正在嘀咕着什么。斯内普打断了他。

"你有没有弄清怎样才能通过海格的那头怪兽？"

"可—可—可是，西弗勒斯，我——"

“你不希望我与你为敌吧，奇洛。”斯内普说着，朝他逼近了一步。

“我—我不知—知道你——”

“你很清楚我的意思。”

一只猫头鹰高声叫了起来，哈利差点儿从树上摔下去。他稳住自己，正好听见斯内普说：“——你的秘密小花招。我等着。”

“可—可是，我不—不—不——”

“很好。”斯内普打断了他，“过不了多久，等你有时间考虑清楚，决定了为谁效忠之后，我们还会再谈一次。”

他用斗篷罩住脑袋，大步流星地走出了空地。天几乎完全黑了，但哈利仍能看见奇洛一动不动地站在那里，像一具泥塑木雕。

“哈利，你去哪儿了？”赫敏尖声地说。

“我们赢了！你赢了！我们赢了！”罗恩重重地拍着哈利的后背，大声喊道，“我把马尔福的眼睛打青了。纳威一个人对付克拉布和高尔！他还完全昏迷着，但庞弗雷女士说会好起来的——谈谈教训斯莱特林的经过吧！大伙儿都在公共休息室里等着你呢，我们正在搞一个庆祝会，弗雷德和乔治从厨房里偷了一些蛋糕什么的。”

“先别管那些，”哈利气喘吁吁地说，“我们找一间空屋子，你们听我告诉你们……”

哈利确信皮皮鬼不在屋里之后，才回身关上门，然后把他刚才看到和听到的情形告诉了他们。

“这么说，我们的分析是对的，那东西就是魔法石，斯内普想强迫奇洛帮助他拿到那块石头。他问奇洛是不是知道怎样才能通过路威——并提到奇洛的‘秘密小花招’——我猜想，除了路威，大概还有其他机关在守护着那块石头，很可能有一大堆魔法巫术，说不定奇洛就施了一些反黑魔法咒语，斯内普需要把它们解除——”

“你的意思是说，只有在奇洛能够抵抗斯内普时，魔法石才是安全的？”赫敏惊慌地问。

“我听说那石头下个星期二就不在了。”罗恩说。

第14章

挪威脊背龙——诺伯

然而，奇洛肯定要比他们所想的勇敢。在之后的几个星期中，他看上去确实越来越苍白、消瘦，但并没有显出彻底垮掉的样子。

每次经过四楼走廊，哈利、罗恩和赫敏都要把耳朵贴在门上，听路威是不是还在里面低声咆哮。斯内普整天在学校里大步流星地走来走去，脾气和往常一样暴躁，这无疑说明魔法石还是安全的。这些日子，哈利每次在路上碰到奇洛，都要给他一个含有鼓励意味的微笑；罗恩也开始劝说人们别再嘲笑奇洛的结巴。

赫敏呢，除了魔法石之外，还操心着更多的事情。她已经开始制订复习计划，并在她所有的笔记上标出不同的颜色。哈利和罗恩本来满不在乎，但她不停地对他们唠叨，叫他们也这样做。

"赫敏，考试离我们还有好几百年呢。"

"十个星期，"赫敏反驳道，"不是好几百年，对尼可·勒梅来说，只是一眨眼的工夫。”

“可是我们也没有六百岁啊。”罗恩提醒她，“而且，不管怎么说，你为什么还要复习呢？你已经什么都知道了。”

“为什么要复习？你疯了吗？你知不知道，我们要通过这些考试才能升入二年级？它们是很重要的，我应该在一个月前就开始温习的，真不知道我当时是怎么了……”

不幸的是，老师们的想法似乎和赫敏是一样的。他们布置了一大堆家庭作业，复活节假期远不像圣诞节的时候那样充满乐趣。有赫敏在旁边背诵火龙血的十二种用途，或者练习魔杖的动作，你很难轻轻松松地休息。哈利和罗恩只好大部分空余时间都陪她一起待在图书馆里，唉声叹气，哈欠连天，拼命完成繁重的功课。

“我永远也记不住这个。”一天下午，罗恩终于受不了了，把羽毛笔一扔，眼巴巴地看着图书馆的窗外。几个月来，他们第一次碰到这样的好天气。天空清澈明净，蓝得像勿忘我花的颜色，空气里有一种夏天即将来临的气息。

哈利只顾埋头在《千种神奇药草及蕈类》里查找“白鲜”，突然他听见罗恩说：“海格！你到图书馆来做什么？”

海格踢踢踏踏地走了过来，把什么东西藏在了身后。他穿着鼹鼠皮大衣，显得很不合时宜。

“随便看看。”海格说，声音躲躲闪闪的，一下子就引起了他们的兴趣。“你们在这里干吗？”他突然显得疑心起来，“还在查找尼可·勒梅，是吗？”

“哦，我们几百年前就弄清他是何许人了，”罗恩得意扬扬地说，“还知道那条狗在看守什么，是魔法石——”

“嘘——”海格飞快地往四下张望了一眼，看有没有人听见，“不要大声嚷嚷，你们到底想干什么？”

“说实话，我们有几件事想问问你，”哈利说，“是关于守护魔法石的机关，除了路威——”

“嘘——”海格又说，“听着——过会儿来找我，记住，我可没答应要告诉你们什么,可是别在这里瞎扯呀,有些事情学生是不应该知道的。他们会以为是我告诉你们的——"

"那么,待会儿见。"哈利说。

海格踢踢踏踏地走了。

"他把什么藏在背后?"赫敏若有所思地说。

"你认为会跟魔法石有关吗?"

"我去看看他刚才在找什么书。"罗恩说,他读书早就读得不耐烦了。一分钟后,他回来了,怀里抱着一大堆书,把它们重重地扔到桌上。

"火龙!"他低声说,"海格在查找关于火龙的资料!看看这些:《不列颠和爱尔兰的火龙种类》《从火龙蛋到地狱》《饲养火龙指南》。"

"海格一直想要一条火龙,我第一次见到他时,他就对我这么说过。"哈利说。

"但这是犯法的,"罗恩说,"在一七〇九年的巫师大会上,正式通过了禁止饲养火龙的法案,这是每个人都知道的。如果我们在后花园里饲养火龙,很难不让麻瓜注意到我们——而且,你也很难把火龙驯服,那是很危险的。你真应该看看查理身上那些被烧伤的地方,都是他在罗马尼亚驱逐野龙时留下的。"

"可是不列颠就没有野龙吗?"哈利说。

"当然有,"罗恩说,"有普通威尔士绿龙和赫希底里群岛黑龙。我可以告诉你,魔法部有一项工作就是隐瞒这些野龙的存在。我们的巫师不得不经常给那些看到野龙的麻瓜们念咒,让他们把这件事忘得一干二净。"

"那么海格到底想做什么呢?"赫敏说。

一小时后,他们敲响了猎场看守的小屋门。他们吃惊地发现,所有的窗帘都被拉得严严实实。海格先是喊了一句"谁呀?"才让他们进屋,接着又赶紧回身把门关上了。

小屋里热得令人窒息。尽管是这样一个温暖的晴天,壁炉里还燃着熊熊的旺火。海格给他们沏了茶,还端来了白鼬三明治,他们婉言谢绝了。

“这么说——你们有话要问我?”

“是的。”哈利说,觉得没有必要拐弯抹角,“我们不知道你能不能告诉我们,除了路威以外,守护魔法石的还有什么机关?”

海格朝他们皱起了眉头。

“我当然不能说。”他说,“第一,我自己也不知道。第二,你们已经知道得太多了,所以我即使知道也不会告诉你们。那块石头在这里是很有道理的。它在古灵阁差点被人偷走——我猜你们把这些也弄得一清二楚了吧?真不明白你们怎么连路威的事都知道。”

“哦,海格,你大概是不想告诉我们吧,你肯定是知道的。这里发生的事情,有哪一件能逃过你的眼睛啊。”赫敏用一种甜甜的、奉承的口气说。海格的胡子抖动起来,他们看出他在笑呢。“实际上,我们只想知道是谁设计了那些机关。”赫敏继续说道,“我们想知道,除了你以外,邓布利多还相信谁能够帮助他呢?”

听了最后这句话,海格挺起了胸脯。哈利和罗恩对赫敏露出满意的微笑。

“好吧,对你们说说也无妨——让我想想——他从我这里借去了路威——然后请另外几个老师施了魔法……斯普劳特教授——弗立维教授——麦格教授——”他扳着手指数着,“奇洛教授——当然啦,邓布利多自己也施了魔法。等一下,我还忘记了一个人。哦,对了,是斯内普教授。”

“斯内普?”

“是啊——难道你们还在怀疑他,嗯?瞧,斯内普也帮着一块儿保护魔法石了,他不会去偷它的。”

哈利知道罗恩和赫敏内心的想法跟他一样。既然斯内普也参加了保护魔法石的工作,他一定很容易弄清其他老师设下了什么机关。他很可能什么都知道了——似乎只除了奇洛的魔法和怎样通过路威。

“只有你一个人知道怎样通过路威,是吗,海格?”哈利急切地问,“你不会告诉任何人的,是吗?即使是老师也不告诉,是吗?”

“除了我和邓布利多，谁也别想知道。”海格骄傲地说。

“那就好，那就好。”哈利对另外两人小声嘟哝了一句，“海格，我们能不能开一扇窗户呢？我热坏了。”

“不能，哈利，对不起。”海格说。哈利注意到他朝壁炉那儿扫了一眼。哈利便也扭头看着炉火。

“海格——那是什么？”

其实他已经知道了。在炉火的正中央，在水壶的下面，卧着一只黑乎乎的大蛋。

“呵，”海格局促不安地捻着胡子说，“那是——哦……”

“你从哪儿弄来的，海格？”罗恩说着，蹲到火边，更仔细地端详那只大蛋，“肯定花了你一大笔钱吧！”

“赢来的。”海格说，“昨晚，我在村子里喝酒，和一个陌生人玩牌来着。说实在的，那人大概正巴不得摆脱它呢。”

“可是，等它孵出来以后，你打算怎么办呢？”赫敏问。

“噢，我一直在看书。”海格说着，从他的枕头底下抽出一本大部头的书，“从图书馆借来的——《为消遣和盈利而饲养火龙》——当然啦，已经有点过时了，但内容很全。要把蛋放在火里，因为火龙妈妈对着蛋呼气。你们看，这里写着呢，等它孵出来后，每半个小时喂它一桶鸡血白兰地酒。再看这里——怎样辨别不同的蛋——我得到的是一只挪威脊背龙。很稀罕的呢。”

他看上去很得意，赫敏却不以为然。

“海格，别忘了你住在木头房子里。”她说。

但是海格根本没有听。他一边拨弄着炉火，一边快乐地哼着小曲儿。

现在，他们又有新的事情要操心了：如果有人发现海格在他的小屋里非法饲养火龙，会把他怎么样呢？

“真想知道和平安宁的日子是什么样的。”罗恩叹着气说。一个晚上接一个晚上，他们奋力完成老师布置的一大堆家庭作业。赫敏已经开始为哈利和罗恩制订复习计划。这简直要把他们逼疯了。

然后，在一天吃早饭的时候，海德薇又给哈利捎来了一张海格的纸条。海格只在上面写了四个字：快出壳了。

罗恩不想上草药课了，想直奔海格的小屋。赫敏坚决不同意。

“赫敏，我们一辈子能看见几次小火龙出壳啊？”

“我们要上课，不然会惹麻烦的；如果有人发现了海格做的事情，他会比我们更倒霉——”

“别说了。”哈利小声警告。

马尔福就在离他们几步远的地方，停下来听他们说话。给他听去了多少？哈利真讨厌马尔福脸上的那副表情。

在草药课上，罗恩一直在和赫敏争论。最后，赫敏终于答应在上午课间休息时，和他们俩一起跑到海格的小屋里去看看。下课了，城堡里刚刚传出铃声，他们三个就扔下小铲子，匆匆跑过场地，朝禁林的边缘奔去。海格迎接了他们。他满面红光，非常兴奋。

“快要出来了。”他把他们让进小屋。

那只蛋躺在桌上，上面已经有了一条深深的裂缝。有什么东西在里面不停地动着，传出一种很好玩的咔嗒咔嗒的声音。

他们都把椅子挪得更靠近桌子，屏住呼吸，密切注视着。

突然，随着一阵刺耳的擦刮声，蛋裂开了。小火龙在桌上摇摇摆摆地扑腾着。它其实并不漂亮；哈利觉得它的样子就像一把皱巴巴的黑伞。多刺的翅膀与它瘦瘦的乌黑身体比起来，显得特别大。它还有一个长长的大鼻子，鼻孔是白色的，脑袋上长着角疙瘩，橘红色的眼睛向外突起。

它打了个喷嚏，鼻子里喷出几点火星。

“它很漂亮，是不是？”海格喃喃地说。他伸出一只手，摸了摸小火龙的脑袋。小火龙一口咬住他的手指，露出尖尖的长牙。

“天哪，你们看，它认识它的妈妈！”海格说。

“海格，”赫敏说，“挪威脊背龙长得到底有多快？”

海格正要回答，突然脸色刷地变白了——他一跃而起，奔向窗口。

“怎么回事?”

“刚才有人透过窗帘缝偷看——是个男孩——正往学校里跑呢。”

哈利一下子蹿到门边,向外望去。即使隔着一段距离,他也绝不会认错。

马尔福看见了小火龙。

在接下来的一个星期里,马尔福脸上隐藏的不怀好意的笑容使哈利、罗恩和赫敏非常不安。他们大部分课余时间都待在海格昏暗的小屋里,对他摆事实讲道理。

“你就让它走吧,”哈利劝道,“把它放掉。”

“我不能,”海格说,“它太小了,会死的。”

他们打量着小火龙。短短一个星期,它的长度已经是原来的三倍。一团团的烟从它鼻孔里喷出来。海格把看守猎场的工作撇在了一边,因为小火龙弄得他手忙脚乱。地上扔满了空白兰地酒瓶和鸡毛。

“我决定叫它诺伯,”海格用泪水模糊的眼睛看着小火龙,说,“它现在真的认识我了,你们看着。诺伯!诺伯!妈妈在哪儿?”

“海格,”哈利提高了嗓门,“再过两个星期,诺伯就会变得跟你的房子一样长。马尔福随时都可能去找邓布利多。”

海格咬着嘴唇。

“我——我知道不能永远养着它,可也不能就这样把它扔掉,不能啊。”

哈利突然转向罗恩。

“查理。”他说。

“你也犯糊涂了,”罗恩说,“我是罗恩,记住了吗?”

“不——查理——你的哥哥查理。在罗马尼亚,研究火龙的查理。我们不妨把诺伯送给他。查理可以照料它,然后把它放回野生环境里。”

“太棒了!”罗恩说,“怎么样,海格?”

最后,海格总算同意他们先派一只猫头鹰去问问查理。

再接下来的一个星期简直度日如年。星期三晚上，在别人都已上床睡觉之后，赫敏和哈利仍坐在公共休息室里。墙上的钟刚敲过十二点，肖像洞突然被打开了。罗恩脱下哈利的隐形衣，仿佛从天而降一般。他刚才到海格的小屋去帮他喂诺伯，诺伯现在开始吃装在板条箱里的死老鼠了。

"它咬了我！"罗恩说，给他们看他的手，上面包着沾满血迹的手绢，"我一星期都没法拿笔了。告诉你们吧，火龙是我见过的最可怕的动物，可是看海格对待它的样子，你还以为那是一只毛茸茸的小兔子呢。它咬了我以后，海格还不许我吓唬它。我走的时候，还听见海格在给它唱摇篮曲呢。"

漆黑的窗户上传来一阵拍打声。

"是海德薇！"哈利说，赶紧过去把它放了进来，"它肯定带来了查理的回信！"

三个人脑袋凑在一起，看那张纸条。

亲爱的罗恩：

你好吗？谢谢你给我写信——我很高兴收养那只挪威脊背龙，但是要把它弄到这儿来不太容易。我认为最好的办法是先把它送到我的几个朋友那里，他们下个星期要来看我。麻烦就在于，千万不能让别人看见他们非法携带一条火龙。

你能否在星期六的午夜，把脊背龙带到最高的塔楼上？他们可以在那里与你会面，趁着天黑把火龙带走。

请尽快给我回音。

爱你。

查　理

三个人面面相觑。

"我们有隐形衣呢，"哈利说，"应该不会太难——我认为隐形衣足够遮住我们两个人和诺伯。"

罗恩和赫敏立刻就同意了，这说明上个星期的日子多么难熬。怎么都行，只要能摆脱诺伯——还有马尔福。

事情出了麻烦。第二天早晨，罗恩被咬的那只手肿成了原来的两倍。他不知道去找庞弗雷女士是不是妥当——她会不会看出来这是被火龙咬的？然而到了下午，他就没有别的选择了。伤口变成了一种难看的绿颜色。看来诺伯的牙齿是有毒的。

一天的课上完之后，哈利和赫敏飞快地赶到医院，发现罗恩躺在床上，情况非常糟糕。

"不光是我的手，"他低声说，"虽然它疼得像要断了一样。更糟糕的是，马尔福对庞弗雷女士说要向我借一本书，这样他就进来了，尽情地把我嘲笑了一通。他不停地威胁说，他要告诉庞弗雷女士是什么东西咬了我——我对庞弗雷女士说是狗咬的，但我认为她并不相信——我不应该在魁地奇比赛时跟马尔福打架，他现在是报复我呢。"

哈利和赫敏竭力使罗恩平静下来。

"到了星期六午夜，就一切都结束了。"赫敏说，但这丝毫没有使罗恩得到安慰。恰恰相反，他腾地从床上坐了起来，急出了一身冷汗。

"星期六午夜！"他声音嘶哑地说，"哦，糟糕——哦，糟糕——我刚想起来——查理的信就夹在马尔福借走的那本书里，他一定知道我们要弄走诺伯了。"

哈利和赫敏还没有来得及回答，庞弗雷女士走了进来，叫他们离开，她说罗恩需要睡觉了。

"已经来不及改变计划了，"哈利对赫敏说，"我们没有时间再派一只猫头鹰去找查理，而且这大概也是我们摆脱诺伯的唯一机会。不得不冒一次险。我们有隐形衣呢，这是马尔福不知道的。"

他们去通知海格时，发现大猎狗牙牙坐在门外，尾巴上缠着绷带。海格打开窗户跟他们说话。

"我不能让你们进来，"他喘着气说，"诺伯现在很难对付——我拿它没有办法。”

他们把查理来信的事对他说了，他的眼里噙满泪水，不过这也可能是因为诺伯刚刚咬了他的腿。

“呵呵！没关系，它只咬了我的靴子——是在闹着玩呢——说到底，它还是个小毛娃啊。”

小毛娃用尾巴梆梆地敲着墙，震得窗户咔咔直响。哈利和赫敏走回城堡，心里盼望着星期六早点到来。

海格要跟诺伯告别了，哈利和赫敏如果不是忧心忡忡地想着即将采取的行动，一定会为海格感到难过的。那是一个漆黑的、阴云密布的夜晚，他们来到海格的小屋时已经有点晚了，因为皮皮鬼在门厅里对着墙壁打网球，他们只好一直等到他离开。

海格已经把诺伯装进了一个大板条箱，准备就绪了。

“给它准备了许多老鼠，还有一些白兰地酒，够它一路上吃喝的了。”海格用沉闷的声音说，“我还把它的玩具熊也放了进去，免得它觉得孤单。”

板条箱里传出了撕扯的声音，哈利觉得玩具熊的脑袋似乎被扯掉了。

“再见，诺伯！”海格抽抽搭搭地说，“妈妈不会忘记你的！”哈利和赫敏用隐形衣罩住板条箱，随即自己也钻到了袍子下面。

怎么把板条箱搬到塔楼上去呢，他们心里没底。随着午夜一分一秒地临近，他们抬着诺伯走上门厅的大理石台阶，走过漆黑一片的走廊。上了一层楼，又上一层楼——尽管哈利抄了近路，也一点儿不省劲。

“快到了！”他们到了最高的塔楼下边一层的走廊里，哈利喘着气说。

前面突然有了动静，吓得他们差点扔掉了手里的箱子。他们忘了自己已经隐形，赶紧退缩到阴影里，看着离他们十来步远的地方，两个黑乎乎的人影正在互相纠缠。一盏灯在闪亮。

是麦格教授，穿着格子花纹的晨衣，戴着发网，揪着马尔福的耳朵。

“关禁闭！”她喊道，“斯莱特林扣掉二十分！半夜三更到处乱逛，你怎么敢——”

“你没有明白，教授，哈利·波特要来了——他带着一条火龙！”

“完全胡说八道！你怎么敢编出这样的谎话！走——我倒要看看斯内普教授怎么处置你，马尔福！”

摆脱了马尔福之后，通向塔楼的那道很陡的旋转楼梯似乎是世界上最轻松的一段路程了。他们一直来到寒冷的夜空下，才脱掉了隐形衣。多好啊，终于又能自如地呼吸了。赫敏还跳起了一种快步舞。

“马尔福要被关禁闭了！我真想唱歌！”

“别唱。”哈利提醒她。

他们一边等待，一边咯咯地嘲笑马尔福。诺伯在箱子里剧烈地动个不停。大约十分钟后，四把扫帚突然从黑暗中降落了。

查理的朋友都是性情快活的人。他们给哈利和赫敏看了他们拴好的几道绳索，这样就能把诺伯悬挂在他们中间了。他们七手八脚地把诺伯安全地系在绳索上，然后哈利和赫敏跟他们握了握手，又对他们说了许多感谢的话。

终于，诺伯走了……走了……不见了。

哈利和赫敏悄悄走下旋转楼梯，总算摆脱了诺伯这个沉重的负担，他们的心情和手一样轻快。火龙走了——马尔福将被关禁闭——还有什么能破坏他们的这份喜悦呢？

答案就在楼梯下面等着呢。他们一跨进走廊，费尔奇的脸就突然从黑暗里显现出来。

“糟了，糟了，糟了，”哈利低声说，“我们有麻烦了。”

他们把隐形衣忘在塔楼顶上了。

第15章
禁　　林

事情糟得不能再糟了。

费尔奇把他们领到二楼麦格教授的书房，他们坐在那里，一句话也不说。赫敏浑身发抖。哈利的脑海里飞快地设想出许多为自己辩解的借口和理由，还编了一些谎话想蒙混过关，但发现它们一个比一个站不住脚。他不知道这次有什么办法摆脱困境。他们走投无路了。唉，他们怎么就这么糊涂，居然把隐形衣给忘了！无论摆出什么理由，麦格教授都不会原谅他们深更半夜不睡觉，在学校里鬼鬼祟祟地游荡，而且还爬到了最高的天文塔上，那里除了平常上课是不能上去的。再加上诺伯和隐形衣，他们早就该收拾行李回家了。

哈利认为事情糟得不能再糟了吗？他错了。当麦格教授回来时，她后面跟着纳威。

"哈利！"纳威一看见他们两个，就脱口而出，"我一直在找你们，想给你们提个醒儿，我听见马尔福说他要来抓你，说你有一条火龙——”

哈利拼命摆手，不让纳威再说下去，可是被麦格教授看见了。她高高耸立在他们三个人面前，似乎比诺伯更有可能喷出火来。

“我真不敢相信是你们几个人。费尔奇说你们到天文塔上去了。别忘了现在是凌晨一点钟。自己解释一下吧。”

这是赫敏第一次回答不出老师的提问。她低头盯着自己的拖鞋，像雕像一样一动不动。

“我认为我完全明白这是怎么回事，”麦格教授说，“要弄清楚来龙去脉，并不需要脑筋多么灵光。你们凭空编出一套谎话告诉德拉科·马尔福，说有一条火龙什么的，想把他从床上骗出来，害他倒霉。我已经抓住他了。没想到隆巴顿也听到了这套谎话并且信以为真，我猜你们觉得这很有趣吧？”

哈利捕捉到纳威的目光，想用无声的语言告诉他不是这么回事，因为纳威显得既吃惊又委屈。可怜的、莽莽撞撞的纳威——哈利知道，纳威在黑夜里跑出来寻找他们，要给他们提个醒，这需要多么大的勇气啊。

“我感到很气愤，”麦格教授说，“一晚上有四个学生不睡觉！这种事情我以前还从没听说过！你，格兰杰小姐，我原以为你头脑更清醒一些。至于你，波特先生，我原以为你是十分看重格兰芬多荣誉的。你们三个都要被关禁闭——是的，还有你，隆巴顿先生，不管是怎么回事，你都无权半夜三更在学校里乱逛，这是非常危险的——格兰芬多被扣掉五十分。”

“五十？”哈利觉得喘不过气来了——他们的领先地位保不住了，这名次还是他在上次魁地奇比赛中好不容易赢来的呢。

“每人五十分。”麦格教授说，长长的尖鼻子喷着粗气。

“教授——求求您——”

“您不能——”

“不用你告诉我说我能做什么，不能做什么，波特。好了，你们都上床去吧。我从没有像现在这样为格兰芬多的学生感到脸红。”

一下子丢掉一百五十分。这样一来，格兰芬多就落到最后一名了。

仅仅一个晚上,他们就摧毁了格兰芬多赢得学院杯的所有希望。哈利觉得心里一下子空落落的。这样大的损失,他们还有没有可能弥补呢?

哈利整夜无法入睡。他能听见纳威伏在枕头上哭泣,哭了很长时间。哈利不知道说什么话来安慰他。他知道纳威像他自己一样,都很害怕黎明的到来。当格兰芬多的其他学生知道了他们做的好事,会怎么样呢?

第二天,格兰芬多的学生们经过记录学院杯比分的巨大沙漏时,还以为出了什么差错。他们怎么可能突然比昨天少了一百五十分呢?随后,事情就慢慢传开了:哈利·波特,大名鼎鼎的哈利·波特,两次魁地奇比赛的英雄,竟然害得他们丢掉了这么多分数,他,还有另外两个愚蠢的一年级学生。

哈利原是学校里最受欢迎、最受敬佩的人物之一,现在一下子变成了众矢之的。就连拉文克劳和赫奇帕奇的学生也没有好脸色给他,因为大家本来一直希望看到斯莱特林输掉学院杯。哈利不管走到哪儿,人们都对他指指点点,而且说一些侮辱他的话时也并不把声音放低。另一方面,每当他从斯莱特林们身边走过时,他们总是又鼓掌又吹口哨,欢呼喝彩:"谢谢你,波特,你帮了我们一个大忙!"

只有罗恩和他站在一边。

"再过几个星期,他们就会把这些忘得一干二净的。弗雷德和乔治自从入学以来,就一直在丢分,人们照样很喜欢他们。"

"但他们从来没有一下子丢掉过一百五十分,是吗?"哈利忧伤地说。

"嗯——那倒没有。"罗恩承认。

损失已经造成,后悔也来不及了,哈利对自己发誓,从今往后,他再也不去多管闲事了。再也不偷偷摸摸地乱转,暗中监视什么了。他为自己感到非常羞愧,就去找伍德,表示要退出魁地奇球队。

"退出?"伍德大声斥责道,"那有什么用?如果我们赢不了魁地奇比赛,又怎么可能把分数挣回来呢?"

可是,对哈利来说,就连魁地奇也失去了原有的乐趣。训练时,其他队员都不跟他说话,如果不得不提到他,就管他叫"找球手"。

赫敏和纳威也很痛苦。他们的日子不像哈利那样难熬，因为没有他那么出名，但是也没有人愿意跟他们说话了。赫敏在班上不再抛头露面，总是低着头，默默地学习。

哈利简直很高兴快要考试了。他必须埋头复习，这使他暂时忘却了烦恼。他、罗恩和赫敏三个人总是单独在一起，每天复习到深夜，努力记住复杂的魔药配方，记住那些魔法和咒语，记住重大魔术发明和妖精叛乱的日期……

然而，就在考试前的一个星期，哈利不再多管闲事的决心受到了一次意外的考验。那天下午，他独自一个人从图书馆出来，听见有人在前面的教室里抽抽搭搭地哭泣。他走近几步，听出是奇洛的声音。

"不行——不行——不能再干了，求求你——"

听上去似乎有人在威胁他。哈利又走近了几步。

"好吧——好吧——"他听见奇洛在抽泣。

接着，奇洛匆匆走出教室，一边整理着他的围巾。他脸色苍白，好像快要哭出声来似的，大步地走出了哈利的视线。哈利觉得奇洛根本就没有注意到自己。他一直等到奇洛的脚步声听不见了，才朝教室里望去。里面空无一人，但另一边的那扇门开了一道缝。哈利正要走过去，突然想起他对自己的保证，再也不能多管闲事了。

不过，他愿意拿十二块魔法石打赌：刚才离开教室的是斯内普，从脚步声听，斯内普的步子陡然变得轻快了——看来奇洛终于投降了。

哈利返回图书馆，赫敏正在那里为罗恩测验天文学。哈利把他刚才听到的告诉了他们。

"这么说，斯内普终于得手了！"罗恩说，"如果奇洛告诉了他怎样解除他的反黑魔法咒语——"

"别忘了还有路威呢。"赫敏说。

"说不定斯内普已经知道了怎样通过路威，根本用不着去问海格。"罗恩说道，抬头看着他们周围的无数本书，"我敢说这里肯定藏着一本书，可以告诉你怎样通过一条三个脑袋的大狗。那么我们怎么办呢，哈利？"

渴望冒险的光芒又在罗恩的眼睛里闪烁，可是赫敏赶在哈利前面答话了。

“去找邓布利多。早就应该这么做了。如果我们再单独行动，肯定会被学校开除的。”

“可是我们没有证据！”哈利说，“奇洛怕得要命，肯定不会出来为我们作证。斯内普只需咬定他不知道万圣节前夕那个巨怪是怎么进来的，他根本没在四楼附近——你们说他们会相信谁，是斯内普还是我们？我们恨斯内普，这已经不是什么秘密，邓布利多会认为我们编出这套鬼话，是想害得斯内普被开除。费尔奇即使生命受到威胁也不会帮助我们的。他和斯内普的关系太密切了，而且他还会认为被开除的学生越多越好。还有，别忘了，我们是不应该知道魔法石和路威的，那要解释起来就太麻烦了。”

赫敏似乎被他说服了，可是罗恩没有。

“如果我们到处探听一下——”

“不行，”哈利干脆地说，“我们已经探听得够多的了。”

他把一张木星天文图拉到面前，开始复习木星卫星的名字。

第二天早晨，哈利、赫敏和纳威在早饭桌上都收到了字条。三张字条一模一样：

> 你的禁闭从今晚十一点开始。在门厅找费尔奇先生。
>
> 麦格教授

哈利自从丢了分数以后，就一直遭到人们的白眼和唾弃，他几乎忘记了还要被关禁闭的事。本来以为赫敏会抱怨一番，说又要耽误一晚上的复习时间，但她什么也没说。她和哈利一样，觉得他们理应受到这样的惩罚。

那天夜里十一点，他们在公共休息室里与罗恩告别，然后和纳威一起下楼来到门厅。费尔奇已经等在那里了——还有马尔福。哈利同样忘记了马尔福也是要关禁闭的。

“跟我来。”费尔奇说着，点亮一盏灯，领他们出去，“我认为，以后你们再想要违反校规，就要三思而行了，是不是，嗯？”他斜眼看着他们，继续说道，“哦，是啊……如果你们问我的话，我得说干活和吃苦是最好的老师……真遗憾他们废除了过去那种老派的惩罚方式……吊住你们的手腕，把你们悬挂在天花板上，一吊就是好几天。我办公室里还留着那些链条呢，经常给它们上上油，说不定哪一天就派上了用场……好了，走吧，可别想着逃跑。如果逃跑，你们更没有好果子吃。”

他们大步穿过漆黑的场地。纳威不停地抽着鼻子。哈利不知道他们将会受到什么惩罚。肯定非常可怕，不然费尔奇的口气不会这么欢快。

月光很皎洁，但不断有云飘过来遮住月亮，使他们陷入一片黑暗。哈利可以看见海格的小屋那些映着灯光的窗户。接着，听见远处传来一声喊叫。

“是你吗，费尔奇？快点儿，我要出发了。”

哈利的心欢腾起来；如果他们要和海格一起劳动，那就不算太糟。他一定在脸上表现出了这种宽慰的心情，只听费尔奇说：“你大概以为你会和那个蠢货一起玩个痛快吧？再好好想想吧，小子——你是要去禁林！如果你能安然无恙地出来，就算我估计错了。”

听了这话，纳威忍不住哼了一声，马尔福猛地停住了脚步。

“禁林？”他跟着说了一句，声音远不像平时那样冷静了，“我们不能在半夜里进去——那里面什么都有——我听说有狼人。”

纳威紧紧抓住哈利的衣袖，发出一声哽咽。

“那只能怪你自己，是不是？”费尔奇说，声音喜滋滋的，“你在惹麻烦之前，就应该想到这些狼人的，是不是？”

海格从黑暗中大步向他们走来，牙牙跟在后面。海格带着他的巨弩，肩上挂着装得满满的箭筒。

“时间差不多了，”他说，“我已经等了半个小时。怎么样，哈利？赫敏？”

“不应该对他们这么客气,海格,”费尔奇冷冰冰地说,“毕竟,他们到这里来是接受惩罚的。”

“所以你才迟到了,是吗?”海格冲费尔奇皱着眉头,说道,“一直在教训他们,嗯?这里可不是你教训人的地方。你的任务完成了,从现在起由我负责。”

“我天亮的时候回来,”费尔奇说,“收拾他们的残骸。”他恶狠狠地说罢,转身朝城堡走去,那盏灯摇摇摆摆地消失在黑暗中。

这时马尔福转向了海格。

“我不进那个禁林。”他说。哈利高兴地听出他声音里透着一丝惊恐。

“如果你还想待在霍格沃茨,就非去不可。”海格毫不留情地说,“你做了错事,现在必须付出代价。”

“但这是仆人的差使,不是学生干的。我还以为我们最多写写检查什么的。如果我父亲知道我在干这个,他会——”

“——告诉你霍格沃茨就是这样的。”海格粗暴地说,“写写检查!这对你有什么好处?你得做点有用的事,不然就得滚蛋。如果你认为你父亲情愿让你被开除,就尽管回城堡收拾行李去吧。走吧!”

马尔福没有动弹。他愤怒地看着海格,但随即又垂下了目光。

“好吧,”海格说,“现在仔细听着,今天晚上我们要做的事情非常危险,我不愿意让任何一个人冒险。先跟我到这边来。”

他领着他们来到禁林边缘,把灯高高举起,指着一条逐渐隐入黑色密林深处的羊肠小路。他们往禁林里望去,一阵微风吹拂着他们的头发。

“你们往那边瞧,”海格说,“看见地上那个闪光的东西了吗?银白色的?那就是独角兽的血。禁林里的一只独角兽被什么东西打伤了,伤得很重。这已经是一个星期里的第二次了。上星期三我就发现死了一只。我们要争取找到那只可怜的独角兽,使它摆脱痛苦。”

“如果那个伤害独角兽的东西先发现了我们,怎么办呢?”马尔福问,声音里含着无法抑制的恐惧。

“只要你和我或者牙牙在一起,禁林里的任何生物都不会伤害你。”海格说,“不要离开小路。好了,现在我们兵分两路,分头循着血迹寻找。到处都是血迹，显然，它至少从昨天晚上起，就一直跌跌撞撞地到处徘徊。”

“我要牙牙。”马尔福看着牙牙长长的牙齿，忙不迭地说。

“好吧，不过我提醒你，它可是个胆小鬼。”海格说，“那么，我、哈利和赫敏走一条路，马尔福、纳威和牙牙走另一条路。如果谁找到了独角兽，就发射绿色火花，明白吗？把你们的魔杖拿出来，练习一下——对了——如果有谁遇到了麻烦，就发射红色火花，我们都会过来找你——行了，大家多加小心——我们走吧。”

禁林里黑黢黢的，一片寂静。他们往里走了一段，就到了岔路口，哈利、赫敏和海格走左边的路，马尔福、纳威和牙牙走右边的路。

他们默默地走着，眼睛盯着地上。时不时地，一道月光从上面的树枝间洒下来，照亮落叶上一块银蓝色的血迹。

哈利看出海格显得很焦虑。

“会是狼人杀死了独角兽吗？”哈利问。

“不会这么快的，”海格说，“抓住一只独角兽很不容易，它们这种动物具有很强的魔法。我以前从没听说过独角兽受到伤害。”

他们走过一个布满苔藓的树桩。哈利可以听见潺潺的流水声，显然，附近什么地方有一条小溪。在蜿蜒曲折的小路上，仍然散落着斑斑点点的独角兽血迹。

“你没事吧，赫敏？”海格低声问，“不要担心，它伤得这样重，不可能走得很远，我们很快就能——不好，*快躲到那棵树后面去！*”

海格一把抓住哈利和赫敏，拎着他们离开了小路，藏到一棵高耸的栎树后面。他抽出一支箭，装在弩上，举起来准备射击。三个人侧耳细听。什么东西正在近旁的落叶上嗖嗖地滑行：那声音就像是斗篷在地面上拖曳。海格眯眼注视着漆黑的小路，几秒钟后，声音渐渐消失了。

“我知道了，”他喃喃地说，“有一样东西，它原本是不属于这里的。”

“狼人？”哈利问道。

“不是狼人，也不是独角兽。”海格肯定地说，“好了，跟我来吧，现在可得小心了。”

他们走得比刚才更慢了，竖着耳朵，捕捉着最细微的声音。突然，在前面的空地上，他们清清楚楚地看见了一个东西在动。

"谁在那儿？"海格喊道，"快出来——我带着武器呢！"

那东西应声走进了空地——到底是人，还是马？腰部以上是人，红色的头发和胡子，但腰部以下却是棕红色的发亮的马身，后面还拖着一条长长的红尾巴。哈利和赫敏吃惊地张大了嘴巴。

"哦，原来是你，罗南。"海格松了一口气，说道，"你好吗？"

他走上前，和马人握了握手。

"晚上好，海格。"罗南说，他的声音低沉而忧伤，"你想用弓箭射我？"

"不得不提高警惕啊，罗南，"海格一边说，一边拍了拍他的箭筒，"这片森林里有个坏家伙在到处活动。噢，对了，这是哈利·波特和赫敏·格兰杰，是上边那所学校里的学生。我来给你们俩介绍一下，这位是罗南，一个马人。"

"我们已经注意到了。"赫敏小声地说。

"晚上好，"罗南说，"你们是学生？在学校里学到的东西多吗？"

"嗯——"

"学到一点儿。"赫敏腼腆地说。

"学到一点儿，好，那就很不错了。"罗南叹了口气。他仰起头，凝视着天空。"今晚的火星很明亮。"

"是啊。"海格说着，也抬头看了一眼天空，"听我说，罗南，我很高兴我们碰见了你，因为有一只独角兽受伤了——你看见了什么没有？"

罗南没有马上回答。他眼睛一眨不眨地向上凝望着，接着又叹了口气。

"总是无辜者首先受害。"他说，"几百年来是这样，现在还是这样。"

"是啊。"海格说，"可是你有没有看见什么，罗南？看见什么异常的东西？"

"今晚的火星很明亮。"罗南又重复了一句，海格不耐烦地看着他。"异常明亮。"罗南说。

"不错，但我的意思是，有没有更加严重的异常情况？"海格说，"你没有注意到一些奇怪的动静吗？"

罗南还是迟迟没有回答。最后,他说:“森林里藏着许多秘密。”

罗南身后的树丛里突然有了动静,海格又举起了弩,结果那只是第二个马人,黑头发、黑身体,看上去比罗南粗野一些。

“你好,贝恩,”海格说,“近来好吗?”

“晚上好,海格,我希望你一切都好。”

“还可以吧。你瞧,我刚才正问罗南呢,你们最近在这儿有没有看见什么古怪的东西?有一只独角兽受了伤——你们知道一些情况吗?”

贝恩走过来站在罗南身边,抬头望着天空。

“今晚的火星很明亮。”他就说了这么一句。

“这句话我们已经听过了。”海格暴躁地说,“好吧,如果你们谁看见了什么,就赶紧来告诉我,好吗?那么我们走吧。”

哈利和赫敏跟在他后面走出空地,一边不住地扭头望望罗南和贝恩,直到树木挡住了视线。

“唉,从马人那里总是得不到直截了当的回答。”海格恼火地说,“总是仰头看着星星,真讨厌。他们除了月亮周围的东西,对任何事情都不感兴趣。”

“这里的马人多吗?”赫敏问。

“哦,有那么几个……他们大部分都跟自己的同类待在一起,不过心眼不错,每当我想跟他们说说话的时候,他们总能及时出现。这些马人深奥莫测……知道许多事情……却总是守口如瓶。”

“你说,我们先前听见的动静会不会也是一个马人?”哈利问。

“你觉得那像是马蹄声吗?如果你问我的话,我认为不是,那就是杀死独角兽的家伙——那种声音我以前从来没有听见过。”

他们继续在茂密、漆黑的树林间穿行。哈利总是紧张地扭头张望。他有一种很不舒服的感觉,好像有人在监视他们。他很高兴有海格和他的弩陪伴着他们。可是,刚拐过小路上的一个弯道,赫敏突然一把抓住海格的胳膊。

“海格!快看!红色火花,其他人有麻烦了!”

“你们俩在这儿等着!”海格喊道,“待在小路上别动。我去去就来。”

他们听见海格噼里啪啦地穿过低矮的灌木丛。哈利和赫敏站在那里对望着,心里非常害怕。渐渐地,海格走远了,他们只能听见周围树叶在风中沙沙作响的声音。

“你说,他们不会受伤吧,嗯?”赫敏小声问道。

“马尔福受伤我倒不在乎,可是如果纳威出了什么意外……都是我们拖累了他,害他到这里来受罚的啊。”

时间一分一秒过得很慢。他们的耳朵似乎比平常敏锐得多。哈利简直能捕捉到风的每一声叹息以及每根树枝折断的声音。出了什么事?其他人在哪儿?

最后,随着一阵嘎吱嘎吱的巨大响动,他们知道是海格回来了,马尔福、纳威和牙牙也跟他在一起。海格怒气冲冲的。情况似乎是这样的:马尔福搞了个恶作剧,他悄悄藏到纳威后面,然后一把抱住纳威。纳威吓坏了,就发射了红色火花。

“你们俩闹出了这么大动静,现在,我们要抓住那东西就全凭运气了。好吧,我们把队伍换一换——纳威,你跟我和赫敏在一起。哈利,你和牙牙,还有这个白痴一组。对不起,”海格又小声地对哈利说,“不过他要吓唬你可没那么容易,我们还是赶紧把事情办完吧。”

于是,哈利和马尔福、牙牙一起朝禁林中心走去。他们走了将近半个小时,越来越深入森林内部,后来树木变得极为茂密,小路几乎走不通了。哈利觉得地上的血迹也越来越密了。一棵树的根上溅了许多血,似乎那个可怜的动物曾在附近痛苦地扭动挣扎过。哈利透过一棵古老的栎树纠结缠绕的树枝,可以看见前面有一片空地。

“看——”他低声说,举起胳膊拦住马尔福。

一个洁白的东西在地上闪闪发光。他们一点点地向它靠近。

没错,那正是独角兽,它已经死了。哈利从没见过这样美丽、这样凄惨的情景。独角兽修长的腿保持着摔倒时的姿势,很不自然地直伸着;它的鬃毛铺在漆黑的落叶上,白得像珍珠一样。

哈利刚朝它跨近一步,突然一阵簌簌滑动的声音使他停住了脚,呆呆地站在原地。空地边缘的一丛灌木在抖动……接着,从阴影里闪出一个戴兜帽的身影在地上缓缓爬行，像一头渐渐逼近的野兽。哈利、马尔福和牙牙都呆若木鸡地站在那里。那个穿斗篷的身影来到独角兽身边，低下头去，对准尸体一侧的伤口，开始喝它的血。

“啊啊啊啊——！”

马尔福发出一声可怕的尖叫，撒腿就跑——牙牙也没命地逃走了。那戴兜帽的身影抬起头，一眼就看见了哈利——独角兽的血滴落在它胸前。它站起身，飞快地向哈利走来——哈利吓得动弹不得。

就在这时，一阵剧痛穿透哈利的头部，这是他以前从没有过的感觉，就好像他的伤疤突然着了火一般——他视线模糊，踉踉跄跄地向后退去。他听见身后有马蹄小跑的声音，什么东西从他头顶越过，朝那个身影扑去。

哈利的头疼得太厉害了，他扑通跪倒在地上，过了一两分钟才缓过劲来。当他抬起头时，那个戴兜帽的身影已经不见了。一个马人站在他身边，不是罗南，也不是贝恩，这个马人显得更年轻些。他的头发是白金色的，长着一副银鬃马的身体。

“你没事吧？”马人把哈利拉起来，问道。

“没事——谢谢你——刚才那是什么东西？”

马人没有回答。他的眼睛蓝得惊人，像淡淡的蓝宝石。他仔细地打量着哈利，目光停留在哈利额前那道鲜明而突出的伤疤上。

“你就是波特家的那个男孩，”他说，“最好回到海格身边去。森林里这个时候不太安全——特别是对你来说。你会骑马吗？这样可以快一些。

“我叫费伦泽。”他又补充了一句，一边弯下前腿，把身体放低，让哈利爬到他的背上。

突然，从空地另一边又传来了更多的马蹄声。罗南和贝恩从树丛中冲了出来，腹胁处剧烈地起伏着，汗水淋漓。

“费伦泽！”贝恩怒吼道，“你在做什么？你让一个人骑在你背上！你不觉得丢脸吗？难道你是一头普通的骡子？”

“你们有没有看清这是谁？”费伦泽说，“这是波特家的那个男孩。得让他赶紧离开这片森林，越快越好。”

“你都跟他说了些什么？”贝恩气冲冲地说，“记住，费伦泽，我们是发过誓的，绝对不能违抗天意。难道我们没有看出行星的运行所显示的预兆吗？”

罗南不安地用蹄子刨着地上的土。

“我相信费伦泽认为他这么做完全是出于好意。”罗南用他那忧伤的声音说道。

“出于好意！那件事和我们有什么关系？马人关心的是星象的预兆！我们没必要像驴子一样，追着在我们森林里迷路的人类乱跑！”

费伦泽气得突然用后腿直立起来，哈利只好紧紧抓住他的肩膀，才没有被摔下来。

“你们没有看见那只独角兽吗？”费伦泽咆哮着对贝恩说，“你们不明白它为什么被杀死了吗？还是行星没有向你们透露这个秘密？我一定要抵抗那个潜伏在我们森林里的家伙，贝恩。是的，如果必要的话，我要和人类站在一边。”

费伦泽说完，轻盈地转过身；哈利紧紧地贴在他身上，他们向树林深处冲去，把罗南和贝恩撇在了后面。

哈利完全不明白是怎么回事。

“贝恩为什么这样生气？”他问，“还有，刚才那是什么东西，你把我从它手里救了出来？”

费伦泽放慢脚步，提醒哈利把头低下，躲开那些低垂的树枝，但他对哈利的问题却避而不答。他们默默地在树林间穿行，许久没有说话，哈利还以为费伦泽不愿意再跟他说话了呢。然而，就在他们穿过一片特别茂密的树丛时，费伦泽突然停下了脚步。

“哈利·波特，你知道独角兽的血可以做什么用吗？”

“不知道，”哈利听到这个古怪的问题，不由得吃了一惊，说道，“我们在魔药课上只用了它的角和尾毛。”

“那是因为杀死一只独角兽是一件极其残暴的事。”费伦泽说，“只有自己一无所有，又想得到一切的人，才会犯下这样的滔天大罪。独角兽的血可以延续你的生命，即使你已经奄奄一息，但是你必须为此付出惨重的代价。你为了挽救自己的生命，屠杀了一个纯洁的、柔弱无助的生命，所以从它的血碰到你嘴唇的那一刻起，你拥有的将是一个半死不活的生灵，一条被诅咒的生命。”

哈利望着费伦泽的后脑勺，它在月光下闪着银色的斑点。

“可是，那个亡命徒是谁呢？”哈利大声说出了自己的疑问，“如果一辈子都要受到诅咒，那还不如死掉，是吗？”

“不错，”费伦泽表示赞同，“除非你只是用它拖延你的生命，好让你能够喝到另一种东西——一种能使你完全恢复精力和法力的东西——一种使你长生不老的东西。波特先生，你知道此刻是什么东西藏在学校里吗？”

“魔法石！当然啦——长生不老药！但我不明白是谁——”

“你难道想不到吗，有谁默默地等了这么多年，渴望东山再起？有谁紧紧抓住生命不放，在等待时机？”

一时间，就好像一只铁爪突然攫住了哈利的心脏。在风吹树叶的沙沙声中，他仿佛又一次听见海格在他们初次见面的那天晚上所说的话：“有人说他死了。我认为纯粹是胡说八道。他身上恐怕已经没有多少人性，所以他也就不可能去死。”

“难道你是说，”哈利用低沉而沙哑的声音说，“是伏地——”

“哈利！哈利，你没事吧？”

赫敏沿着小路向他们跑来，海格气喘吁吁地跟在后面。

“我很好。”哈利说，他简直不知道自己在说什么，“独角兽死了，海格，就在那边的空地上。”

“我就把你留在这儿吧，”费伦泽在海格赶去查看独角兽尸体时低声说，“你现在没有危险了。”

哈利从他背上滑了下来。

“祝你好运，哈利·波特。”费伦泽说，“以前，命运星辰就曾被人误解过，即使马人也免不了失误，我希望这次也是这样。”

他转过身，撇下浑身发抖的哈利，慢慢跑回了森林深处。

罗恩在黑暗的公共休息室里等他们回来，不知不觉睡着了。当哈利粗暴地摇醒他时，他嘴里正嚷嚷着一些魁地奇比赛犯规之类的话。不过，几秒钟后，他就完全清醒过来，睁大了眼睛，专心地听哈利对他和赫敏讲述禁林里发生的事情。

哈利激动得坐不下来。他在炉火前踱来踱去，身上仍然在发抖。

“斯内普要替伏地魔弄到魔法石……伏地魔在禁林里等着……我们还以为斯内普只是想靠魔法石发财……”

“别再说那个名字了！”罗恩惊恐地小声说，仿佛担心伏地魔会听见似的。

哈利不听他的。

“费伦泽救了我，他不应该这样做的……贝恩非常恼火……说什么这样会扰乱命运星辰预示的事情……星象一定显示了伏地魔要卷土重来……贝恩认为费伦泽应该让伏地魔杀死我……我猜想那也在星象中显示着呢。”

“你能不能别再说那个名字！”罗恩压低了声音说。

“所以我现在只能等着斯内普去偷魔法石，”哈利极度兴奋地继续往下说，“然后伏地魔就上这儿来，把我干掉……好，我想这下子贝恩该高兴了。”

赫敏显得非常害怕，但她仍然想出话来安慰哈利。

“哈利，大家都说，神秘人一直害怕的只有邓布利多。有邓布利多在这里，神秘人不会伤你一根毫毛的。而且，谁说马人的话就一定正确？我觉得那一套听上去像是算命，麦格教授说，那是一类很不精确的魔法。”

天色渐渐发亮了，他们才停止了谈话，嗓子又干又痛，精疲力竭地上床睡觉。然而，这晚上还有一个意外在等着哈利呢。

哈利拉开床单时，发现他的隐形衣叠得整整齐齐，放在床单下面。隐形衣上还别了一张纸条，写着：

以防万一。

第16章

穿越活板门

哈利恐怕永远也记不清，他是怎样通过那些考试的，因为那些日子他整天提心吊胆，随时提防着伏地魔破门而入。不过随着时间一天天地过去，似乎路威仍然在那扇紧锁的门后面，安然无恙地活着。

天气十分闷热，他们答题的大教室里更是热得难受。老师发给他们专门用于考试的新羽毛笔，都是被念了防作弊咒的。

另外还有实际操作的考试。弗立维教授叫同学们挨个儿走进教室，看他们能不能使一只凤梨跳着踢踏舞走过一张书桌。麦格教授看着他们把一只老鼠变成一个鼻烟盒——盒子越精美，分数越高；如果盒子上还留着老鼠的胡须，就要扣分。考魔药学时，他们拼命回忆遗忘药水的调配程序。斯内普站在背后密切地注视着，同学们的脖子后面都能感觉到他的呼吸，这使他们心里非常紧张。

哈利全心全意地投入考试，尽量忘记前额上剧烈的刺痛。自从他上次从禁林里回来，这种疼痛的感觉就一直纠缠着他。纳威看到哈利整夜睡不好觉，以为他患了严重的考试恐惧症。实际上，哈利是不断被过去的那个噩梦惊醒，而且现在比过去更糟，因为噩梦里又多了一个戴着兜帽、嘴角滴着鲜血的身影。

罗恩和赫敏倒不像哈利这样整日为魔法石担心，这也许是因为他们没有看见哈利在禁林里遭遇的情景，也许是因为他们的前额上没有那道烧灼般疼痛的伤疤。伏地魔确实令他们害怕，但他只是一个抽象的概念，并没有来纠缠他们的梦境，而且他们整天忙着复习功课，也没有时间去操心斯内普或其他什么人可能会采取的行动。

最后一门考的是魔法史。只要再坚持一个小时，回答出是哪几个古怪的老巫师发明了自动搅拌坩埚，他们就自由了，就可以轻轻松松地玩上整整一个星期，直到考试成绩公布。当宾斯教授的幽灵叫他们放下羽毛笔，把答题的羊皮纸卷起来时，哈利忍不住和其他同学一道欢呼起来。

“比我原先以为的容易多了，”当他们随着人群一起来到外面阳光灿烂的场地上时，赫敏说道，“我其实不需要去记‘一六三七年的狼人行为准则’，以及小精灵叛乱的经过。”

赫敏总喜欢在考完之后再重温一遍考试内容，但罗恩说这使他感到恶心。于是他们慢悠悠地顺坡而下，来到湖边，一屁股坐在树下。那边，一只大鱿鱼躺在温暖的浅水里晒太阳，韦斯莱孪生兄弟和李·乔丹正在轻轻拨弄它的触须。

“多好啊，再也不用复习了。”罗恩快活地吐了口气，伸展四肢躺在草地上，“哈利，高兴一点嘛，一个星期以后我们才会知道考得多么糟糕，没必要现在就为这个操心。”

哈利揉着他的前额。

“我真想知道这是什么意思！”他突然恼火地说，“我的伤疤一直在疼——以前曾经疼过，但从来不像现在这样频繁发作。”

“去找庞弗雷女士看看吧。”赫敏提议道。

“我没有生病，”哈利说，“我认为这是一个警告……意味着危险即将来临……”

罗恩打不起精神来，天气实在太热了。

"哈利，放松一点儿，赫敏说得对，只要有邓布利多在，魔法石就不会有危险。不管怎么说，我们没有发现任何证据，能够确定斯内普打听到了通过路威的办法。他上次差点被咬断了腿，不会匆匆忙忙再去冒险尝试的。假如连海格都背叛邓布利多，那么纳威就可以入选英格兰魁地奇球队了。"

哈利点了点头，却怎么也摆脱不了一种隐隐约约的感觉，似乎他忘了做一件事，一件非常重要的事。当他想对两个朋友解释这种感觉时，赫敏说："这都是考试在作怪。我昨天夜里醒来，忙着复习变形课的笔记，随后才突然想起那门课已经考过了。"

然而，哈利可以确定，那种不安的感觉与考试没有丝毫关系。他望着一只猫头鹰扑扇着翅膀掠过蔚蓝色的天空，往学校的方向飞去，嘴里叼着一张纸条。只有海格一个人给他写过信。海格是永远不会背叛邓布利多的。海格绝不会告诉任何人通过路威的办法……绝不会的……可是——

哈利突然一跃而起。

"你到哪儿去？"罗恩带着困意问。

"我突然想起了一件事。"哈利说，脸色变得煞白，"我们必须马上去找海格。"

"为什么？"赫敏喘着气问，竭力赶上他。

"你们难道不觉得有些奇怪吗？"哈利一边匆匆跑下草坡，一边说道，"海格最希望得到的是一条火龙，而一个陌生人的口袋里偏巧就装着一只火龙蛋？有多少人整天带着火龙蛋走来走去？要知道那是违反巫师法律的呀！你们难道不觉得，他们能找到海格不是太幸运了吗？我怎么以前就没有想到这一点呢？"

"你到底想做什么？"罗恩问，但是哈利只顾飞跑着穿过场地，往禁林的方向奔去，没有回答他的问题。

海格坐在小屋外面的一把椅子上，裤管高高地挽起，对着一个大碗，忙着剥豌豆荚。

"你好,"他笑着说,"考试结束了?有时间喝杯茶吗?"

"好的,谢谢。"罗恩说,可是哈利打断了他。

"不了,我们有急事。海格,我有一件事要问你。你还记得你玩牌赢得诺伯的那天晚上吗?和你一起玩牌的那个陌生人长得什么样儿?"

"不知道,"海格漫不经心地说,"他不肯脱掉他的斗篷。"

他看见三个孩子脸上立刻显出惊愕的神情,不由得吃惊地扬起了眉毛。

"这有什么好奇怪的,猪头酒吧——就是村里的那个酒吧,总是有一些稀奇古怪的家伙光顾。那家伙兴许是个卖火龙的小贩吧。我一直没有看清他的脸,他戴着兜帽呢。"

哈利扑通跌坐在那一碗豌豆旁边。

"你当时跟他说了什么,海格?你提到霍格沃茨没有?"

"兴许提到了吧。"海格皱着眉头使劲回忆,"对了……他问我是做什么的,我就告诉他我是这里的猎场看守……他又稍微问了问我照看的是哪些动物……我就告诉他了……然后我说我一直特别想要一条火龙……后来……我记不太清了,他不停地买酒给我喝……让我再想想……对了,后来他说他手里有一个火龙蛋,如果我想要,我们可以玩牌赌一赌……但他必须弄清我有没有能力对付这条火龙,他可不希望火龙到时候跑出去惹是生非……于是我就对他说,我连路威都管得服服帖帖,一条火龙根本不算什么……"

"他是不是显得——显得对路威很感兴趣?"哈利问,竭力使自己的口吻保持平静。

"没错——挺感兴趣的——你能碰到几条三个脑袋的狗呢,即使在霍格沃茨附近?所以我就告诉他,路威其实很容易对付,你只要知道怎样使它安静下来,放点音乐给它听听,它就马上睡着了——"

海格脸上一下子露出惊恐的表情。

"我不应该把这个告诉你们的!"他脱口说道,"把我说的话忘掉吧!喂——你们上哪儿去?"

哈利、罗恩和赫敏一路上没有交换一句话,一直跑进门厅才停住脚步。刚从外面的场地上进来，门厅里显得格外阴冷、黑暗。

“我们必须去找邓布利多，”哈利说，“海格把通过路威的方法告诉了一个陌生人，那个穿斗篷的不是斯内普，就是伏地魔——他只要把海格灌醉，就很容易套出他的话来。我只希望邓布利多能相信我们。只要贝恩不出来阻拦，费伦泽是会为我们作证的。邓布利多的办公室在哪儿？”

他们环顾四周，似乎指望着看到一个指示牌为他们指点方向。从来没有人告诉过他们邓布利多住在哪儿，他们也不知道有谁曾被带去见过校长。

“我们只好——”哈利的话没说完，门厅那头突然响起一个声音。

“你们三个待在屋里做什么？”

是麦格教授，怀里抱着一大摞书。

“我们想见邓布利多教授。”赫敏说。哈利和罗恩认为她表现得非常勇敢。

“想见邓布利多教授？”麦格教授重复了一句，似乎他们有这样的想法是非常可疑的，“为什么？”

哈利咽了一口唾沫——怎么说呢？

“这是一个秘密。”话一出口，他立刻就希望自己没有这么说，因为麦格教授生气了，她的鼻翼扇动着。

“邓布利多教授十分钟前离开了。”她冷冰冰地说，“他收到猫头鹰从魔法部送来的紧急信件，立刻飞往伦敦去了。”

“他走了？”哈利万分焦急地说，“在这个时候？”

“邓布利多教授是一个非常了不起的巫师，日理万机，时间宝贵——”

“可是这件事非常重要。”

“你们要说的事比魔法部还重要吗，哈利？”

“是这样，”哈利说，他把谨慎抛到了九霄云外，“教授——是关于魔法石的——”

麦格教授无论如何也没有想到会是这件事。她怀里的书稀里哗啦地掉到地板上，她没有去捡。

“你们怎么知道——”她结结巴巴地问。

“教授,我认为——我知道——斯内——有人试图去偷魔法石。我必须和邓布利多教授谈谈。”

麦格教授用交织着惊愕和怀疑的目光看着他。

“邓布利多教授明天回来。”她最后说道,“我不知道你是怎么打听到魔法石的,不过请放心,没有人能够把它偷走,它受到严密的保护,万无一失。”

“可是教授——”

“波特,我知道自己在说什么。”她不耐烦地说,然后弯下腰,捡起掉在地上的书,“我建议你们到户外去晒晒太阳。”

但是他们没有这么做。

“就在今晚,”哈利确定麦格教授走远了听不见时,赶紧说道,“斯内普今晚就会穿过活板门了。他所需要的东西都弄到了,现在又把邓布利多骗离了学校。那封信准是他送来的,我敢说魔法部看到邓布利多突然出现,一定会大吃一惊。”

“可是我们能有什么——”

赫敏猛地吸了一口冷气。哈利和罗恩转过身来。

斯内普站在那里。

“下午好。”他用圆滑的口吻说。

他们呆呆地盯着他。

“在这样的天气,你们不应该待在屋里。”他说,脸上肌肉扭曲,露出一个古怪的笑容。

“我们刚才在——”哈利说,其实他也不知道自己要说什么。

“你们需要小心一些。”斯内普说,“像这样到处乱逛,别人会以为你们想干什么坏事呢。格兰芬多可经不起再丢分了,是吗?”

哈利脸红了。他们转身朝外面走,可是斯内普又把他们叫了回去。

“提醒你一句,波特——如果你再在半夜三更到处乱逛,我要亲自把你开除。祝你愉快。”

他大步朝着教工休息室的方向走去。

三个人一来到外面的石阶上,哈利就转身看着罗恩和赫敏。

“好吧,我们现在必须这么做,”他急切地小声说,“一个人负责监视斯内普——等在教工休息室外面,如果他出来,就跟着他。赫敏,这件事最好由你来办。”

“为什么是我?”

“那还用说,”罗恩说,“你可以假装在等弗立维教授。”他装出一种尖细的女声,“哦,弗立维教授,我太担心了,我觉得我第十四题选B可能选错了……”

“呸,闭嘴。”赫敏说,但她还是同意去盯住斯内普。

“我们俩最好待在四楼的走廊外面。”哈利对罗恩说,“走吧。”

但是这一部分计划没有执行成功。他们刚来到那道把路威与学校其他地方隔开的门口,麦格教授就突然出现了,这次她忍不住大发脾气。

“我想,你们大概以为自己比一大堆魔法咒语还厉害吧?”她咆哮着说,“够了,别胡闹了! 如果下次我听说你们又跑到这儿来,就给格兰芬多扣掉五十分! 是的,韦斯莱,给我自己的学院扣掉五十分!”

哈利和罗恩灰溜溜地返回公共休息室。哈利刚说了一句“至少有赫敏盯着斯内普呢”,就看见胖夫人的肖像猛地转开,赫敏钻了进来。

“对不起,哈利!”她呜咽着说,“斯内普出来了,他问我在那里做什么,我说在等弗立维。斯内普就去找他,我只好赶紧跑开了。我不知道斯内普现在去哪儿了。”

“好吧,看来只能这样了,是吧?”哈利说。

赫敏和罗恩都盯着他,只见他脸色苍白,眼睛炯炯发亮。

“我今晚偷偷从这里溜出去,我要争取先把魔法石弄到手。”

“你疯了!”罗恩说。

“你不能这样做!”赫敏说,“你没听见麦格和斯内普说的话吗? 你会被开除的!”

“那又怎么样?”哈利大声说,“你们难道不明白吗? 如果斯内普弄到了魔法石,伏地魔就会回来! 你们难道没有听说,当年他想独霸天下时,这里是个什么情形吗? 如果让他得手,霍格沃茨就不会存在了,也就无所谓开除不开除了！他会把学校夷为平地，或者把它变成一所专门传授黑魔法的学校！你们难道看不出来，现在丢不丢分已经无关紧要了？你们难道以为，只要格兰芬多赢得了学院杯，他就会放过你们和你们的全家吗？如果我没来得及拿到魔法石就被抓住了，那么，我就只好回到德思礼家，等着伏地魔到那儿去找我。那也只是比现在晚死一点而已，因为我是绝不会去投靠黑魔势力的！我今晚一定要穿过那道活板门，你们俩说什么都拦不住我！伏地魔杀死了我的父母，记得吗？”

他气冲冲地瞪着他们。

“你是对的，哈利。”赫敏细声细气地说。

“我要用上我的隐形衣，”哈利说，“幸亏它失而复得。”

“但是它能把我们三个人都罩住吗？”

“我们——我们三个人？”

“哦，别傻了，你难道以为我们会让你单独行动吗？”

“当然不会。”赫敏泼辣地说，“你怎么会想到撇下我们，独自一个人去找魔法石呢？我最好去翻翻我的那些书，也许能找到一些有用的……”

“可是如果我们被抓住了，你们两个也会被开除的。”

“也许不会，”赫敏十分坚决地说，“弗立维偷偷告诉我说，我在他那门课的考试中得了一百一十二分。这么高的分数，他们是舍不得把我赶走的。”

吃过晚饭，他们三个紧张地避开别人，坐在公共休息室里。没有人来理会他们；实际上，格兰芬多的学生们现在都没有话要对哈利说了。很多天来，哈利第一次不为这件事感到难过。赫敏忙着翻阅她所有的笔记，希望能碰巧看到一道他们待会儿要去解除的魔咒。哈利和罗恩很少开口说话，心里都在想着即将要做的事情。

同学们一个个上床睡觉去了，公共休息室里的人渐渐减少。

“可以去拿隐形衣了。”罗恩说。这时，李·乔丹也终于伸着懒腰、打着哈欠离去了。哈利跑到楼上，冲进他们漆黑的宿舍，取出隐形衣。就在这时，他无意间看见了圣诞节时海格送给他的那支笛子。他把笛子装进口袋，准备用它去对付路威——他觉得自己没有心情唱歌给那条大狗听。

他快步跑回公共休息室。

"我们最好在这里就穿上隐形衣，看看它能不能把我们三个都遮住——如果费尔奇看见一双脚自己在地上走——"

"你们在做什么？"房间的角落里响起一个人的声音。纳威从一把扶手椅后面闪了出来，手里抓着他的那只蟾蜍莱福。看样子，刚才莱福又为获得自由而抗争了一番。

"没什么，纳威，没什么。"哈利说着，赶紧把隐形衣藏在背后。

纳威盯着他们做贼心虚的脸。

"你们又打算出去。"他说。

"没有，没有，"赫敏说，"我们才不想出去呢。纳威，你为什么不去睡觉呢？"

哈利看了看门边的那台老爷钟。他们不能再耽搁时间了，斯内普大概已经在奏音乐，哄路威入睡了。

"你们不能出去，"纳威说，"还会被抓住的。那样的话，格兰芬多可就变得更倒霉了。"

"你不明白，"哈利说，"这件事非常重要。"

可是纳威这次像是铁了心，不顾一切地要阻拦他们。

"我不让你们这样做。"他说着，赶过去挡在肖像洞口前面，"我要——我要跟你们较量一下！"

"纳威，"罗恩勃然大怒，"快从那洞口闪开，别做一个白痴——"

"不许你叫我白痴！"纳威说，"我认为你们不应该再违反校规了！而且当初是你们鼓励我勇敢地反抗别人的！"

"没错，但不是反抗我们呀。"罗恩气急败坏地说，"纳威，你根本不知道你在做什么。"

他向前跨了一步，纳威扔掉手里的蟾蜍莱福，那小东西三跳两跳就不见了。

“来吧，过来打我呀！”纳威举起两只拳头，说道，“我准备好了！”

哈利转向赫敏。

“想想办法吧。”他焦急地说。

赫敏走上前去。

“纳威，”她说，“这么做我真是非常非常抱歉。”

她举起魔杖。

“统统石化！”她把魔杖对准纳威，大喊了一声。

纳威的手臂啪地贴在身体两侧，双腿立正，站得笔直。他的整个身体变得僵硬了，原地摇摆了几下，便扑通一声倒在地上，看上去像木板一样硬邦邦的。

赫敏跑过去把他翻转过来。纳威的上下牙床锁在一起，说不出话来。只有他的眼珠在转动，惊恐地望着他们。

“你把他怎么了？”哈利小声问道。

“这是全身束缚咒。”赫敏难过地说，“哦，纳威，我真是太抱歉了。”

“你以后会明白的，纳威。”罗恩说，然后他们从纳威身上跨过去，穿上了隐形衣。

可是，撇下纳威躺在地板上动弹不得，他们总觉得这不是一个好兆头。在情绪高度紧张的情况下，阴影里的每一座雕塑都像是费尔奇的身影，而远处传来的每一丝风声，听上去都像是皮皮鬼在朝他们猛扑过来。

就在他们准备登上第一道楼梯时，突然看见洛丽丝夫人躲藏在楼梯顶上。

“哦，我们踢它一脚吧，就踢这一次。”罗恩在哈利耳边悄悄地说，可是哈利摇了摇头。他们小心地绕过洛丽丝夫人，它用两只贼亮亮的眼睛朝他们望来，但是什么也没有看见。

他们一路没有碰到一个人，顺利地来到通往四楼的楼梯口。只见皮皮鬼正蹦蹦跳跳地往楼上走，一边把楼梯上铺的地毯扯松，想害得别人摔倒。

“那是谁？”他们踏上楼梯，迎面向他走去时，皮皮鬼突然眯起那双总喜欢恶作剧的黑眼睛说道，“我知道你就在那儿，虽然我看不见。你是食尸鬼，还是幽灵，还是学生小鬼头？”

他升到半空中停住，眯起眼朝他们这边望着。

“有个看不见的东西在这里鬼鬼祟祟地乱窜，我应该去向费尔奇汇报。”

哈利灵机一动，有了个主意。

“皮皮鬼，”他用嘶哑的声音轻轻说，“血人巴罗不想被别人看见，自然是有他的道理。”

皮皮鬼大吃一惊，差点从空中摔下来。他及时稳住身子，在楼梯上方一英尺的地方盘旋着。

“对不起，血人大人，巴罗先生，爵爷，”他甜言蜜语地说，“都怪我，都怪我——我没有看见您——我当然看不见，您隐形了嘛——请原谅小皮皮鬼的这个小小玩笑吧，爵爷。”

“我在这里有事要办，皮皮鬼，”哈利低声吼道，“今晚不许再到这里来。”

“遵命，爵爷，我一定遵命。”皮皮鬼说着，又重新升到空中，“希望您事情办得顺利，巴罗大人，我就不打扰您了。”

他说完便飞快地逃走了。

“真精彩，哈利！”罗恩小声说。

几秒钟后，他们就来到了四楼的走廊外面——那扇门已经开了一道缝。

“怎么样，看到了吧，”哈利悄声说道，“斯内普已经顺利通过了路威。”

看到那扇半开的门，他们似乎更明确地意识到了即将面临的一切。哈利在隐形衣下扭头看着罗恩和赫敏。

“如果你们现在想打退堂鼓，我不会怪你们。”他说，“你们可以把隐形衣带走，我已经不需要它了。”

“别说傻话。”罗恩说。

“我们一起去吧。”赫敏说。

哈利把门推开了。

随着吱吱嘎嘎的开门声，他们耳边立刻响起了低沉的狂吠。大狗虽然看不见他们，但它那三个鼻子全朝着他们这边疯狂地抽动、嗅吸着。

“它脚边是什么东西？”赫敏小声问道。

“看样子像一把竖琴，”罗恩说，“肯定是斯内普留下来的。”

“显然只要音乐一停，它就会马上醒来。”哈利说，“好吧，你听着吧……”

他把海格的笛子放到嘴边，吹了起来。他吹得不成调子，但刚吹出第一个音符，大狗的眼睛就开始往下耷拉。哈利几乎是不歇气地吹着。慢慢地，大狗的狂吠声停止了——它摇摇摆摆地晃了几晃，膝盖一软跪下，然后就扑通倒在地板上，沉沉睡去。

“接着吹，别停下。”罗恩提醒哈利，与此同时，他们脱去隐形衣，蹑手蹑脚地朝活板门走去。靠近那三颗巨大的脑袋时，可以感觉到大狗那热乎乎、臭烘烘的气息。

“我想我们可以把活板门拉开了。”罗恩一边说，一边望着大狗的身后，“赫敏，你愿意第一个下去吗？”

“不，我可不愿意！”

“好吧。”罗恩咬了咬牙，小心地从大狗的腿上跨了过去。他弯下腰，拉动活板门上的拉环，门一下子敞开了。

“你能看见什么？”赫敏着急地问道。

“什么也看不见——一片漆黑——也没有梯子可以下去，我们只好跳了。”

哈利一边仍在吹着笛子，一边朝罗恩挥了挥手，引起他的注意，又用手指了指自己。

“你想第一个下去？真的吗？”罗恩说，“我不知道这个洞有多深。把笛子给赫敏，让她继续哄大狗睡觉。”

哈利把笛子递了过去。在音乐停顿的这几秒钟里，大狗又咆哮起来，并开始扭动身子，可是赫敏刚把笛子吹响，它就又沉沉地睡去了。

哈利从大狗身上爬了过去，从那个洞口往下看。下面深不见底。

他慢慢顺着洞口滑下去，最后只靠十个手指攀住洞口边缘。他抬头看着罗恩说：“如果我出了什么意外，你们别跟着下来。直接到猫头鹰棚屋，派海德薇给邓布利多送信，行吗？”

“好吧。”罗恩说。

“过会儿见，我希望……”

哈利松开了手，寒冷、潮湿的空气在他耳边呼呼掠过。他向下坠落，坠落，坠落，然后——

扑通。随着一声奇怪而沉闷的撞击声，哈利落到了一个柔软的东西上。他坐起来，朝四下里摸索着。他的眼睛还没有适应这里昏暗的光线。他觉得自己仿佛是坐在某种植物上面。

“没问题！”他冲着洞口喊道，现在洞口看上去只是邮票大小的一块光斑，“是软着陆，你们可以跳了！”

罗恩紧接着就跳了下来。他四肢着地，落在哈利身边。

“这是什么玩意儿？”他一开口就问。

“不知道，好像是一种植物。大概是铺在这里减轻坠落时的碰撞的。来吧，赫敏！”

远处的笛声停止了。大狗又发出了响亮的狂吠，但是赫敏已经跳了下来。她落在哈利的另一边。

“我们一定离学校很远很远了。”她说。

“说实在的，幸好有这堆植物铺在这里。”罗恩说。

“幸好什么！”赫敏尖叫起来，“看看你们两个！”

她猛地跳起来，挣扎着朝一面潮湿的墙壁移动。她之所以这样挣扎，是因为她刚一落下，那植物就伸出蛇一般的卷须，缠住了她的脚脖子。而哈利和罗恩呢，他们在不知不觉中已经被长长的藤蔓缠住了双腿。

赫敏在藤蔓还没来得及把她牢牢抓住之前，总算挣脱了出去。此刻她惊恐地看着两个男孩拼命撕扯那些藤蔓，但是他们越是挣脱，藤蔓就缠得越快、越紧。

“别动了！”赫敏对他们喝道，“我知道这是什么了——这是魔鬼网！”

“哦，我真高兴，总算知道它叫什么名字了，这对我们大有帮助。”罗恩气呼呼地说，向后躲闪着，不让藤蔓缠住他的脖子。

“你给我闭嘴，我正在想怎么把它杀死！”赫敏说。

“拜托你快点想，我透不过气来了！”哈利大喘着气说，拼命扯住一根要缠住他胸脯的藤蔓。

“魔鬼网，魔鬼网……斯普劳特教授是怎么说的？说它喜欢阴暗和潮湿——”

“那么就点火烧它！”哈利几乎要窒息了。

“是啊——当然可以——可是这里没有木柴啊！”赫敏大声说道，焦急地拧着双手。

“你疯了吗？”罗恩吼道，“你到底是不是巫师？”

“哦，对了！”赫敏说着，一把抽出魔杖，挥动着，嘴里念念有词，然后就像那次对付斯内普一样，让魔杖头上射出一道蓝色风铃草般的火焰。在短短几秒钟内，两个男孩就觉得藤蔓在退缩着躲避光明和温暖，松开了对他们的纠缠。藤蔓扭曲着，抽动着，自动松开了缠绕在他们身上的卷须，哈利和罗恩终于完全挣脱了出来。

“幸亏你在草药课上听得很认真，赫敏。”哈利说道，他和赫敏一样退到墙边，擦着脸上的汗。

“是啊，”罗恩说，“也幸亏哈利在关键时刻没有像你一样慌了手脚——‘可是这里没有木柴啊’，真是的！”

“这边走。”哈利指着一道石头走廊说道。这是唯一可走的路。

他们听见，除了他们自己的脚步声外，还有水顺着墙壁缓缓滴落的声音。这道走廊顺坡而下，这使哈利联想到了古灵阁。他的心猛地跳动了一下，想起了传说中看守巫师银行金库的那些火龙。如果他们碰到一条火龙，一条完全成年的大火龙——诺伯就已经够难对付的了……

“你能听见什么动静吗？”罗恩小声问。

哈利侧耳细听。前面似乎传来了轻轻的沙沙声和叮叮当当的声音。

“会不会是一个幽灵？”

“我不知道……好像是翅膀扇动声。”

“前面有亮光——我看见有什么东西在动。”

他们来到走廊尽头，面前是一间灯火通明的房间，上面是高高的拱顶形天花板。无数只像宝石一般光彩夺目的小鸟，扑扇着翅膀在房间里到处飞来飞去。房间对面有一扇厚重的木门。

"你说，如果我们穿过房间，它们会朝我们发动进攻吗？"罗恩问。

"有可能。"哈利说，"它们看样子倒不太凶恶，但如果一下子全部冲过来，恐怕……管它呢，反正也没有别的办法……我跑过去。"

他深深吸了口气，用手臂挡住面孔，飞快地冲到房间的另一头。他以为随时都会有尖利的嘴巴和爪子来撕扯他，结果却平安无事。他毫发无损地来到那扇门边，拉了拉把手，门是锁着的。

罗恩和赫敏也跟了过来。他们一起又拉又推，可是木门纹丝不动，赫敏又试了试她的阿拉霍洞开咒，也无济于事。

"怎么办？"罗恩问。

"这些鸟……它们不可能只是用来做装饰的。"赫敏说。

三个人注视着那些小鸟在头顶上飞来飞去，闪闪发亮——*闪闪发亮*？

"它们根本不是什么鸟！"哈利突然说道，"它们是*钥匙*！带翅膀的钥匙——你们仔细看看。显然这意味着……"哈利环顾着房间的每个角落，罗恩和赫敏仰头凝视着那一大群飞舞的钥匙。"……有了，你们瞧！飞天扫帚！我们必须上去逮住那扇门的钥匙！"

"可是上边有好几百把钥匙呢！"

罗恩仔细查看那扇门的锁。

"我们要寻找一把古色古香的大钥匙——可能是银色的，形状像个门把手。"

他们每人抓起一把扫帚，双脚一蹬，升到半空，冲进了那一群密集的钥匙阵。他们拼命地又抓又捞，可是这些被施了魔法的钥匙躲闪得太快了，简直不可能抓得住。

不过，哈利作为一个世纪以来最年轻的魁地奇找球手，并不是徒有虚名的。他在搜寻飞行目标方面有着过人的技巧。他在五彩缤纷的小翅膀的漩涡中穿行了一分钟后，就注意到一把大大的银钥匙的翅膀耷拉着，好像曾经被人抓住、粗暴地塞进了钥匙孔里。

"就是它！"他对罗恩和赫敏喊道，"那把大钥匙——在那儿——不，不是这儿，是那儿——带着天蓝色翅膀的那个——羽毛全都倒向了一边。"

罗恩飞快地朝哈利所指的方向冲去，结果一头撞在天花板上，差点从飞天扫帚上掉下来。

“我们得把它包围起来！”哈利喊道，眼睛一直盯着那把翅膀被折断的钥匙，“罗恩，你从上边堵住它——赫敏，你守在下边，别让它往下飞——我来把它抓住。好了，现在开始！”

罗恩向下俯冲，赫敏朝上一蹿，钥匙躲闪着避开他们俩的上下堵截，哈利紧紧跟在后面。钥匙迅疾往墙上飞去，哈利向前一扑，随着一阵刺耳难听的嘎吱声，他用一只手把钥匙按在了石墙上。罗恩和赫敏的欢呼声在高高的房间里回荡。

他们迅速降落，哈利向那扇门跑去，钥匙还在他的手里挣扎。他把它塞进锁眼，用力一拧——没错，就是它。咔嗒一声，门锁刚一弹开，钥匙就又飞走了。它一连被抓住了两次，样子显得疲惫不堪。

“准备好了吗？”哈利用手握住门把手，问罗恩和赫敏。他们俩点了点头。于是，他把门推开了。

第二个房间里一片漆黑，什么也看不见。可是他们刚跨进去，房间里突然灯火通明，照亮了一幕令人震惊的景象。

他们站在一副巨大的棋盘边上，前面是黑色的棋子，那些棋子都比他们还要高，似乎是用黑石头之类的东西刻成的。在房间的那一头，与他们面对面的，是一些白色的棋子。哈利、罗恩和赫敏吓得浑身发抖——那些高耸的白棋子的脸上都没有五官。

“现在怎么办呢？”哈利小声问。

“这还不明显？”罗恩说，“我们必须下棋才能走到房间那头。”

他们看见白棋子后面有一扇门。

“怎么下法？”赫敏紧张地问。

“依我看，”罗恩说，“我们必须充当棋子。”

他走到一个黑骑士身旁，伸手摸了摸骑士的马。立刻，石头就活了过来，马用蹄子刨着地上的土，骑士转过戴着头盔的脑袋，望着罗恩。

“我们是不是——嗯——必须跟你们一起才能过去？”

黑骑士点了点头。罗恩转身望着哈利和赫敏。

“需要好好考虑一下……”他说，“恐怕我们必须取代这里的三个黑棋子……”

哈利和赫敏没有说话，看着罗恩在那里思索。最后罗恩说：“是这样，你们可别生气，怪我说话不客气，不过说实话，你们两个下棋都不怎么样——”

“我们没有生气，”哈利赶紧说道，“快告诉我们怎么做。”

“好吧，哈利，你代替那个主教；赫敏，你去那儿，代替那个城堡。”

“那么你呢？”

“我来做一个骑士。”罗恩说。

那些棋子似乎都在听他们说话，他话音刚落，一个骑士、一个主教和一个城堡就转了个身，背对着白棋子，走出了棋盘，留出三个空位子，让给了哈利、罗恩和赫敏。

“下棋的规矩是白棋先走。”罗恩说着，朝棋盘对面望过去，“对了……你们看……”

一个白色的卒子向前移动了两格。

罗恩开始指挥黑棋作战。哈利和赫敏默默地听从他的调遣。哈利的膝盖在发抖。万一他们输了呢？

“哈利——往右前方移动四格。”

当他们的另一个骑士被吃掉时，他们才开始真正感到了恐惧。白王后凶狠地把那个骑士打翻在地板上，把他拖出了棋盘。骑士面朝下躺在那里，一动也不动。

“没办法，只好这样了，”罗恩说，他看上去很震惊，“这样你才能去吃掉那个主教。赫敏，去吧。”

每次他们的棋子被吃掉时，白棋子都表现得心狠手辣，毫不留情。很快，墙边就横七竖八地倒了一大堆毫无生气的黑棋子。有两次，多亏罗恩及时发现哈利和赫敏处境危险，想办法替他们解了围。罗恩自己在棋盘上冲锋陷阵，吃掉的白棋子差不多和他们失去的黑棋子一样多。

“快到了，”他突然低声说道，“让我想想——让我想想……”

白王后把她没有五官的脸转向了罗恩。

“是的……”罗恩低声说，“只有这个办法了……我必须被吃掉。”

“不行！”哈利和赫敏同时喊道。

“这是下棋！”罗恩厉声地说，“总是需要做出一些牺牲的！我走一步，她就会把我吃掉——你就可以把国王将死了，哈利！”

“可是——”

“你到底想不想去阻止斯内普？”

“罗恩——”

“快点，如果再不抓紧时间，他就已经把魔法石拿到手了！”

哈利不再犹豫了。

“准备好了吗？”罗恩喊道，脸色苍白，但神情十分坚决，“我去了——注意，赢了以后立即行动，别在这里耽搁。”

他向前跨了一步，白王后立刻扑了过来。她举起石头手臂，朝罗恩的脑袋上重重地砸了下去，罗恩一下子摔倒在地板上——赫敏失声尖叫，但并没有离开她的格子——白王后把罗恩拖到一边。看样子，罗恩好像被打昏了。

浑身颤抖的哈利向左边移动了三步。

白国王摘掉头上的王冠，扔在哈利脚下。他们赢了。白棋子纷纷鞠躬后退，让出一条路，径直通向那扇门。哈利和赫敏悲哀地回头看了罗恩最后一眼，便冲过门，顺着下一道走廊往前走去。

“他会不会——”

“他不会有事的。”哈利说，同时也在努力使自己相信这一点，“你认为接下来会是什么呢？”

“我们已经通过了斯普劳特的机关，就是那道魔鬼网——给那些钥匙施魔法的肯定是弗立维——麦格教授把棋子变了形，使它们活了起来——下面就剩下奇洛的魔法，还有斯内普的……”

他们又来到一扇门口。

“行吗？”哈利小声问。

“进去吧。”

哈利把门推开了。

一股令人作呕的臭气扑鼻而来，他们只好撩起衣服挡住鼻子。两人的眼睛也被熏出了眼泪，他们透过模糊的泪眼，看见了一个巨怪。这个巨怪比他们上次较量过的那个还要大，一动不动地躺在前面的地板上，失去了知觉，脑袋上有一个血淋淋的大肿块。

"太好了，我们用不着同这个巨怪搏斗了。"哈利低声说。他们小心翼翼地跨过巨怪粗壮的双腿。"快走吧，我气都喘不过来了。"

他拉开下一道门，一时间，两人简直不敢看接下来是什么在等待他们——然而这里并没有什么可怕的东西，只有一张桌子，上面排放着七个形状各异的瓶子。

"斯内普的魔法，"哈利说，"我们应该怎么做？"

两人刚跨过门槛，身后就腾起一股火焰，封住了门口。这火焰不同寻常，是紫色的。与此同时，通往前面的门口也蹿起黑色的火苗。他们被困在了中间。

"看！"赫敏抓起放在瓶子旁边的一卷羊皮纸。哈利站在她背后，和她一起读道：

危险在眼前，安全在后方，
我们中间有两个可以给你帮忙。
把它们喝下去，一个领你向前，
另一个把你送回原来的地方。
两个里面装的是荨麻酒，
三个是杀手，正排着队等候。
选择吧，除非你希望永远在此停留。
我们还提供四条线索帮你选择：
第一，不论毒药怎样狡猾躲藏，
其实它们都站在荨麻酒的左方；
第二，左右两端的瓶里内容不同，
如果你想前进，它们都不会对你有用；
第三，你会发现瓶子大小各不相等，

在巨人和侏儒里没有藏着死神；
第四，左边第二和右边第二，
虽然模样不同，味道却是一样。

赫敏长长地嘘了口气，哈利惊讶地看见她居然露出了笑容，他自己是无论如何笑不出来的。

"太妙了，"赫敏说，"这不是魔法——这是逻辑推理——是一个谜语。许多最伟大的巫师都没有丝毫逻辑推理的本领，只好永远被困在这里。"

"我们呢，我们也出不去了，是吗？"

"当然不会，"赫敏说，"我们所要知道的都写在这张纸上呢。七个瓶子：三个是毒药；两个是酒；一个能使我们安全穿过黑色火焰，另一个能送我们通过紫色火焰返回。"

"但我们怎么知道该喝哪一瓶呢？"

"给我一分钟时间。"

赫敏把那张纸又读了几遍。她在那排瓶子前走来走去，嘴里自言自语，一边还指点着这个或那个瓶子。终于，她高兴地拍起手来。

"知道了，"她说，"这个最小的瓶子能帮助我们穿过黑色火焰——拿到魔法石。"

哈利看着那个不起眼的小瓶子。

"里面只够一个人喝的了，"他说，"还不到一口呢。"

他们互相望着。

"哪个瓶子能使你穿过紫色火焰返回？"

赫敏指指最右边的一个圆溜溜的瓶子。

"你喝那一瓶。"哈利说，"你先别插嘴，听我说——你回去找到罗恩——从飞钥匙的房间里抓两把扫帚，它们会载着你们穿越活板门，从路威身边通过——直接去猫头鹰棚屋，派海德薇去给邓布利多送信，我们需要他来援救。我也许可以暂时牵制住斯内普，但我绝不是他的对手。"

“可是哈利——如果神秘人和他在一起怎么办？”

“嗯——我以前侥幸逃脱过一次，记得吗？”哈利指着额头上的伤疤说，“说不定还能逢凶化吉的。”

赫敏的嘴唇颤抖着，她突然冲向哈利，伸出双臂搂住了他。

“赫敏！”

“哈利——你知道吗，你是个了不起的巫师。”

“我不如你出色。”哈利非常难为情地说，赫敏松开了他。

“我！”赫敏说，“不过是死读书，再靠一点儿小聪明！除此之外，还有许多更重要的东西呢——友谊和勇气——哦，哈利——可要小心啊！”

“你先喝，”哈利说，“你能肯定是这两个瓶子吗，不会弄错吧？”

“绝对不会。”赫敏说。她从右边那个圆瓶子里喝了一大口，浑身打了个寒战。

“不是毒药吧？”哈利担心地问。

“不是——但是像冰一样，寒冷刺骨。”

“快点儿，走吧，过一会儿它就失效了。”

“祝你好运——千万小心——”

“快走！”

赫敏转过身，径直穿过了紫色火焰。

哈利深深吸了口气，抓起那只最小的瓶子。他转身面对着黑色的火苗。

“我来了。”他说完，一口喝光了小瓶子里的液体。

它确实像冰一样，一下子渗透到他的全身。他放下瓶子，向前走去。他鼓起勇气，看见黑色的火苗舔着他的身体，但是他毫无感觉——刹那间，他什么也看不见了，眼前只有黑色的火焰——接着，他就顺利地来到另一边，进入了最后一个房间。

那里面已经有一个人了——不是斯内普，甚至也不是伏地魔。

第17章

双 面 人

是奇洛。

“你！”哈利惊愕得喘不过气来。

奇洛笑了。现在他的脸一点也不抽搐了。

“是我，”他冷静地说，“我刚才还在想，我会不会在这儿遇见你，波特。”

“可是我以为——斯内普——”

“斯内普？”奇洛大笑起来。这笑声也不是他平常那种尖厉刺耳的颤音，而是一种令人胆寒的冷笑。“是啊，斯内普看上去确实不像个好人，是吗？他像一只巨型大蝙蝠到处乱飞，这对我们倒是很有帮助。有他在那里放着，谁还会怀疑可—可—可怜的，结—结—结结巴巴的奇洛教—教授呢？”

哈利无法相信这一切。这不可能是真的，不可能。

“可是斯内普曾经想害死我！”

“不，不，不，想害死你的是我。那次魁地奇比赛的时候，你的朋友格兰杰小姐冲过来点火烧斯内普，无意中把我撞倒了。她破坏了我对你的凝视，其实只要再坚持几秒钟，我就把你从飞天扫帚上摔下去了。要不是斯内普一直在旁边念一个破解咒，想保住你的性命，我早就把你摔死了。”

“斯内普想救我？”

“当然是这样，”奇洛冷冷地说，“你说他为什么要给你们的第二次比赛当裁判？他要确保我不再害你。真是可笑……其实他犯不着费这番心思。有邓布利多在场，我什么也做不成的。其他老师都以为斯内普想阻止格兰芬多队获胜，他确实弄得自己很不受人欢迎……不过，这一切都是浪费时间，不管怎么说，我今晚一定要把你干掉。”

奇洛啪地打了个响指。说时迟那时快，只见凭空蹿过来几条绳索，把哈利捆了个结结实实。

“你太爱管闲事了，不能让你再活在世上，波特。万圣节前夕，你在学校里到处乱转，我当时就知道，你看见我去查看魔法石的机关了。”

“是你放那个巨怪进来的？”

“当然是这样。我对付巨怪有一套特别的办法——你肯定已经看见了我是怎么教训那边房间里的那个家伙的，是吧？倒霉的是，当大家都匆匆忙忙到处寻找巨怪时，早已对我起了疑心的斯内普直接赶到四楼，试图阻拦我——不仅我的巨怪没有把你打死，甚至那条三个脑袋的大狗也没有把斯内普的腿咬断。

“好了，静静地等着吧，波特。我需要仔细看看这面有趣的镜子。”

直到这时，哈利才发现奇洛身后立着的东西，正是厄里斯魔镜。

“这面镜子是找到魔法石的钥匙，”奇洛喃喃地说，用手沿着四周的镜框敲了一遍，“只有邓布利多才拿得出这样的东西……不过他此刻在伦敦呢……等他回来的时候，我早就远走高飞了……”

哈利能想到的唯一办法就是让奇洛不停地说话，不让他把注意力集中到魔镜上。

“我看见你和斯内普在禁林里——”他冒冒失失地说。

“没错，”奇洛懒洋洋地说着，一边转到镜子后面去查看，“他那时候已经盯上我了，想知道我究竟进行到了什么地步。他一直在怀疑我。他想吓唬我——其实他哪里吓得住我，有伏地魔做我的靠山呢……”

奇洛从镜子后面转了回来，贪婪地盯着镜子里面。

“我看见魔法石了……我正在把它献给我的主人……可是它藏在哪儿呢？”

哈利拼命想挣脱束缚他的那些绳索，却被越缠越紧。他必须阻止奇洛把全部注意力都集中到魔镜上。

“可是斯内普总是显得那么恨我。”

“哦，他确实恨你，”奇洛漫不经心地说，“天哪，他当然恨你啦。当年他和你父亲一起在霍格沃茨念书，这你不知道吧？他们俩互相仇恨，不共戴天。不过他可从来不希望你死掉。”

“可是几天前我听见你在哭——我以为斯内普在威胁你……”

奇洛的脸上第一次闪过一丝恐惧的震颤。

“有的时候，”他说，“我觉得很难遵从我主人的指令——他是个伟大的巫师，而我的力量这样薄弱——”

“难道你是说，当时和你一起在教室里的是他？”哈利吃惊地问。

“不论我走到哪儿，他都跟我在一起，”奇洛平静地说，“我是在环游世界时遇到他的。我当时还是一个傻乎乎的小伙子，对善恶是非有着一套荒唐的想法。是伏地魔指出了我的错误。世界上没有什么善恶是非，只有权力，还有那些无法获取权势的无能之辈……从那以后，我就忠心耿耿地为他效劳，不过我也有许多次令他失望。他对我一直非常严厉。”奇洛突然颤抖了一下，“他从不轻易原谅我的错误。我没能把魔法石从古灵阁偷出来，他非常不高兴。他惩罚了我……并决定从此更加密切地监视我……”

奇洛的声音渐渐低得听不见了。哈利想起了那次到对角巷去的情景——当时他怎么就没有想到呢？他那天明明看见了奇洛，还跟他在破釜酒吧里握过手呢。

奇洛压低了声音咒骂着。

"我真不明白……难道魔法石藏在镜子里面？我是不是应该把镜子打破？"

哈利脑子里飞快地转动着。

此时此刻我心里最大的愿望，他想，就是赶在奇洛之前找到魔法石。所以，如果我对着魔镜照一照，就应该看见自己找到了那块石头——这就意味着我能看到石头藏在哪儿！可是，我怎样才能在不被奇洛发现的情况下，过去照一照魔镜呢？

他试着悄悄向左边移动，想趁奇洛不注意时挪到镜子前面。可是，缠住他脚脖子的绳索实在太紧了，他绊了一下，摔倒在地。奇洛没有理睬他，还在那里自言自语。

"这面镜子是怎么回事？它究竟有什么功能？帮帮我吧，主人！"

哈利惊恐地听见一个声音在回答，那声音好像是从奇洛本人身体里发出来的。

"利用那个男孩……利用那个男孩……"

奇洛转向哈利。

"好吧——波特——上这儿来。"

他又把双手一拍，那些捆绑哈利的绳索就自动松开了。哈利慢慢地站起身来。

"上这儿来，"奇洛又说了一遍，"照一照镜子，把你看到的情形告诉我。"

哈利朝他走去。

"我必须对他撒谎，"他不顾一切地想，"我必须先照照镜子，然后编出一套谎话来骗他，就这么做。"

奇洛凑到他的身后。哈利闻到一股奇怪的气味，似乎是从奇洛头上的围巾里发出来的。他闭上眼睛，站到镜子前面，随即把眼睛睁开了。

他看见了镜子里的自己，一开始脸色苍白，神情惶恐，可是片刻之后，便露出了笑容。镜子里的哈利把手伸进口袋，掏出一块鲜红的石头，然后眨眨眼睛，又把石头放进了口袋——就在这时，哈利觉得有一件重重的东西真的落进了自己的口袋。真是不可思议——他居然就这样得到了魔法石。

“怎么样?”奇洛不耐烦地问,“你看到了什么?”

哈利鼓起勇气。

“我看见自己在跟邓布利多握手,”他胡乱编造地说,“我—我为格兰芬多赢得了学院杯冠军。”

奇洛又开始骂骂咧咧。

“你给我走开。”他说。

哈利退到一边时,感觉到魔法石就贴着他的大腿。他敢不敢现在就带着它逃走呢?

但他刚走了不到五步,就听见一个尖厉的声音说话了,而奇洛的嘴唇根本没有动。

“他在说谎……他在说谎……”

“波特,回到这儿来!”奇洛喊道,“把实话告诉我!你刚才看见了什么?”

那个尖厉的声音又说话了。

“让我来跟他谈……面对面地谈……”

“主人,你的体力还没有恢复啊!”

“这点力气……我还是有的……”

哈利觉得自己仿佛被魔鬼网牢牢缠住了,浑身上下丝毫动弹不得。他呆呆地站在那里,看着奇洛举起手解下头上的围巾。这是怎么回事?大围巾落了下来,奇洛裸露的脑袋看上去小得出奇。然后,他慢慢地原地转过身去。

哈利想放声尖叫,但发不出一点儿声音。在原本该是奇洛后脑勺的地方,长着一张脸,哈利从来没有看见过这样狰狞恐怖的脸。那张脸的颜色白如粉笔,红通通的眼睛放出光来,下面是两道细长的鼻孔,看上去像一条蛇。

“哈利·波特……”他耳语般地说。

哈利想往后退,可是双腿不听使唤。

“你看看我变成了什么样子！”那张脸说，“只剩下了影子和蒸气……我只有和别人共用一具躯体时，才能拥有形体……不过总有一些人愿意让我进入他们的心灵和头脑……在过去的几个星期里，独角兽的血使我恢复了一些体力……那天你在禁林里看见奇洛为我饮血……一旦我弄到了长生不老药，我就能够重新创造一个我自己的身体……好了……你为什么不把你口袋里的魔法石交给我呢？”

原来他知道！哈利的腿突然又有了知觉。他踉跄着后退。

“别犯傻了，”那张脸恶狠狠地说，“最好保住你自己的小命，投靠我吧……不然你就会和你父母的下场一样……他们临死前苦苦地哀求我饶命……”

“**撒谎！**”哈利猛地喊道。

奇洛后退着朝他逼近，使伏地魔仍然能盯着哈利。现在那张邪恶的脸上露出了狞笑。

“多么感人啊……”他用嘶哑的声音说，“我一向都很敬佩勇气……是的，孩子，你父母当年都很勇敢……我先动手杀你的父亲，他倒是宁死不屈，勇敢地跟我搏斗……你母亲其实不用死的……她拼着命要保护你……好了，把魔法石给我吧，别让你母亲白白为你丧命。”

“**休想！**”

哈利猛地冲向那扇燃着黑色火焰的门，伏地魔尖叫起来：“**抓住他！**”紧接着哈利就感到奇洛用手紧紧抓住了他的手腕。顿时，哈利额头上的伤疤钻心地疼痛起来；他觉得自己的脑袋仿佛要裂成两半；他大声喊叫，拼命挣扎；随后，他吃惊地发现奇洛松开了手，他额头的疼痛也减轻了——哈利茫然四顾，寻找奇洛，只见他痛苦地弓着身子，看着自己的手指——他眼睁睁地看见一个个手指上冒起了水泡。

“抓住他！**抓住他！**”伏地魔又尖叫起来。奇洛向前一扑，把哈利撞翻在地，骑在他身上，用双手掐住哈利的脖子——哈利的伤疤又是一阵剧痛，他眼前发黑，但他还是看见奇洛在痛苦地号叫。

“主人，我抓不住他——我的手——我的手！”

奇洛虽然仍用膝盖把哈利压在地上，但他的手已经松开了哈利的脖子,此刻他正困惑地盯着自己的手掌——哈利可以看见它们像是被火烧伤了似的,红得发亮。

“那就把他干掉,傻瓜,快点行动!”伏地魔用刺耳的声音说。

奇洛举起手,准备念一个致命的咒语,可是哈利出于本能,猛地抬手抓向奇洛的脸——

“啊!啊!啊——!”

奇洛从哈利身上滚了下去,他的脸上也冒起了水泡。哈利突然明白了:只要奇洛一碰到自己裸露在外的皮肤,就会感到剧痛难忍——哈利要逃生,唯一的希望就是死死抓住奇洛,让奇洛痛得无法对自己施咒。

哈利跳了起来,一把抓住奇洛的手臂,死也不肯撒手。奇洛惨叫着,拼命想把哈利甩掉——哈利的头痛也越来越剧烈——他眼前发黑——只能听见奇洛可怖的尖叫和伏地魔恶狠狠的咆哮:“**杀死他!杀死他!**”另外还有一些声音在喊着:“哈利!哈利!”不过,这也许是他脑海里的幻觉。

他感到奇洛的手臂挣脱了他,他知道一切都完了,接着他就沉入了一片黑暗,向下坠落……坠落……坠落……

一个金色的东西在他头顶上闪烁。是飞贼!他想把它抓住,但胳膊沉重得抬不起来。

他眨了眨眼睛,原来那根本不是飞贼,而是一副眼镜。多么奇怪。

他又使劲眨了眨眼睛,面前渐渐浮现出阿不思·邓布利多那张笑眯眯的脸。

“下午好,哈利。”邓布利多说。

哈利先是呆呆地盯着他,然后突然想起来了:“先生!魔法石!是奇洛!他得到了魔法石!先生,快——”

“不要激动,亲爱的孩子,你说的这些话已经有点过时了,”邓布利多说,“奇洛没有拿到魔法石。”

“那么谁拿到了?先生,我——”

“哈利，请你镇静一些，不然庞弗雷女士就要把我赶出去了。”

哈利咽了口唾沫，环顾四周。他意识到自己是在医院里。他躺在一张铺着洁白亚麻被单的病床上，旁边的桌子上堆得像座小山，似乎半个糖果店都被搬到这里来了。

“都是你的朋友和崇拜者送给你的礼物。”邓布利多笑吟吟地说，“你和奇洛教授在地下教室里发生的一切，是一个完完全全的秘密，而秘密总是不胫而走，所以，全校师生自然全都知道了。据我所知，你的朋友弗雷德和乔治·韦斯莱本来还想送给你一只马桶圈。他们无疑是想跟你逗个乐子，可是庞弗雷女士觉得不太卫生，就把它没收了。”

“我在这里住多久了？”

“三天。罗恩·韦斯莱先生和格兰杰小姐若是知道你醒过来了，一定会觉得松了口气。他们一直担心极了。”

“可是先生，魔法石——”

“看来没法子分散你的注意力。好吧，咱们就谈谈魔法石。奇洛教授没有能够把它从你手里夺走，我及时赶到阻止了他。不过我必须说一句，你其实一个人就对付得很好。”

“您赶到那儿了？您收到赫敏派猫头鹰送给您的信了？”

“我和猫头鹰显然是在空中错过了。我一到达伦敦，就发现我应该回到我刚刚离开的地方。我赶来得恰是时候，正好把奇洛从你身上拉开——”

“原来是您。”

“我还担心已经太晚了。”

“差一点儿就来不及了，我已经支撑不了多久，魔法石很快就要被他抢去了——”

“不是魔法石，孩子，我指的是你——你为了保护魔法石差一点儿丢了性命。在那可怕的一瞬间，我吓坏了，以为你真的死了。至于魔法石嘛，它已经被毁掉了。”

“毁掉了？”哈利不解地问，“可是您的朋友——尼可·勒梅——”

“哦，你居然还知道尼可？”邓布利多问，语气显得很高兴，“你把这件事搞得很清楚,是吗?是这样的,尼可和我谈了谈,我们一致认为这是最好的办法。”

“可是,那样一来,他和他妻子就要死了,是吗?”

“他们存了一些长生不老药,足够让他们把事情料理妥当的。然后,是啊,他们会死的。”

看到哈利脸上惊愕的表情,邓布利多笑了。

“我知道,对你这样年纪轻轻的人来说,这似乎有些不可思议;但是对尼可和佩雷纳尔来说,死亡实际上就像是经过漫长的一天之后,终于上床休息了。而且,在头脑十分清醒的人看来,死亡不过是另一场伟大的冒险。你知道,魔法石其实并不是多么美妙的东西。有了它,不论你想拥有多少财富、获得多长寿命,都可以如愿以偿!这两样东西是人类最想要的——问题是,人类偏偏就喜欢选择对他们最没有好处的东西。”

哈利躺在那里,一时间不知道说什么好。邓布利多愉快地哼着小曲,笑眯眯地看着天花板。

“先生,”哈利说,“我一直在想……先生——尽管魔法石不在了,伏地……我是说,神秘人——”

“就叫他伏地魔吧,哈利。对事物永远使用正确的称呼。对一个名称的恐惧,会强化对这个事物本身的恐惧。”

“是,先生。是这样,伏地魔还会企图用别的办法东山再起,是吗?我的意思是,他并没有消失,对吗?”

“对,哈利,他没有消失。他仍然躲在什么地方,也许正在物色一个愿意让他分享的躯体……他不算是真正地活着,所以也就不可能被杀死。他当时只顾自己溜走,完全不顾奇洛的死活;他对敌人心狠手辣,对自己的追随者也一样冷酷无情。不过,哈利,你也许只是耽搁了他,使他不能马上恢复力量,将来还需要另外一个人做好充分准备,和他决一死战——但如果他一而再再而三地被耽搁,也许就再也无法恢复力量了。”

哈利点了点头,但很快就停住了,因为这使他感到头痛。然后他说:“先生,还有一些事情我不太明白,不知道您能不能告诉我……我想了解这些事情的真相……”

“真相，”邓布利多叹息着说，“这是一种美丽而可怕的东西，需要格外谨慎地对待。不过，我会尽量回答你的问题，除非我有充分的理由守口如瓶，那样的话，我希望你能原谅我。我当然不能说谎话骗你。”

“是这样……伏地魔说他当年杀死我母亲，是因为我母亲拼命阻止他杀死我。可是，话又说回来，他为什么想要杀死我呢？”

邓布利多这次重重地叹了口气。

“哎呀，你问我的第一件事，我就不能够告诉你。今天不能，现在不能。总有一天，你会知道的……暂时先别想这件事吧，哈利。等你再长大一些……我知道你不愿意听这样的话……等你做好了准备，你自然就知道了。”

哈利明白再多说也没有用。

“那么，为什么奇洛不能碰我？”

“你母亲是为了救你而死的。如果伏地魔有什么事情弄不明白，那就是爱。他没有意识到，像你母亲对你那样深深的爱，是会在你身上留下印记的。不是伤疤，不是看得见的痕迹……被一个人这样深深地爱过，尽管那个爱我们的人已经死了，也会给我们留下一个永远的护身符。它就藏在你的皮肤里。正是由于这个原因，奇洛不能碰你。奇洛内心充满仇恨、贪婪和野心，把灵魂出卖给了伏地魔，他碰了一个身上标有这么美好印记的人，是会感到痛苦难忍的。”

说到这里，邓布利多假装对窗外的一只小鸟发生了浓厚的兴趣，哈利便趁这个时间用床单把眼泪擦干了。当声音重又恢复正常时，哈利说道：“还有那件隐形衣——您知道是谁送给我的吗？”

“呵——你父亲碰巧把它留给了我，而我认为你大概会喜欢它。”邓布利多的眼睛里闪着狡黠的光芒，“很有用的东西……当年，你父亲在这里上学的时候，主要是靠它溜进厨房偷东西吃。”

“还有另外一件事……”

“尽管问吧。”

“奇洛说斯内普他——”

“是斯内普教授，哈利。”

“是的，是他——奇洛说，斯内普教授恨我是因为他当年恨我父亲。这是真的吗？”

“是这样，他们确实互相看着不顺眼，很有点像你和马尔福先生。后来，你父亲做了一件斯内普永远无法原谅他的事。”

“什么事？”

“他救了斯内普的命。”

“什么？”

“是的……”邓布利多幽幽地说，“人的思想确实非常奇妙，是吗？斯内普教授无法忍受这样欠着你父亲的人情……我相信，他这一年之所以想方设法地保护你，是因为他觉得这样就能使他和你父亲扯平，谁也不欠谁的。然后他就可以心安理得地重温对你父亲的仇恨……”

哈利努力思索着这段话，但这使他的头又剧烈地疼痛起来，他只好不往下想了。

“对了，先生，还有最后一个问题……”

“是最后一个吗？”

“我是怎么把魔法石从魔镜里拿出来的？”

“啊，我很高兴你终于问我这件事了。这是我的锦囊妙计之一，牵涉到你和我之间的默契，这是很了不起的。你知道吗，只有那个希望找到魔法石——找到它，但不利用它——的人，才能够得到它；其他的人呢，就只能在镜子里看到他们在捞金子发财，或者喝长生不老药延长生命。我的脑瓜真是好使，有时候我自己也感到吃惊呢……好了，问题问得够多的了。我建议你开始享受这些糖果吧。啊！比比多味豆！我年轻的时候真倒霉，不小心吃到了一颗味道臭烘烘的豆子，恐怕从那以后，我就不怎么喜欢吃豆子了——不过我想，选一颗太妃糖口味的总是万无一失的，你说呢？”

他笑着把那颗金棕色的豆子丢进嘴里。接着他呛得喘不过气来，说：“呸，倒霉！是耳屎！”

校医庞弗雷女士是个善良的女人，但是非常严厉。

“只见五分钟。”哈利恳求道。

“绝对不行。”

“你让邓布利多教授进来了……”

“是啊，那当然，他是校长嘛，自然有所不同。你需要休息。”

“我不是正在休息嘛，您看，躺在床上，什么也不做。哦，求求您了，庞弗雷女士……”

“哦，好吧，”她说，“可是只准五分钟。”

于是她让罗恩和赫敏进来了。

“哈利！”

赫敏看样子又要伸开双臂搂抱哈利，但她及时克制住了自己，这使哈利松了口气，因为他的头仍然很疼。

“哦，哈利，我们都以为你肯定要——邓布利多担心极了——”

“整个学校都在谈论这件事，”罗恩说，“当时到底是怎么个情况？”

真实的故事比没有根据的谣传更加离奇和惊心动魄，这种情况是非常罕见的，而现在就是这样。哈利把一切原原本本地讲给他们听：奇洛、魔镜、魔法石和伏地魔。罗恩和赫敏听得非常专心，每到惊险的地方，他们就紧张得倒抽冷气，当哈利讲到奇洛的缠头巾下面的那副面孔时，赫敏失声尖叫起来。

“这么说，魔法石没有了？”最后罗恩问道，“勒梅快要死了？”

“我也是这么说的，可是邓布利多认为——他说什么来着？‘在头脑十分清醒的人看来，死亡不过是另一场伟大的冒险’。”

“我早就说过他有点神经兮兮的。”罗恩说。他心目中的英雄变得这样不可理喻，他感到非常震惊。

“后来你们俩的情况怎么样？”哈利问。

“噢，我很顺利地返回去了。”赫敏说，“我把罗恩唤醒——很是花了一些时间呢——然后我们飞快地冲向猫头鹰棚屋，想同邓布利多取得联系，不料却在门厅里碰上了他。他已经知道了——他只说了一句：‘哈利去盯住他了，是吗？’然后就赶紧朝四楼奔去。”

“你说，邓布利多是不是有意要你这么做的？”罗恩说，“把你父亲的隐形衣送给你,还有一切的一切?”

“哎呀,”赫敏忍不住说道,“如果他真是这样——我的意思是——那就太可怕了——你很可能被杀死的。”

“不,不是这样,”哈利若有所思地说,“邓布利多是个很有意思的人。我认为他大概是想给我一个机会。他似乎对这里发生的事情多多少少都知道一些。我觉得他十分清楚我们打算做什么,他没有阻止我们,反而暗暗地教给我们许多有用的东西。我认为,他让我懂得魔镜的功能绝不是偶然的。他好像认为如果可能的话,我有权面对伏地魔……”

“是啊,这就是邓布利多不同凡响的地方。”罗恩骄傲地说,“听着,你明天一定要来参加年终宴会。分数都算出来了,当然了,斯莱特林得了第一名——你错过了最后一场魁地奇比赛,没有你,我们被拉文克劳队打得落花流水——不过宴会上的东西还是挺好吃的。”

就在这时,庞弗雷女士闯了进来。

“你们已经待了将近十五分钟了,快给我出去吧。”她坚决地说。

哈利踏踏实实地一觉睡到天亮,觉得元气差不多恢复了。

“我想去参加宴会,”当庞弗雷女士整理他的一大堆糖果盒时,哈利对她说,“可不可以啊?”

“邓布利多教授说允许你去。”她不以为然地说。似乎在她看来,邓布利多教授并没有认识到宴会具有潜在的危险。“又有人来看你了。”

“噢,太好了,”哈利说,“是谁?”

他话音未落,海格就侧着身子钻进门来。海格每次走进房门,都显得像个庞然大物。他在哈利身旁坐下,看了他一眼,就伤心地哭了起来。

“都—怪我—这个—笨蛋!”他用手捂着脸哭泣,“是我告诉那个恶棍怎样通过路威的!是我告诉他的!他什么都知道了,就是不知道这个,而我偏偏告诉了他!你差点就没命了!都是为了一只火龙蛋!我再也不喝酒了!我应该被赶出去,一辈子做个麻瓜!”

“海格!”哈利说。他十分震惊地看到海格因悲哀和悔恨而颤抖,大颗的眼泪渗进他的胡须。“海格，他总有办法打听到的，我们说的可是伏地魔啊，即使你不告诉他，他也总有办法知道的。”

“你差点就没命了！”海格抽抽噎噎地说，“哦，你别说那个名字！”

“我就要说，**伏地魔！**”哈利大声吼道。他看见海格吓得惊慌失措，才停止了喊叫。“我曾经面对面地和他相遇，我当面叫了他的名字。海格，求求你，快活一些吧，我们保住了魔法石，它现在不在了，伏地魔再也不能用它作恶了。吃一个巧克力蛙吧，我有一大堆呢……”

海格用手背擦了擦鼻子，说道：“这倒提醒了我。我也给你带来了一件礼物呢。”

“不会是白鼬三明治吧？”哈利担心地问，海格终于勉强地笑出了声。

“不是。邓布利多昨天放了我一天假，让我把它整理出来。当然啦，他完全应该把我开除的——行了，这个给你……”

看上去像是一本精美的皮封面的书。哈利好奇地打开，里面贴满了巫师的照片。在每一页上朝他微笑、挥手的，都是他的父亲和母亲。

“我派猫头鹰给你父母的老同学送信，向他们要照片……知道你没有他们的照片……你喜欢吗？”

哈利说不出话来，但海格全明白了。

那天晚上，哈利独自下楼去参加年终宴会。刚才庞弗雷女士大惊小怪地拦住他，坚持要给他再检查一遍身体，所以，当他赶到礼堂时，里面已经坐满了人。礼堂里用代表斯莱特林的绿色和银色装饰一新，庆祝他们连续七年赢得学院杯冠军。主宾席后面的墙上，挂着一条绘着斯莱特林蛇的巨大横幅。

哈利一走进去，礼堂里顿时变得鸦雀无声，然后每个人突然又开始高声说话。他走到格兰芬多的桌子旁，坐在罗恩和赫敏中间，假装没有注意到人们都站起来盯着他看。

幸好，片刻之后，邓布利多也赶到了，礼堂里的嘈杂声渐渐平息下来。

“又是一年过去了！”邓布利多兴高采烈地说，“在尽情享受这些美味佳肴之前,我必须麻烦大家听听一个老头子的陈词滥调。这是多么精彩的一年啊!你们的小脑瓜里肯定都比过去丰富了一些……前面有整个暑假在等着你们,可以让你们在下学期开始之前,好好把那些东西消化消化,让脑子里腾出空来……

“现在,据我所知,我们首先必须进行学院杯的颁奖仪式,各学院的具体得分如下:第四名,格兰芬多,312分;第三名,赫奇帕奇,352分;拉文克劳426分,斯莱特林472分。”

斯莱特林的餐桌那儿爆发出一阵雷鸣般的欢呼声和跺脚声。哈利看见德拉科·马尔福用高脚酒杯使劲敲打着桌子,那副样子真让人恶心。

“是啊,是啊,表现不错,斯莱特林。”邓布利多说,“不过,最近发生的几件事也必须计算在内。”

礼堂里变得非常安静,斯莱特林们的笑容也收敛了一些。

“呃,呃,”邓布利多清了清嗓子,“我还有最后一些分数要分配。让我看看。对了……

“第一——罗恩·韦斯莱先生……”

罗恩的脸一下子涨得通红,活像一个被太阳晒干的红萝卜。

“……他下赢了霍格沃茨许多年来最精彩的一盘棋,我为此奖励格兰芬多学院五十分。”

格兰芬多们的欢呼声差点把施了魔法的天花板掀翻。他们头顶上的星星似乎也被震得微微颤抖。可以听见珀西在大声告诉其他级长:“是我弟弟,你们知道的!我最小的弟弟!顺利通过了麦格教授的巨型棋盘阵!”

大家好不容易才平静下来。

“第二——赫敏·格兰杰小姐……她面对烈火,冷静地进行逻辑推理,我要奖励格兰芬多学院五十分。”

赫敏把脸埋在臂弯里;哈利怀疑她肯定是偷偷地哭了。他们周围格兰芬多的同学们个个欣喜若狂,在餐桌旁跳上跳下——他们整整上升了一百分!

“第三——哈利·波特……”邓布利多说。礼堂里顿时变得格外寂静。“……他表现出了大无畏的胆量和过人的勇气，为此，我还要奖励格兰芬多学院六十分。”

喧闹声简直震耳欲聋。那些一边把嗓子喊得嘶哑，一边还能在心里计算分数的同学们知道，格兰芬多现在是四百七十二分——和斯莱特林的分数完全一样。他们已经直逼学院杯冠军——如果邓布利多能多奖给哈利一分就好了。

邓布利多举起一只手。礼堂里渐渐又安静下来。

“勇气有许多种类，”邓布利多微笑着，“对付敌人我们需要超人的胆量，而要在朋友面前坚持自己的立场，同样也需要很大的勇气。因此，最后我要奖励纳威·隆巴顿先生十分。”

如果有人此刻站在礼堂外面，可能会以为这里发生了爆炸，格兰芬多餐桌上的欢呼声一浪高过一浪。哈利、罗恩和赫敏站起来高声喝彩，只见纳威惊讶得脸色煞白，一下子就被挤上来拥抱他的人群淹没了。他从来没有给格兰芬多赢过一分啊！哈利一边欢呼，一边用胳膊肘捅了捅罗恩，然后指指马尔福。看马尔福的样子，即使他刚刚被人施了全身束缚咒，也不会显得比现在更吃惊、更恐慌。

“这就意味着，”邓布利多不得不大声吼叫，才能盖过雷鸣般的欢呼喝彩，因为就连拉文克劳和赫奇帕奇的学生们也在庆祝斯莱特林的突然惨败，“我们需要对这里的装饰做一些小小的改变。”

他拍了拍手，立刻，那些绿色的悬垂彩带变成了鲜红色，银色的变成了金色；巨大的斯莱特林蛇隐去了，取而代之的是一头威风凛凛的格兰芬多狮子。斯内普正在同麦格教授握手，脸上强挤出尴尬的笑容。他的目光和哈利相遇了，哈利顿时就明白了，斯内普对他的态度丝毫没有改变。哈利觉得这没有什么可担心的。似乎明年的生活又将恢复正常，至少恢复到霍格沃茨一贯的状态。

这是哈利一生中最美好的夜晚，比赢了魁地奇比赛、欢庆圣诞或打败巨怪的日子还要美好……他永远、永远也不会忘记这个夜晚。

哈利几乎忘了考试成绩还没有公布。那一天终于到来了，没想到，他和罗恩都以很高的分数通过了考试，这使他们感到十分意外。赫敏自然是获得了全年级第一名。就连纳威也侥幸过关了，他的草药学成绩不错，大大弥补了在魔药学上丢失的分数。他们本来以为，高尔笨得像头猪，为人又自私刻薄，这次大概会被开除，不料他竟然也通过了。这似乎有点美中不足，但是正如罗恩所说，生活是不可能样样顺心的。

好像是在突然之间，他们的衣柜空了，东西都装到了行李箱里，纳威的蟾蜍躲在盥洗室的角落里被人发现了。通知发到了每个学生手里，警告他们放假期间不许使用魔法（“我一直希望他们忘记把这个发给我们。”弗雷德·韦斯莱遗憾地说）。海格负责带领他们登上渡过湖面的船队。现在，他们已经坐上了霍格沃茨特快列车，一路谈笑风生，看着窗外的乡村越来越青翠，越来越整洁。列车驶过一个个麻瓜的城镇，他们吃着比比多味豆，脱掉了身上的巫师长袍，换上夹克衫和短上衣；终于，列车停靠在了国王十字车站的$9\frac{3}{4}$站台。

他们花了很长时间，才全部走出站台。一个干瘪的老警卫守在隔墙处，一次只允许两三个人通过，这样他们就不会一大堆人同时从坚固的墙壁里迸出来，引起麻瓜们的注意。

“你今年暑假一定要来我们家里玩，”罗恩说，“你们俩都来——我会派猫头鹰去邀请你们的。”

“谢谢，”哈利说，“我确实需要有个盼头。”

他们走向返回麻瓜世界的出口，不断有人从他们身边挤过，其中有些人喊道：

“拜拜，哈利！”

“再见，波特！”

“还是这样出名。”罗恩说着，咧嘴朝他一笑。

“在我要去的地方就不是了，我向你保证。”哈利说。

他、罗恩和赫敏一起通过了出口。

“他在那儿，妈妈，他在那儿，快看哪！”

是金妮——罗恩的妹妹——但她指的并不是罗恩。

“哈利·波特!”她尖声尖气地叫道,“快看哪,妈妈! 我看见了——”

“别大声嚷嚷,金妮,对别人指指点点是不礼貌的。”

韦斯莱夫人笑眯眯地低头看着他们。

“这一年很忙吧?”她问。

“忙极了。”哈利说,“谢谢您送给我的乳脂软糖和毛衣,韦斯莱夫人。”

“哦,那没什么,亲爱的。”

“我说,你准备好了吧?”

是弗农姨父,他还是那样一张红得发紫的脸膛,还是那样一大把胡子,还是用愤怒的目光瞪着哈利。在这个挤满普通人的车站上,哈利竟然明目张胆地提着一只装着猫头鹰的笼子,真是可恨。他身后站着佩妮姨妈和达力表哥,他们一看见哈利,就显出一副惊惶不安的表情。

“你们一定是哈利的家人吧!”韦斯莱夫人说。

“也可以这么说吧。”弗农姨父说,“快点,小子,我们可耽搁不起一整天。”他转身走开了。

哈利还要留下来再跟罗恩和赫敏说几句话。

“那就过完暑假再见吧。”

“祝你假期——嗯——愉快。”赫敏说,她不敢相信地望着弗农姨父的背影,很吃惊世界上居然有这样令人讨厌的人。

“哦,我会愉快的。”哈利说。他脸上绽开了一个灿烂的笑容,使罗恩和赫敏都感到诧异。“他们不知道我们在家里不许使用魔法,这个暑假,我要好好地拿达力开开心……”